叶兆言短篇小说编年·珍藏版

我们去找一盏灯

叶兆言 著

人民文学出版社

图书在版编目(CIP)数据

我们去找一盏灯/叶兆言著. —北京：人民文学出版社，2022
(叶兆言短篇小说编年：珍藏版)
ISBN 978-7-02-017217-7

Ⅰ.①我… Ⅱ.①叶… Ⅲ.①短篇小说-小说集-中国-当代 Ⅳ.①I247.7

中国版本图书馆 CIP 数据核字(2022)第 099375 号

责任编辑	朱卫净　杜玉花　欧雪勤
装帧设计	钱　珺

出版发行	人民文学出版社
社　　址	北京市朝内大街 166 号
邮政编码	100705
印　　刷	凸版艺彩(东莞)印刷有限公司
经　　销	全国新华书店等
字　　数	196 千字
开　　本	787 毫米×1094 毫米　1/32
印　　张	7.875
版　　次	2009 年 12 月北京第 1 版
印　　次	2022 年 8 月第 1 次印刷
书　　号	978-7-02-017217-7
定　　价	65.00 元

如有印装质量问题，请与本社图书销售中心调换。电话：010－65233595

目录

自序
1

热米拉
1

纪念少女楼兰
17

小杜向往的浪漫生活
57

卡秋莎
66

恰似你的温柔
78

浦来迭的痛苦
88

不娶我你后悔一辈子
97

李诗诗爱陈醉
107

小春天的歌谣
152

榆树下的哭泣
162

花开四季
180

我已开始练习
192

十一岁的墓地
207

我们去找一盏灯
218

攀枝花
234

自序

最初的小说写在台历背面,如今回想,很有些行为艺术,仿佛在玩酷。记得是方之先生教唆,他听我说了一个故事,瞪大眼睛说:"快写下来,这很有意思。"受他鼓励,我开始不自量力,撕下几张过期台历,就在纸片的背面胡涂乱抹,还没写完,方之迫不及待要去看,一边看,一边笑着说不错。

三十年前,方之是江苏最好的作家,今天再提起,知道的人已经不多,必须加些注解和说明,譬如英年早逝,譬如曾获得全国短篇小说奖,譬如当代作家韩东的爹。他是父亲最铁的难兄难弟,他们一起被打成右派,要不是这位父执,我也许根本不会成为一个小说家。

说到方之的影响,最明显不过是两件事,一是想写立刻就写出来,不要再犹豫;一是要挑剔,看看别人还有什么不足。记得方之当年经常挑剔得奖的小说,总是喋喋不休,他是个仁慈的长辈,又是一位很有脾气的作家。从一开始,我脑子里就积累了许多不是,就有许多不应该,就一直在想,不能这么写不能那么写。如果你要想写小说,首先要做的便是和别人不一样,世界上有很多好的短篇大师,后人所能努力的方向,就是必须与那些好的小说家们不一样。

转益多师无别语,心胸万古拓须开,单纯模仿很搞笑,以某位好小说家为好坏标准，罢黜百家独尊儒术，也很搞笑。短篇小说说白了，就是考虑不能怎么写，就是考虑还能怎么写。这是一枚硬币的正反两面，又好比鸟的两个翅膀，只要扇动了，就可以在高空自由翱翔。

小说是时间艺术，是岁月留下的验证痕迹，无论描写之实际内容，还是创作之特定年代，时间都会显得至关重要。我习惯随手写下具体的写作日期，可惜发表时，有的被编辑随手删除，有的反复退稿，最后虽然得以发表，真实日期也不可考。这次结集出版，尽可能根据写作顺序，实在记不清楚，便退而求其次按发表时间。

短篇的写作并没有一定之规，唯一可以界定的是字数。反正要短，最好要短，究竟多少字，大家约定俗成。我的短篇小说并不多，有几篇已接近小中篇。不过参照惯例，高矮胖瘦虽有不同，仍然还能算是短篇小说。

二〇〇九年九月二十日　河西

热米拉

1

我常常会遇到这样尴尬的问题，就是你为什么会变成一个作家。在大学的课堂上，在读者的来信中，这个问题被无数遍地咨询。我总是随口编造出一个原因，我煞有介事地说着，喋喋不休，其实明白自己是在瞎说八道。我根本就不知道答案在什么地方。

我十七岁的时候高中毕业，那是一九七四年，毕业了，无所事事，等着下乡或是进工厂。几乎整整一年，我都待在北京祖父那里。记得有一天，我的堂哥阿丹把我叫到房间里，偷偷地给我看一首他五年前写的诗。这是我第一次见识到不押韵的新诗：

> 我含着热泪伏在地上
> 拳头像敲鼓似的擂着
> 在遥远冰冷黄土地下的你啊
> 可听见我这悲愤痛苦的心跳
>
> 我责备我不能在这阴霾的清晨
> 跑到雪后凛冽的桦树林

用哀哭呼喊惊住使人心碎的枪声
用胸膛替你挡住恶毒可耻的一枪

棕色鬈发才思横溢的头仰倒了
宽宏热情勇敢忠诚的胸膛淌血了
血像洪流血像潮汐啊
吞尽了多少磅礴雄壮的诗行……

很长的一首诗,我很认真地读了一遍,又看了一遍,然后听阿丹哽咽着背完这首诗。我有些感动,但是又觉得有些滑稽。那是一个只有八个样板戏的年代,我们整个民族都处在一片文化的沙漠中。阿丹的诗充其量只是沙漠上的一棵绿色的小草。我知道阿丹一直在偷偷地写一些很颓废的诗,他的诗常常成为我们家庭的笑话。在一个"兴无灭资"的年代里,阿丹是一个十足的小资产阶级,他满脑子都是不健康的情调。"文化大革命"中,父母不让我去北京,就是怕我跟阿丹学坏了。

记得那天西北风初起,没到法定生暖气的日子,锅炉工还没来,我们自己笨手笨脚地生了锅炉,忙得蓬头垢面。外面西北风呼啸,室内渐渐暖和起来。阿丹用毛巾擦了擦脸,用力擤着鼻涕,开始给我讲这首诗的背景。他告诉我这首诗是写给一个女孩子的,这个女孩子不是我的嫂子。

2

阿丹在一种十分神秘的气氛中,跟我说了他和那个女孩子的故事。这个故事起码有两点对我充满诱惑。第一，必须得瞒着我的大嫂，对于一个十七岁的少年来说，知道别人婚外恋，意味着别人对你的最大信任。第二，故事中那个叫热米拉的女孩子，是作为叛国罪被击毙的，这事不用说是在当时，就是在今天，也仍然带有一种传奇色彩。

就在那个西北风初起的日子里，热米拉的故事开始进入我的大脑，它穿透大脑的表层，深深地往里插，一直插入记忆深处。连续多少年，我常常为热米拉的遭遇想入非非。这是足以吸引一个青春期男孩子产生梦幻的故事。事隔多年，再想起这个故事，我已忍不住暗自好笑。但是在一九七四年，在我十七岁的那个年头，这个故事使我一下子觉得自己成熟了许多。

阿丹是六十年代初期认识热米拉的，他陪同我的祖父去青岛度假，在海边散步的时候，遇到了和父亲一起从新疆来度假的热米拉。热米拉那时候还是个十二三岁的小姑娘，梳着新疆姑娘特有的小辫子，头发有些带棕色。阿丹用诗一般的语言，向我描述了当时海边的情景。夕阳西下，渔船孤零零地歇在海滩上，树棍架起了渔网，海浪一波一波地扑向海岸。那个叫热米拉的女孩子远远地跑过来，跑向我的祖父，递给祖父一支红色塑料杆的圆珠笔，让祖父在她的小笔记本上签字。女孩子的父亲显然为女儿的冒昧，感到有些不好意思，他站在离祖父不远的地方，红着脸，带着微笑。

热米拉看了一眼站在祖父身边的阿丹，大眼睛发亮，气喘吁吁地说："老爷爷，我爸爸说，你就是那个——那个语文课本上写文章的人？"

于是大家就算熟悉了。热米拉的父亲和我祖父互相点头示意,阿丹和热米拉聊起天来。在陌生的海岸线上,二十岁刚出头,英俊而且潇洒的阿丹,一下子被热米拉的热情活泼吸引住了,在后来的几天里,他们成了一起玩耍的好朋友。尽管年龄相差了近十岁,然而他们好像根本就不在乎这种距离。

3

阿丹在向我叙述故事的时候,反复强调热米拉是个早熟的女孩子。刚开始的故事,和爱情似乎没什么关系,天高云淡,海滩上见不到几个人。阿丹有着非凡的叙述才能,一些十分平常的事,也可能被他描绘得引人入胜。反正两个人无事可做,天天在海滩边散步,看日出,看日落,看渔民拉网捕鱼,换上游泳衣到大海里去冲浪,那情景就像今天影视上喜欢表现的那样。

在祖父的相册里,我看见了当时的相片。热米拉果然像阿丹描述的那样美丽,她穿着花布长裙,十分亲热地挨在我祖父的身边,旁边是她的父亲,在祖父另一侧的是秘书老石,再旁边才是阿丹。背景自然是大海,是用那种老式的120照相机拍摄的,人很小,脸部表情看上去不是太清楚。

"我们在海边,根本就没有想到相爱这件事,"阿丹承认,最初他们只是觉得对方可爱,但是他显然是把它当作爱情故事来向我叙述的。分手的时候,这两人已经有些依依不舍,相互留下了地址,相约通信联系。然后便是源源不断地通信,你来我往,终于使两个人的关系,有了实质性的进展。他们开始使用那些非常亲昵的词汇,一封信接着一封信,越写越肉麻。这些信后来被阿丹点着了火,扔进一个铜脸盆里,当着我嫂子的面化为灰烬。

在那些热情滚滚的信中，热米拉说自己要到北京去上高中，阿丹以为她只是说着玩玩，可是有一天，她果然出人意料地到了北京。热米拉的父亲是少数民族的高级干部，让女儿在祖国的首都接受教育，正合他的心愿。热米拉突然出现在阿丹的面前，阿丹有些惊慌失措，因为这时候，他是北京一所中学的语文老师，正开始和我的嫂子谈恋爱。虽然在信里面把话说得十分大胆，可都是纸上谈兵，在北海公园又一次见面时，阿丹吃惊地发现热米拉长得更高了，热乎乎的，像一团火。

热米拉说："阿丹哥哥，你在信中不是说要吻我嘛，好吧，现在你可以吻我的额头。"

在纯洁的热米拉面前，阿丹失去了贸然吻她的勇气，他的勇气已经在信里用得差不多了。于是，他只能用笑掩饰自己的怯场，一本正经地问热米拉，为什么要吻额头。热米拉昂着光亮凸起的脑门，说吻额头是长辈对小辈表示亲热，他相当于她的哥哥，也可以凑合着吻她的额头了。

阿丹说："你真的觉得我是你的哥哥？"

热米拉说："那当然。"

这以后，阿丹开始了脚踩两只船的幸福生活。一方面是和我的嫂子，这是一种正式的、冠冕堂皇地谈恋爱。另一方面，是一种带些诗意，同时也带些神秘色彩的恋爱游戏。最初还有些应付不过来，很快就熟能生巧，阿丹无师自通地学会了巧妙安排自己的时间，他游刃有余地奔走在两个截然不同的女性之间，非常有心机地把我嫂子牢牢地抓在手心里，同时又玩火一般地煽动着热米拉的激情。热米拉沉浸在爱的热流中间，她告诉阿丹，自己开始爱上北京了，刚到这座城市的时候，她还无法想象自己将来能在这里生活，可是现在，她已经做好了一辈子都生活在北京的准备。

热米拉说："我喜欢北京，因为这个城市里有你。"

4

一个有月亮的夜晚，春风在湖面上荡漾，波光粼粼，杨柳树下，阿丹正式吻了热米拉。显然不只是吻了吻额头，因为阿丹在叙述这一情景时，情不自禁地哆嗦起来，他的眼睛发亮，神经质地使劲儿捏自己的手指。仅仅是叙述这个故事时的激动，就足以感动人。那个夜晚的月色和后来公共汽车上的匆匆一别，给了阿丹永恒的记忆，在以后为热米拉写的诗歌中，月色和公共汽车成了他反复吟诵的主题之一。

热米拉激发了足够的诗的灵感。没有热米拉，阿丹就不会成为诗人。从十八岁开始涂鸦，到"文化大革命"前夕，阿丹已经是个很不错的诗人。他曾经很认真地对我说，自从认识了热米拉，自己所写的每一首诗，都是献给她的。热米拉是爱情和诗歌女神，是维纳斯，是缪斯。当然，阿丹只是属于那种活动在地下的诗人。虽然写了上百首，他的诗从来就没有在正式的报刊上发表过，他断断续续写着，用钢笔毕恭毕敬地抄在硬壳的笔记本上。阿丹喜欢洛尔迦，喜欢阿赫马托娃，喜欢巴尔蒙特，他始终是个寂寞的先锋诗人。

热米拉的故事中，如果没有诗，绝对不会有什么冲击力。阿丹似乎羞于过多地讲述和热米拉之间的缠绵，他总是点到为止，说他们怎么了、怎么了，然后突然打住。他不允许自己的叙述中，掺入任何猥亵的东西。爱意味着至高无上，是生命中最宝贵的精华。阿丹一再向我强调，没有热米拉，就没有诗。他在叙述热米拉的故事时，最终结尾，总是喜欢斩钉截铁地说：

"这是诗！"

今天回想起来，说什么像诗，很有些矫情。可是在一九七四年，说什么像诗的这种幼稚行为，本身就真的像一首诗。当我们变得真正成熟以后，诗已经不存在了。一九七四年，恰巧是我的文学少年时期，我希望自己能成为一个像阿丹那样的诗人，在硬壳的笔记本上，随手写下自己的诗行。我希望自己能成为洛尔迦，成为巴尔蒙特，或者成为中国的马雅可夫斯基。由于我还没有遭遇上自己的爱情故事，于是我就只有靠想象和重温热米拉的故事，来触发自己最初的写诗灵感。坦白地说，与其说我当年被热米拉的故事吸引住了，还不如说我是被阿丹的诗所吸引。

年轻潇洒的阿丹继续奔走于两个不同的女性之间，充分享受青春的欢乐。然而就在这时候，轰轰烈烈的"文化大革命"开始了。一块巨大的黑幕被拉开，无数幕悲剧都将在这块黑色的背景下进行。一开始，谁也没有意识到事态会怎么发展，阿丹，热米拉，还有我的嫂子，十分被动地卷入到了轰轰烈烈的运动中，阿丹成为观望者，热米拉成为一名狂热的红卫兵小将，我的嫂子成为单位里的造反派。街上总是有人在游行，到处都是刺耳的大喇叭声。阿丹试图把这一切都置于身外，他继续交替着和我的嫂子以及热米拉约会，直到有一天，他自己被莫名其妙地揪了出来。有人揭发他专写那种有着颓废没落情绪的诗歌，他的诗被抄出来示众，一顶资产阶级小丑的帽子戴在了他的头上，当年崇拜他的女学生十分愤怒地往他脸上吐口水。

让阿丹感到幸运的，是生活中两个热爱他的女人并没有抛弃他。在学校里被批斗，年轻不懂事的学生甚至用皮带抽他，可是女人的爱，最大限度地弥补了他所受到的伤害。热米拉鼓励阿丹振作起来，以实际行动投身到轰轰烈烈的运动中去，通过改造，使自己重新成为一名坚定的无产阶级战士。我的嫂子在那个关键的时刻，毅然答应嫁给阿丹，在这之前，虽然我的嫂子已经和他谈对象了，但是在背后追她的男人有一大群。

5

在热米拉回新疆过暑假的日子里，阿丹和我的嫂子匆匆举行了结婚仪式。结婚将近一年以后，热米拉才知道这件事。这对她的打击实在太大了，远远超出了她的心理承受能力。在这以前，她还不知道一点点消息。虽然她和阿丹从来就没有确定过正式的恋爱关系，但是她觉得事情似乎早就定下来了。从决定到北京来上学的那一天起，她就觉得自己的命运已经注定。她远离故乡，远离热爱自己的父母，孤身一人来到北京，来到一个不停地为她写着诗歌的男人身边，做梦也不会想到事情会突然发生这样的逆转。

不幸几乎同时降临到热米拉的头上。那一天，她从朋友的来信中，知道自己心爱的父亲，在新疆被打成了反革命，罪名之重，连枪毙都够了。这消息犹如晴天霹雳。热米拉的父亲是为数不多的少数民族高级干部，多少年来，一直享受着很高的特殊待遇，他被揪出来，意味着热米拉享有的许多待遇也将不复存在。

热米拉终于明白自己为什么已经连续三个月没有领到生活费,而往家里挂军用长途电话总是没人接。

心事重重的热米拉太需要有个人安慰安慰她。她想找阿丹一诉衷肠,冒冒失失地没打电话就直奔我祖父的家,因为阿丹和祖父住在一起。由于热米拉穿着旧军装,手臂上套着红袖章,是一名地道红卫兵小将的打扮,她的突然出现,立刻引起家中不小的骚动。那年头,常常有身份不明的造反派打电话来,要批斗我祖父。教育系统的造反派,给我祖父安的罪名是"资产阶级教育路线的祖师爷",很多造反派组织蠢蠢欲动,扬言要将我祖父立刻揪出去批斗。

门卫拦住了热米拉不让她进去,对她的身份一遍遍地审问,结果还是我嫂子出来说话,才把热米拉领了进去。那天阿丹正好没有在家,热米拉被带进了他和嫂子结婚的新房。接下来的一切,已经没办法也没必要进行描述,两个不知道对方是谁的女性,转眼间,已经意识到了问题的不同寻常。新房里的布置,很轻易地便能说明一切,而热米拉极度的震惊,也绝不可能再掩饰住什么。经过十分难堪的沉默,热米拉突然奔进了厕所,像小孩子一样抽泣起来。由于她销上了厕所的门,我嫂子只好不停地在外面敲门,轻声地好言好语地请她出来说话。

过了好一会儿,热米拉隔着厕所的门,抽泣着说:"对不起,对不起,我不该来的!"

我的嫂子无话可说,只好苦笑着摇头。

又过了一会儿,热米拉重复刚刚说过的话。

我的嫂子急了,说:"对不起?对不起?我不知道你为什么不该来。"

6

阿丹在向我叙述热米拉的故事时,总是用一种十分可疑的语气,提到我嫂子。他一会儿把我的嫂子说成是一个非常贤惠大度的女人,一会儿又十分夸张地描绘我嫂子的嫉妒心。时间长了,我听到过无数遍关于热米拉的故事,这些故事因为叙述时间、地点、人物的不同,有过不同的版本。除了阿丹本人,很多认识他的人,都重复过这个故事,其中最好的一个故事版本,应该是我嫂子在阿丹的追悼会以后告诉我的,它将作为这篇小说的结尾。

现在我不得不继续重复阿丹对我所说的热米拉的故事。老实说,就算是他自己所说的,也有不同的版本。在写这篇小说之前,我就决定,将在阿丹的叙述中,挑那些最有戏剧性的段落来描绘。小说的技巧,简单地说,是说什么或者不说什么。任何一个知道说什么和不说什么的人,都能当小说家。阿丹喋喋不休的话题,就是他对热米拉的那份内疚。他谴责自己玩弄了一个纯洁姑娘的感情,谴责自己在热米拉最需要帮助的时候,没有能够伸出援助的手。他只是轻轻一推,就这么轻轻一推,便把热米拉推进了无底的深渊。

那一天,等阿丹回家的时候,热米拉已经含泪告辞,一切就像没有发生过一样,我的嫂子告诉阿丹,有个叫热米拉的女孩来过,阿丹"嗯"了一声,就把事情蒙混了过去。我的嫂子在等阿丹坦白交代,以后的几天里,她用沉默等待着。然而阿丹迟迟不交代,她拿他也没什么办法。憋到临了,我嫂子说:"她究竟是什么人,你总应该说说清楚。"

阿丹明知故问："你说谁？"

我的嫂子悻悻地说："我怎么知道她是谁？"

阿丹又一次见到热米拉，是一个月以后，在公共汽车站等车子。他和我嫂子去医院化验回来，我的嫂子已被证实是怀孕了。街上有人扛着标语在游行，很机械地喊着口号，路堵起来了，一片混乱。好不容易游行的队伍过去了，突然，热米拉孤零零地一个人走过来，也是去等公共汽车，只不过是在马路斜对面的那个车站。她显然有什么心事，自顾自地走着，到了车站那里，心不在焉地看了看汽车来的方向。

这时候，阿丹产生的第一个念头，是害怕我的嫂子会注意到她。他心虚得要命。自从结婚以后，阿丹一直想寻找一个适当的机会，向热米拉挑明。他知道继续隐瞒下去，便有些不道德，但是他又没有这样的勇气。他一生中缺少的永远是勇气。他知道自己已经深深地伤害了热米拉，而且还在继续伤害。他爱热米拉，热米拉也爱他，但是阿丹自己也说不清楚，既然是这样，他为什么还要和我嫂子结婚。多少年以后，阿丹讲述热米拉的故事时，很迷惘地说过：

"我究竟更喜欢你嫂子，还是喜欢热米拉，这是个永远说不清楚的问题。我只能非常真诚地告诉你，这两个女人我都爱，她们在我的生命中，都重要，一样重要。"

公共汽车迟迟不来，车站上等车的人越来越多。热米拉猛地回头，终于看到了阿丹他们。事实上，我的嫂子一直在注意她，早在热米拉从他们身边走过的时候，她就一眼认出了她。这两个女人表情木然地凝望着，而站在一旁的阿丹，有一种世界末日来临的恐慌。他突然意识到自己不仅是伤害了热米拉，而且更严重地伤害了我的嫂子。他发现自己因为爱两个女人，伤害了两个女人，因为爱，所以伤害，一个多么残酷可怕的局面。

这是阿丹最后一次见到热米拉，直到公共汽车开过来，她都没有对阿丹看一眼。她默默地看着我嫂子，就这么一直盯着，我嫂子也盯着她看，大家的表情从木然到敌意，又从敌意恢复到木然。后来，热米拉先上了公共汽车，她好像已经不认识阿丹了，神情一片漠然。这是一个心碎了的女孩子，才会拥有的神情。汽车缓缓开过，车子上的人挤来挤去，一个粗壮的男人甚至狠狠地推了推热米拉。热米拉一动不动地站在那儿，虽然只是短暂的一瞬间，却仿佛电影上的慢镜头。瞬间变成了永恒，热米拉告别时的模样，像木刻一样在阿丹的大脑里定格。

半年以后，阿丹听到一个十分震惊的消息，热米拉和另外两个年轻人，试图偷越国境，投奔苏修，被击毙在新疆和苏联接壤的边界上。在热米拉的身上，发现了一卷大字《参考消息》和一本手抄的诗集。没人知道这些热情洋溢的诗是谁写的。告诉阿丹这消息的人，是新疆驻京办事处的一名司机，阿丹去热米拉住处时曾经遇到过他。他神秘兮兮地告诉阿丹，说热米拉的父亲也被抓起来了，有情报说他妄想搞暴动。

阿丹去热米拉所在的学校打听，校方说她失踪起码有半年了。也许是阿丹心虚，也许确实有人在监视，阿丹的一举一动都显得有些形迹可疑，他被带进一间空教室，一名戴着近视眼镜的中年人，很严肃地对他进行了一番讯问，他记下了阿丹单位的电话，仔细地审视阿丹的工作证，反复琢磨那上面的钢印。"我希望你说的，都是老实话。"在阿丹被允许离开之际，戴近视眼镜的中年人在阿丹的肩膀上拍了一下，带着警告意味的口气说。阿丹走出去了一大截，回过头来，发现那个中年人的目光，还炯炯有神地盯着自己。

7

文化大革命中，叛逃苏联可是一桩了不得的大罪。越境者被击毙在边界线上，对于当时的人来说，这是罪有应得。没有人相信热米拉有侥幸逃脱惩罚的可能性。在那个特殊的年头里，内部发行的大字《参考消息》如果提供给外国人看，就是里通外国。因此，在热米拉身上所发现的一卷报纸，便足以证明她的叛国投敌罪名。至于她身上揣着的手抄诗集，毫无疑问，是阿丹的杰作。

阿丹为热米拉写了无数首爱情诗，在她死的前后，诗的风格有着本质的区别。前期的诗优美轻松，抒情，华丽，堆积辞藻，后期的诗晦涩压抑，颓废，凄楚，用字吝啬。悔恨占据了阿丹心灵中大部分空间，悼念成了他诗歌中不朽的乐章。

  是哪座
  长满青藤的墓
  掩盖了你的身影
  我好去
  痛痛快快
  洒我的泪
  是哪块
  斑驳的花岗岩

中断了你的行程

我好去

用额头撞击

那冰冷的石碑

一定是

命运怕我找到你的

坟丘

要不

我心中的悲哀

那沉重

广漠

无限的悲哀

一旦倾泻

将淹没

多少青山

一九七四年,阿丹成了我文学上最初的启蒙老师。我把他的诗,毕恭毕敬地抄在祖父为我买的笔记本上。正是在这一年,我模仿着阿丹的腔调,在废纸片上学写诗。从一开始,我就感染上了颓废晦涩的坏毛病,无病呻吟,为那些根本不存在的女孩子讴歌。很多人走上文学道路,都是从诗歌开始,我显然也没有成为例外,只不过我的诗从来就没有写好过。热米拉的故事打动了我,她的形象老是在我面前晃来晃去。

我不止一次地和阿丹共同怀念热米拉,他朗诵着为她写的诗歌,每次都泪流满面。我不止一次跟着阿丹一起流眼泪,这情景如今想起来便觉得肉麻。热米拉引导我走上了独木桥,我在不知不觉中,掉进了文学的泥潭,从此再也拔不出来。热米拉栩栩如生,热米拉如歌如泣。阿丹的诗歌和热米拉的故事,像一对扇动着的翅膀,把我的思绪带得很远很远。

我的第一部中篇小说,就是以热米拉为素材,这是一次失败的创作,开了无数次头,每次写到将近一万字,就再也写不下去。时间是在八十年代初期,我那时正在大学里念书。尽管我对于热米拉耿耿于怀,情有独钟,可是我怎么也写不好这个故事。热米拉是一首诗,一首诗的内容,有时候并不适合写小说。我曾经问过阿丹,他自己为什么不把热米拉的故事作为小说来写。阿丹含糊其辞,说了什么,我已经记不清了。

8

阿丹死于一九八八年秋天,一场莫名其妙的恶性痢疾,夺去了他的生命。阿丹死后,在整理他的遗诗时,我对嫂子谈起了热米拉。我说到热米拉对我成为作家的重要意义。没有热米拉,就没有阿丹的诗,没有阿丹的诗,也许我就不会走上文学之路。我嫂子的话让我大吃一惊,因为热米拉的故事,竟然有个非常荒唐的结尾。

热米拉的死,是阿丹杜撰的一个故事。热米拉并没有死,热米拉就在北京。热米拉是一个极普通的女孩子,没有什么高级干部的父亲,人长得不丑,也谈不上漂亮,而且这个女孩子从来就没说过她爱阿丹。

想象让阿丹成为了诗人,虚构给阿丹带来了满足。阿丹同样向我的嫂子解释过自己的诗歌,在我这篇小说引用的两首小诗中,前一首是献给普希金的,后一首却是纪念他的一位熟人,这人是阿丹和我嫂子共同的朋友,死于一次突如其来的车祸,诗写于他们参加追悼会回来以后。

阿丹欺骗了自己,当然他也顺便欺骗了我。

一九九七年一月

纪念少女楼兰

第一章

1

一九七二年五月十六日，对于十四岁的谈者来说，显然不是一个好日子。半夜里，鸡总是怪叫。天快亮时，他梦到自己无意中闯进了女厕所，这显然是一个预设好的陷阱，女同学在班长杨小玲的带领下，一长串地蹲在那里，恭候着他的出现。他仓皇往外逃，女同学们一片声地尖叫，然后嘲笑，然后他就十分感伤地醒了。由于和老黄河睡在同一个地铺上，谈者十分担心他醒来，会发现被单上梦遗的痕迹。老黄河是大块头李晓兵的绰号，长得人高马大，胳膊伸出来，粗得赛过别人的小腿肚，气力特别大，大得让人忍不住联想，联想到当时常见的一种黄河牌载重汽车。天正在改变着颜色，渐渐地白了，鸡该叫的时候，偏偏没了声音，倒是农场的那条黄狗无缘无故地狂叫了一阵，紧接着是一片寂静。谈者以十分沮丧的心情，聆听着老黄河的呼噜。这呼噜声很了不得，地动山摇，一阵紧似一阵，谈者感到自己正有节奏地随着震动。

在此后的半个小时里，谈者一直心猿意马胡思乱想。老黄河酣畅的呼噜声在为他的遐想伴奏。谈者想起小学二年级时的那次尿床，待他一向很严厉的父亲没有责骂他，只是十分严肃地警告他，下次如果再发生类似的事情，便要将这丑闻散布到学校里去，告诉他的同学和老师。这是记忆中，谈者经历过的最严重事态，没有比这更恐怖的折磨，此后的几个夜晚，谈者魂飞魄散，彻夜不眠。后来母亲终于知道了事情的原委，她给脸色已经发黑的儿子唯一的安慰，就是告诉谈者有关他父亲的一次出丑，在上大学时，谈者的父亲曾经因为拉肚子，把屎拉在了教室里，准确地说，是拉在从教室奔向厕所的过道上。和这样的洋相比较，小学生的尿床又算得了什么。

隔壁女生房间里的闹钟，突然响了起来，那声音很是刺耳，但是很快就听不见了。谈者听到女生模糊不清的说话声，一会儿是杨小玲的，一会儿是楼兰的，李玲玉的声音暂时听不见，很可能还在睡。然后是尿尿的声音，这是女孩子特有的声音，那尿桶和谈者他们只隔着一面墙，淅淅沥沥仿佛下着小雨。杨小玲大声地说着什么，谈者听见她大声地喊："楼兰，楼兰。"楼兰显然故意不搭理她，猛地回了一句："喊什么，知道了！"

以后便是女孩子们的哼歌声，各唱各的，很乱。李玲玉的声音出现了，她低声问着楼兰什么。在墙这边，老黄河依然呼声阵阵，谈者听到墙那边杨小玲气呼呼地说："该叫小反他们起来了。"楼兰说："你喊就是了，喊呀。"于是杨小玲果然在隔壁大叫："小反，小反，起来了！"

2

"小反"是谈者的绰号,班上的同学都这么喊他。所谓小反,是"小反革命"的简称。自从小学六年级的反动标语事件以后,谈者就没有在学校里抬起头过。他像丑角明星一样突然显眼起来,在这之前,他是班上一名最不引人注目的小男孩,相貌平平,个子极矮。一条写在黑板上的反动标语,顿时使他名声大噪。他突然变成了一个彻头彻尾的小坏蛋,一个天生的小反革命,一个全班以至全校闻名的反面教材。

没人能想明白谈者当时为什么要做那样的傻事,别人不明白,他自己也不会明白。一切都是神使鬼差。在那个特殊的年头里,书写一条反动标语,就够资格判死刑。没什么比现行反革命的罪名更严重,更骇人听闻。然而有时候问题越严重,越不可思议,越有魅力。谈者对传说中人民公安的破案水平深信无疑,他纯粹是带着一种少年的牺牲精神,想让自己的同学见识一下这种能力。那天,他比平时提早了半个小时到学校,在学校的操场上形迹可疑地兜着圈子。陆陆续续有同学来了,是其他班的,谈者突然冲进教室,在黑板上匆匆写了"毛主席万岁"五个字,然后在前面用左手写了歪歪扭扭的"打倒"两个字。写完了,想了一会儿,又把讲台往后拉,让它紧靠着黑板,用一把竖起的扫帚挡住了"打倒"。

这一切都忙完了,谈者突然发现教室外,两位低年级的同学,正盯着自己看。谈者有些慌乱,一时间,他不知道自己是应该瞪起眼睛吓唬他们,还是赶快把黑板上的字擦掉,消除犯罪痕迹。想后悔已经来不及,接下来的事情如同暴风骤雨,凶猛迅速，谈者立刻陷入了阶级斗争的海洋。在人民公安尚未到来之前，案情已经真相大白。谈者立刻成了全校批斗的靶子，大家口诛笔伐，向他猛烈开火。

3

集市上很乱，伙房的五位同学直奔卖肉的摊位。卖肉的胖子瞪着小眼睛，目不斜视，直直地盯着杨小玲突起的胸脯，好半天，才把目光转移到楼兰的脸上。三位女同学为究竟买什么部位的肉，吵得不可开交。杨小玲坚持要买有肥有瘦的猪肉，楼兰说："李玲玉，当然是腿上的肉好，对不对？"李玲玉不敢拂杨小玲的意，和稀泥说："五花肉也好，都好，只要有肉吃，就好。"楼兰说："那好，我们买一个猪头回去。"

杨小玲说："买了猪头，你吃？"

楼兰不说话了，她注意到了卖肉胖子不怀好意的目光。

虽然来农场学农不过才十天，可是大家记忆中，已经几个月没吃肉了。才来的时候，张老师说："我们是来向贫下中农学习的，既然来了，这肉就不能多吃，但是也不能不吃，这样，一个星期吃一次肉。"同学们当时并不在乎，说红军爬雪山过草地，树皮能吃草根能吃，不吃肉有什么大不了。没想到不吃肉还真不是小事，天天像农民一样地干活，吃的是清炒青菜红烧山芋，可怜这些城里来的学生娃娃，自打出了娘胎，从没这么受罪过，刚吃了点儿苦，本性就毕露无遗，一个个都跟盼过节似的数着日子，就等着吃肉的这一天。

结果是买了十二斤的五花肉。杨小玲是班长，自然她说了算。买好了肉，付钱，还有零头没找。卖肉的胖子嬉皮笑脸，说："就一毛钱，算了吧!"杨小玲板着脸说："那不行，这是班费，你一定得找。"胖子随手从猪后脑勺上削了一块肉皮，扔了过来。杨小玲把肉皮扔还回去，一定要应该找的那一毛钱。谈者和老黄河在一旁看着，不吭声，三位女生围着胖子吵。

胖子终于认输，付了那一毛钱，心有不甘地说："现在的女娃娃，怎么这么厉害。"

杨小玲把和胖子怄的气，转移到了谈者身上。她板着脸，让谈者拎那刚买的十几斤肉。那肉放在菜篮子里，好大的一块。谈者不敢不听，只好乖乖地一个人拎。自然是很吃力的样子，楼兰看他那模样可笑，对杨小玲耳语，意思是让老黄河拎，老黄河反正有力气，闲着也是能源浪费，然而杨小玲看着谈者笨拙的样子，毫无商量余地："就让小反拎，谁让他是小反的，活该。"李玲玉也跟着帮腔，说："就得让他干活儿，这叫劳动改造。"

那年头的男生和女生界限森严，从来不讲话。就算在一个院子里住，从小一起长大，如果说了话，就是不要脸，就是思想不健康。只有对谈者是例外，男生女生都把他当中性人，因为他是小反，是小阶级敌人，谁都有管教他的义务。由于伙房工作的特殊性，谈者成了老黄河和其他三位女生对话的传声筒，有什么话不直接来往，而是拐一个弯绕着说。譬如老黄河正在烧火，不需要再添柴了，掌勺的女生便说："小反，跟他说不要烧了!"反过来也一样，老黄河有什么事，要请示，也是小反怎么样怎么样。

买了肉，又去买葱买姜，姜买了，找了许多地方都没有葱。原来在农村，这葱家家都种，自然不会有人拿到集市上来卖。三位女生一个个都是小大人模样，走东逛西，一路叽叽喳喳。谈者像个跟班的随从，屁颠颠地跟在后面，拎着那十二斤肉，东倒西歪，渐渐有些掉队。杨小玲说："你真没用！"随手从别人屋前的柴火堆上，抽了根一米长的树棍，戳在篮子的把手上，要与谈者一起抬。谈者一肚子的不愿意，犟着说："我一个人拿得动。"杨小玲说："拿得动，还走这么慢？"

楼兰和李玲玉停了下来，等杨小玲和谈者。老黄河在一旁无所事事，他长得五大三粗，和女生一起走路，总感到说不出的别扭，一边走，一边晃，那腔调活脱是个雇来的保镖。他回过头来，看那两个人还在纠缠，突然英勇起来，他走了过去，把装肉的篮子不当回事地抢了过来，拐在肘腕那里，健步如飞。楼兰和李玲玉忍不住直笑，杨小玲白了谈者一眼，大家继续在街上转。到了供销社门口，三位女生让两位男生等着，带几分神秘地走进去。不一会儿，三个人快快地走了出来，与谈者和老黄河会合，仍然是往前走，走过一家小馆子，正在卖刚出笼的包子，几个人嘴馋加上肚子饿，不由自主停了下来。楼兰看着那热气腾腾的包子，咽了咽口水，说包子怎么才四分钱一个，价钱比城里便宜了一半。李玲玉研究得更细，竟然发现那包子的馅，是螺蛳肉和韭菜。杨小玲明白大家的心思，说我们一人吃两个包子，吃了就吃了，谁也不许回去打小报告。于是大家掏钱，老黄河脸上立刻红了，问谈者借钱，谈者苦着脸说："我自己都没有，怎么借给你？"

结果是楼兰垫的钱，几个人站在小馆子门口，贼头贼脑地狼吞虎咽那两个包子。李玲玉吃到一半，对楼兰说："那小供销社也真滑稽，居然连卫生纸也没有，没卫生纸怎么办？"她突然意识到不该说这些。杨小玲白了李玲玉一眼,李玲玉知错地伸了伸舌头。楼兰有些不自然,杨小玲把目光转向谈者和老黄河,老黄河两个包子已经下肚,谈者在琢磨李玲玉的话。杨小玲仿佛看透了谈者的心思,狠狠地瞪了他一眼。

第二章

1

初二(3)班的同学,都歪着脖子盼这一天到来。这一天除了有肉吃,还有农业基础课。在学校,大家都不想上课,现在到了农场,很快就厌倦下地干活儿,情愿傻坐在农场的老槐树下上课。才来农场的那股好玩劲儿,早已消耗得差不多。农业基础课的下一讲,要说植物的授粉,这是个有趣的话题,大家已经准备好快快活活大笑一场。

上课的地方离伙房不远,同学们一边上课,一边闻着扑鼻的肉香。男生和女生像两个敌对的阵营,分开坐在地上,老槐树上钉着铁钉,斜挂着一块小黑板。吴老师是一个五十多岁的老太太,她的表情十分严肃,为大家讲解"花"的基本结构,解释什么是花的雄蕊,什么是雌蕊。说了一通,即兴提出一个问题,这就是一朵花的雌蕊如果被害虫吃掉了,那么这朵花还能不能结果。问题提出来了,下面一片声的怪笑,却没人站起来回答。吴老师于是自问自答,说当然不能。然后又问,蜜蜂在花丛中飞来飞去,对植物有没有什么好处。

底下到处是不怀好意的低声议论。吴老师指着蒋家瑜,让他站起来回答。蒋家瑜站起来,不说话,一个劲儿地傻笑。吴老师说:"有什么好笑的,回答问题,不要嬉皮笑脸。"蒋家瑜忍住了笑,说回答哪一个问题?底下一片声的大笑,男生笑,女生也笑。吴老师知道蒋家瑜最喜欢哗众取宠,既然喊他站起来了,问题当然还得继续往下问,她怔了怔,说:"蜜蜂喜欢在花丛中飞过来飞过去,我们知道这是采蜜,现在换个角度想一想,它们这么做,对植物有什么好处?为什么?"

蒋家瑜说:"当然有好处。"

吴老师要他讲出为什么。蒋家瑜在他身边同学的脑袋上打了一下,一本正经地说:"因为植物感到快活。"

同学们笑得前仰后合,吴老师的脸上有些不好看,等大家的笑声渐渐停下来,反问道:"你怎么知道植物会感到快活?"

两节农业基础课是连着上的。下了课,大家一起拥进伙房,那肉已经在白水里煮了一遍,现在该加调料红烧了。楼兰是主厨,气势磅礴地往大铁锅里倒酱油。她这是第一次烧肉,一边操作,一边问杨小玲自己这么做对不对。杨小玲也没把握,脑子里只是记住上次的经验,不能搁太多的盐。伙房里的人,越来越多,杨小玲有些来火,十分严厉地对谈者说:"小反,你喊他们都出去。"用不着谈者转话,男生知道是在撵自己,便搭讪着往外走。有个别女生还赖着不肯动弹,杨小玲发话了,直呼其名:"杨飞飞、赵如燕,还有马兰,喂,你们怎么回事,都出去,听见没有?"

男生女生便站在伙房门口,一堆一堆地聊天。大家拿蒋家瑜开心，一定要让他说出个为什么。为什么蜜蜂在花丛中飞来飞去，植物便会感到开心。马小军说："蒋家瑜，老实交待，你是怎么知道的？"蒋家瑜说："我就是知道，又怎么样？"马小军说："你又不是植物，怎么会知道？"蒋家瑜反唇相讥，说："你也不是植物，怎么就知道我不知道？"两个人油腔滑调，毫无意义地斗了一会儿嘴，声音颇高，显然是想引起女生的注意。其他的男生跟着起哄，有意把他们两个的话，往下流上引。

杨小玲在伙房里听得十分清楚，嘴一撇，对楼兰说："这些男生，真不要脸！"楼兰装不明白，问怎么不要脸啦？杨小玲说："根本就不应该给他们吃肉。"谈者在灶台后面烧火，杨小玲看看锅里，对他嚷道："好了，不要再烧了。"谈者手上还有一把柴，舍不得放下，随手又往灶膛里塞，那锅里的肉顿时有了煳味，杨小玲跳脚道："好你个小反，竟敢不听我的话，叫你不要烧了，你还要烧！"

这话让站在窗口的几个调皮的男生听见了，捂着嘴笑，到吃饭的时候，一边吃肉，一边拿谈者打趣，模仿着女班长的口气，尖声怪气地说："小反，叫你不要骚了，还要骚！"那烧和骚正巧是同音字，男生捉弄谈者，因此又多了一个把柄。

2

自从"反标"事件以后，谈者一直是大家欺负的对象，是众人的出气筒。班上同学轮流做值日，惟有谈者必须天天老老实实在场，坚持到最后倒垃圾。大家闲着没事做的时候，就把谈者拉出来进行一番批斗。从小学升入初中，由于是就近入学，原来的小学同学大都还在，班上的大部分人，都是谈者书写反动标语的见证人。他只要稍稍有些不老实，谁都可以立刻翻出旧账，板起脸来训斥他。谈者已经习惯了这种特定年代里，孩子们常玩儿的成人游戏，欺负弱小者是人本性的一部分，有时候并不带有什么恶意。

这次学农的时间特别长，是一个月，整整一个月。刚来时的那股新鲜劲儿没有了，大家挖空心思寻找别的快乐。这天下午的活儿又是锄草，农场里有一块苹果园，同学们将那草拔了，集中起来，然后等猪场的人来取。猪场和校办农场一样，只是五七干校的一部分，这一带原来是部队的一家农场，中苏边界发生冲突，部队调防，农场便空了出来，成为省级机关的五七干校，干校太大，又从中间挖出一小块来，作为学生劳动锻炼的校办农场。干校是成人的世界，牛鬼蛇神，什么样的人都有。这是知识分子动不动就要进行劳动改造和劳动锻炼的地方，来学农的同学闲着的时候，常到干校的校本部去鬼混。

猪场由农林局的人负责，农林局有很多专门人才，到了干校，各尽所能，所学的专业知识大显神通。最让同学们感到目瞪口呆的，便是替公猪采取精液，替母猪进行人工授精。一个同学在闲逛时，偶然发现了这些场面，这一发现立刻引起轰动，在全班的男生中间广泛流传。再也没有什么新闻，比这更能躁动青春期少年的心。公猪和母猪，花朵的雄蕊和雌蕊，人工授粉和人工授精，成了男孩子们晚上睡觉前的主要话题，谈者曾听老黄河描绘过此事，他的叙述有些结巴，然而事情的过程，却说得清清楚楚。这事几乎吸引了全班男生的注意，大家动不动就往猪场跑。

伙房的同学不用参与下地劳动，但是在同学们劳动的时候，要送一次水。老黄河力气大，用一条扁担，挑两桶水。谈者没那个气力，每次都是和杨小玲合抬。那杨小玲似乎故意要谈者的难堪，因为男生女生既然不说话，杨小玲这么做，显然又一次让谈者成为公众的取笑对象。杨小玲反正什么都不在乎，她是班长，大大咧咧的，专门喜欢和谈者作对。她老是明目张胆地欺负谈者，像老爷使唤小厮一样，不停地让他做这做那。

水送到了地头，大家抢着喝水，很快将老黄河挑去的两桶水喝完了，继续干活。剩下的两桶水留在那里，谈者跟着担着两只空桶的老黄河，偷偷地往猪场去。到了猪场，突然发现伙房的三位女生，也跟着来了，心头有些吃惊。老黄河瞪着眼睛说："她们跟着我们干什么？"两个人停下来，三个女生也不往前走了。谈者发现杨小玲正盯着自己看，顿时有些不自在。他们站在那儿不动，三个女生也不动，叽叽喳喳地说着什么。

这时候，传来了一阵阵的猪叫声。老黄河对谈者使了一个眼色，然后若无其事哼起歌来。他平时从不唱歌，是左嗓子，难免怪腔怪调。只见一位知识分子模样的人，戴着眼镜，穿一件白大褂，手上拎一个塑料外壳的热水瓶，赶着一头巨大的种猪，雄赳赳气昂昂走过来。三个女生十分慌张地往两旁边闪开，老黄河站在那儿，摆出要击拳的姿势，十分造作地做出英雄样。那种猪毫无反应地走着，熟门熟路地拐进一个猪圈。

猪圈里靠墙放着一条类似木工干活儿用的长凳。那长凳上面垫着稻草，稻草上面蒙着一层猪皮，这就是所谓的"假母猪"了。种猪进了猪圈以后，便去撞那条竖着的长凳。知识分子模样的人，一边吆喝，一边将手中的热水瓶放好，扶了扶眼镜框，用手上的树棍子，在种猪的身上抽了一记，慢腾腾地将那长凳放下，然后抬起头来找人。又一位知识分子模样的人，不知从什么地方钻了出来，他手上拿着一个刷子，沾了什么东西，在长凳的一端来回刷了好几下。那种猪开始叫唤，十分笨拙地一拱，竟然将那长凳掀翻了。两个人于是好一阵忙乱，把凳子重新扶正，种猪在被刷子涂过的那一端嗅着，边嗅，边呻吟，肚子下面伸出一截红红的肉棍子，突然一跃，趴到了凳子上。

谈者注意到三位女生落荒而逃，不知道是谁带的头，一个比一个跑得快。老黄河傻呵呵地笑着，在谈者的头上拍了一记，拉了他就走。一边走，一边煞有介事地说："把那东西弄出来，以后再放到老母猪的那里面，就有小猪了，我告诉你，这样小猪反而多。"谈者似懂非懂地点点头。走出去不远，又看见那三位女生，站在路边不动，那意思显然是在等他和老黄河。

果然，当谈者他们走近时，杨小玲用命令的口吻说："小反，还有两个空桶，你去拿一下，听见没有？"

谈者一时有些不明白。

杨小玲又说："喂，跟你说话呢，不要装死！"

谈者终于明白，这是让他去果园取回另外两只装水的空桶。他想让老黄河陪自己一起去，老黄河想了想，说："滚你妈的蛋，我不高兴去，要去，你一个人去吧。"说完独自先走了。谈者对杨小玲有些发憷，不敢违背她的话，跟着三个女生一起去果园。很快到了果园，水还没有喝完，三个女生在那儿玩了一会儿，自顾自走了，留下谈者一个人在那儿等着，等水差不多喝完，才一个人挑着两只空桶回伙房。

3

谈者挑着两只空桶回伙房的时候,已经接近黄昏。红红的落日挂在天边,大片的云海正在运动,一群麻雀叽叽喳喳叫着。走过泵房,谈者远远地看见楼兰从泵房里钻了出来,她显然没有注意到他,匆匆忙忙地出来了,上了路,直奔伙房的方向。谈者停住脚步,眼看着楼兰没有了踪影,情不自禁地沿着路边的排水沟,慢腾腾地往泵房走去。这是一座废弃的泵房,紧挨在大路边,里面放着一台锈迹斑斑的大水泵,电源线已经被剪断。锁着的门早就被撬开,人用不着走进去,远远地在外面,便可以闻到扑鼻的臭味。农场里没有正正经经的厕所,前前后后不知有多少人来这儿方便过了。

谈者吃准了楼兰是在泵房里干坏事。女生不像男生那样,可以站在路边撒尿,她们不可能速战速决。班上的男生都知道女生频频去泵房的秘密,仿佛只是为了验证自己的设想,谈者放下扁担和水桶,小心翼翼地走到门口,对四处望望,见没有什么人,便从隙开的门缝往里窥探。眼前的景象证明了谈者的假设,他看到地上东一堆西一摊已经风干的粪便中,有一大摊湿漉漉的刚尿过的痕迹,像世界地图似的向四处扩展,一看就知道是楼兰的成果。谈者看到离那摊痕迹不远,扔着一长条卷着的白草纸,上面印着深红色的血,他随手捡了一根树棍,从外面伸进泵房,将那一长条卫生纸像叉鱼一样,戳在树棍尖上,然后叉出泵房,举起来,在空中划了半圈,用力向远处扔去。扔完了,他突然意识到有什么不妥,扭头就走。

谈者又一次挑起空水桶,晃悠悠地离开泵房。他一路走,一路想象着楼兰蹲在那儿的模样,他知道自己这么想,很下流,很猥亵,然而他忍不住还是要想象下去。谈者想象着楼兰蹲在那儿,两条腿分得很开很开,那尿冲在水泥的地面上,发出很响的声音。水往低处流,谈者想象着那带些黄颜色的尿,正往自己这边淌过来。

第三章

1

这一天是五月十六日。这一天,对于谈者和楼兰来说,意义特别重大,永远不会忘记。三天以后,公安人员突然从天而降,把谈者找去谈了第一次话,话题很简单,这就是五月十六日那天,他有没有进过泵房。谈者脸色苍白,不明白为什么会问这些。要是大家真知道他当时都干了些什么,那实在是太丢人了,因此他矢口否认,一个劲儿地摇头。他的反常引起了公安人员的注意,他们会心地笑着,让他不要害怕,老老实实地把实情说出来。他们说他毕竟还是个孩子,只要老实交代,就可以从宽处理。

公安人员是坐着吉普来的,一共四个人,三个男的,一个女的。男的中间有一位是老头儿,是开车的,话不多,在审问的过程中,老是东张西望。剩下的两个是小伙子,说话很冲,动不动就提高声音吓唬谈者。相比之下,还是那位女的态度好一些,她大约四十多岁，梳着十分精干的短发，似乎是位头头儿，因为所有的话，总是她最先开始讯问，而且也是她常常提醒那两位年轻的公安，用不着那么大声地说话。女公安像聊天一样询问着，漫不经心，眼睛很和蔼地盯着谈者。

女公安说："你真的没有进去过？"

谈者说："真的没有。"

女公安又说："也许是进去过，可是你却忘了，会不会这样？"

谈者说："不会！"

"真的不会？"

"真的不会。"

谈者发现如果再这么问下去，他便要受不了了。在过去的这几年里，他总是摆脱不了一种犯了错误的心理。他的眼泪已经不知不觉地淌了出来。所有的公安都穿着便服，只有那个女公安穿的那条裤子，是当时公安制服的一部分，颜色和当时的海军蓝制服完全一样。然而仅仅是这么一条公安人员穿的蓝裤子，就足以让谈者意识到事情的严重，他忍不住隔一会儿，就看那裤子一眼。从一开始，谈者就打定主意，坚决不承认自己进过泵房。他的确也没有进去过，事实是，他只是往里面窥探了几眼，看到了一些一个男孩子不应该看的东西。除此之外，也不过是用树棍去戳那卫生纸。他不明白公安人员为什么会当回事，会如此兴师问罪。

谈者打定主意，坚决不承认自己的偷窥。审问快结束的时候，女公安似乎相信谈者是无辜的，她笑着问："我们相信你，但是能不能告诉我们，你有没有看见过形迹可疑的人？"

谈者摇摇头。

女公安说:"你好好想想。"

谈者做出认真思考的样子,又一次摇头。

2

班上所有的同学都被公安叫去问话。谈者只不过是第一个,接下来像过堂一样,一个接一个被喊去讯问。从其他同学的嘴里,谈者听说公安此次来的目的,是要排查五月十六日那天在泵房出现的一张反动标语。谈者是有前科的,公安很自然地首先想到了他,班上的同学也一致认为和他有关,就连班主任张老师看他的眼神都有些异样。谈者情不自禁地觉得自己有一种犯罪的恐慌。吃饭时,同学们拥到伙房来打饭打菜,蒋家瑜嫌负责舀菜的谈者给少了,愤愤地说:"好你个小反,怎么就给老子这一点?"谈者不吭声,蒋家瑜便十分险恶地吓唬他:"我跟你说,这是你他妈的最后一顿饭了,吃完了这顿饭,公安就会把你带走。"

谈者有口难辩,他反正受气受惯了,仍然不吭声,大家开始起哄,都顺着蒋家瑜的话往下说。一个叫李海鸣的同学说:"小反,你现在作案的手段越来越高明了,老实交代,是谁教你的,说出你的黑后台来!"正是这位李海鸣,第一个发现了泵房里的反动标语,当时他也吓了一跳,可是在事后却像立了什么大功的英雄,动不动就要向别人描述当时的情形。那天收工回来,天都快黑了,他和几个同学走进泵房,别人都在里面撒尿,他已经提前一步在外面方便过了,进了泵房无事可做,只好东张西望。废弃的泵房是天然的大厕所,里面一股臭味。黄昏时分的最后余光,像探照灯的光束一样,透过泵房的小窗户,射在迎面落满灰尘的墙上，那墙上仿佛刚发生过什么谋杀案，画着好几道鲜红的血渍。在一旁卧着的废弃水泵上，竟然贴着一封公开信，那信用的是从报纸上剪下来的铅字，然后拼贴在一张白纸上组合而成。李海鸣完全出于好奇，开始研究那信的内容，读到一半，大声地喊其他同学也来看。大家齐声朗读，读着读着再也不敢念出声音来。信的内容十分反动，不仅狂妄地攻击伟大领袖毛主席，攻击知识青年上山下乡运动，而且说了一大堆大家想都不敢想的话。

在那个特定的年代，凡是在公开场合出现的内容反动的文字，通通简称为"反动标语"。一朝被蛇咬，十年怕井绳，谈者已经吃过反标的苦头，因此只要一提到反动标语，他的心头就发憷，头皮就发麻。明知道这次的反标事件，和自己绝对没有关系，但他还是忍不住要担心。班上的同学议论纷纷，都觉得这件事很好玩儿，也很刺激，一个个重复着公安对他们的问话。大家似乎都很轻松，只有谈者一个人心事重重。他觉得大家的对话，不管有意还是无意，都是针对着他来的。

吃完饭，大家歇了一会儿，又一次下地了。杨小玲和李玲玉在刷锅，谈者注意到楼兰一个人坐在伙房前发呆。楼兰是一个很美丽的姑娘，长得像是电影上的人物，她的一举一动，都很引人注目。忐忑不安的谈者，一下子想起了那天的情景，想起那天她从泵房里钻出来的模样。他的内心深处有什么东西被触动了，几乎立刻就有些愤愤不平。不管怎么说，谈者毕竟没有进泵房，凭什么他就应该成为重点怀疑的对象，而楼兰却什么事也没有？不管怎么说，她那天可是实实在在从泵房里出来的，要说是怀疑对象，首先应该怀疑她。

杨小玲也注意到楼兰的神色有些异样："楼兰，你今天怎么了？"

楼兰不做声，她好像根本就没听见杨小玲的问话。杨小玲见她不理自己，有些自讨没趣，便让谈者把晚上要吃的一大箩筐小青菜，搬到伙房前去择。谈者老老实实遵命，将那一箩筐的小青菜端到楼兰面前，往地上一摔，他显然是有心这么做的。老黄河最怕择菜，袖着手在一旁看，楼兰怔了一下，不声不响地和谈者两个人择起菜来。杨小玲和李玲玉忙完了，也过来帮着择菜，老黄河见大家都在干，懒洋洋地走过来，硬着头皮一起择菜。

谈者一边择菜，一边偷眼看楼兰。他突然觉得她的形迹十分可疑，而且越看越可疑。杨小玲想到一件什么事，问楼兰，楼兰支支吾吾地答着。

3

谈者向班主任张老师举报楼兰的时候，公安已经离开校办农场。张老师觉得事情有些严重，立刻去干校的校部挂电话。黄昏时刻，公安的吉普车又一次来到校办农场，来了，立刻就把谈者找去问话。由于楼兰在第一次被讯问时，说自己没有进过泵房，她很轻易地就被放过了，现在，既然谈者一口咬定她确实进过泵房，这里面显然是有问题。让公安感到迷惑不解的，是谈者在上一次谈话中，为什么不说出这一重要线索。

谈者有些支支吾吾，他说自己忘了。女公安说："这么严肃的事情，怎么会忘了？"谈者无话可说，只能坚持自己真的是忘了，他头上急得全是汗，脸色一阵红一阵白。好在公安也不深究,他们一致肯定谈者的做法很正确。一位年轻的公安说:"坦白从宽,抗拒从严,你既然能老实交代,说明你还是好同志嘛!"女公安似乎觉得这话不妥,拍了拍谈者的肩膀,让他离去。

这以后,楼兰便成了重点怀疑对象。刚开始,楼兰还是不承认自己去过泵房,她越是抵赖,公安人员越觉得她的嫌疑重大。楼兰再次被公安提审的消息不胫而走,一些调皮胆大的同学,借着夜色的掩护,悄悄地跑到窗口,偷听公安对楼兰的问话。公安的声音渐渐大起来,那口气中已经充满了威胁,楼兰的防线已接近崩溃,她继续保持着沉默,像尊即将受难的雕像一样,坐在那儿一动不动。女公安说:"事情已经是明摆着,我们可以喊人出来和你当面对证,证明你是去过那泵房,我们还可以通过痕迹侦察,在泵房找到你留下的指纹。你想骗过人民公安,这是不可能的。"

跑到窗口偷听的同学,听到楼兰终于坦白交代,承认她确实去过泵房。她的防线已经彻底崩溃,知道自己不可能再抵赖,突然捧着脸,像演戏一样,怪声怪气地哭起来。那声音非常奇怪,是一种拖长了的干嚎,像马嘶,像狼叫,有些阴阳怪气,有些歇斯底里,仿佛到了世界的末日。正在偷听的同学吓了一跳,脚底下不留神发出了响声,顿时引起公安的警惕。在公安赶过来撵走他们之前,这几个调皮捣蛋的同学,拔腿就跑,一边跑,一边乱叫。

很快,楼兰已经认罪的消息,传遍了农场。虽然出乎大家的意料,但是在那天晚上,以及后来相当长的一段时间里,同学们都确信泵房里的反标事件,和楼兰有着直接关系。吉普车在当晚便将楼兰带走,这一行动足以证明,反标事件已经侦破,真相已经大白，否则，从不放过一个坏人，也从不冤枉一个好人的公安，不会轻易地就把楼兰带走。同学们一致认为，人民公安果然厉害，谁想以身试法，绝对没有好下场。那是一个激动人心的不眠之夜，大家对发生的事情作着种种猜测。没人能想明白楼兰为什么要写那一封公开信，也没人能想明白楼兰怎么就会想到利用报纸上的铅字，剪下来拼成一封信。人民公安的眼睛是雪亮的，狐狸再狡猾，也斗不过好猎手，楼兰想玩小聪明，真是找死。

4

楼兰是在第二天中午被送回来的。她的脸色十分难看，眼睛早就哭肿了，所有的反应都显得有些迟钝。班主任张老师把她叫去问了一番话，一问就哭。张老师说："不要哭，你哭，有什么用？"楼兰还是哭，一边哭，一边嘀咕。张老师又说："你干吗要说谎呢？"楼兰哭着说自己并没有说谎，张老师发现到现在，她还强词夺理，还说自己没说谎，心里很有些不痛快，于是便把围观的同学轰走，然后狠狠地教训了楼兰几句。没人知道张老师究竟说了什么，大家只是看到张老师的脸色很严肃。

楼兰现在开始尝到谈者受歧视的滋味。虽然她一再声明，自己和反动标语无关，但是班上的同学已经为她准备好了绰号，谈者是小反，排名在前，楼兰便屈居第二，被简称为"二反"。不仅男生这么喊，很快女生也这么称呼楼兰。"二反"这个绰号从此成了楼兰生活的一部分。虽然她和自己不幸的绰号，作着坚决的斗争，然而这绰号就像刺在额头上的耻辱标记一样，怎么也不可能被抹掉。在过去的岁月中，全班只有一个同学，可以被大家取笑，如今谈者终于也有了个伴儿。楼兰差不多是班上最美丽的女孩子，许多男孩子心里默默地爱着她，在那个特殊的年代里，没人敢向漂亮的女生表示爱意，甚至连想都不敢多想。在这样的岁月，大家不敢爱，可是敢恨。

在农场的学农快结束的时候，请了附近的老农民来作忆苦思甜报告。老农民一双眼睛大大的，很会说话，说话的声音极大，也许这方面的报告经常做，说起来一套又一套。他的口头禅就是"在那万恶的旧社会"，说了没一会儿，必定要重复这么一句。绝大多数情况下，老农民都是用当地的土话，情绪激昂地作报告，偏偏一说到"在那万恶的旧社会"，就情不自禁改成了怪腔怪调的普通话，他的普通话咬不准音，结果他的报告就像是在演滑稽戏。同学们一边听，一边忍不住想笑，知道这是极严肃的事情，心里想笑，没人敢笑，大家都咬紧牙关，憋着。

"在那万恶的旧社会，我们穷人过的，哪叫是人的日子。地主老财穿的是什么东西，吃的是什么东西，我们贫下中农，吃的和穿的，又是什么东西。狗东西的地主老财，胖得就像头猪，白白胖胖的猪，我们贫下中农，一个个饿得像个猴，又黑又瘦的猴。在那万恶的旧社会，地主老财穿的是绸，吃的是油，我们呢，可怜是没有绸，也没有油。唉，在那万恶的旧社会……"

下面听报告的同学，一个个正襟危坐，都紧绷着脸。突然谁放了一个十分嘹亮的响屁，不光是响，而且声音拉长，还拐了个弯儿，大家绷紧的心弦仿佛被小刀割了一下，顿时断了，一个个失去控制，开怀大笑起来。这时候，不笑则已，一旦笑了，便不可收拾，就好像堤坝决了口，男生女生笑成一团。班主任张老师也忍不住要笑，老农民被大家的笑，弄得十分恼火，虎着脸站在那儿，有些不知所措。大家终于笑完了，张老师为了严肃纪律，板着脸问谁放的屁。蒋家瑜笑着举手，站起来，指着谈者，说："肯定是他，是小反，这是他故意破坏。"大家立刻又笑作一团，谈者十分委屈地辩解不是他。

蒋家瑜说："不是你，还能是谁？"

谈者说："向毛主席发誓，不是我。"

蒋家瑜说："你有什么资格向毛主席他老人家发誓，就是你。"

大家明知道是在冤枉谈者，趁机继续开怀大笑。谈者脸憋得通红，还在小声嘀咕。蒋家瑜的眼睛在半空中打转，油腔滑调地说："不是你，还能是谁，事情很简单，不是你小反放的屁，就是二反——"大家的脸刷的一下，都朝楼兰坐的方向看过去。楼兰注意到了大家投来的目光，大庭广众之下，她怎么受得了这样的委屈，站起来，对蒋家瑜大声喊着："不要脸，无聊！"蒋家瑜说："他妈的，你说谁？"楼兰咬牙切齿地说："我就说你，无聊，不要脸！"说完，眼泪像断了线的珠子一样，直落下来，她也顾不上正在接受教育，扭头就走。张老师看蒋家瑜太不像话，批评说："蒋家瑜，你不要太过分！"

蒋家瑜才不把张老师放在眼里，他吊儿郎当地说："这可是阶级斗争新动向，小反们竟然变得这么嚣张，还了得，嗯？"

张老师拿蒋家瑜这样调皮捣蛋的学生，向来没有什么办法，只好挥挥手让他坐下。蒋家瑜不希望事情就这么结束，他还没有过完出风头的瘾，还想继续油嘴滑舌。既然同学们都觉得这很好玩儿，他便要继续玩儿下去，继续让大家快活，继续笑成一团。他一本正经地说："在那万恶的旧社会，我们穷人受苦受难，如今好不容易解放了，你们这些小反革命还想怎么样，难道想翻天，想复辟，想让我们再回到那万恶的旧社会，吃二茬苦，受二茬罪？"

第四章

1

就像小反成了谈者的代名词一样，很长一段时间里，二反也成了楼兰的代名词。尽管她从来没有接受过这个封号，但是班上的同学，尤其是男生，很快就习惯于这么称呼她。谈者和楼兰常常被放在一起开玩笑，他们被称作是一家人，有时候还被戏称为小两口。事实上，楼兰的罪名在几个月以后，就被证明根本不存在，因为英勇机智的人民公安，终于找到了真正的作案者。五·一六反革命标语案被侦破了，作案者是农场附近的一名中学教师，这名教师被判处了无期徒刑。公审大会在南京市的一家体育馆里进行，一同被宣判的还有好几位现行反革命。由于和这个案子曾经发生过联系，谈者和楼兰以及班上的部分同学，应邀参加了这次公审大会，他们坐的位置很远，看不太清被判刑的现行反革命分子的嘴脸。

随着时间的推移，班上的同学仿佛突然都长大了。虽然大家还喊谈者是小反，但是也仅仅当作一个没有恶意的绰号来喊，事实上，这称呼已经不带有什么歧视的成分。能听说到的反动标语事件越来越少，时过境迁，人们的思想观念已经有所转变，都觉得谈者小学时干的那件蠢事，没什么了不起。大家的兴趣都发生了转移，谈者的个子一下子蹿得很高，脸上不停地长着青春痘。他不再是大家记忆中既瘦弱，又可怜巴巴的样子，一切都发生了变化，他变得体格强壮，人高马大。高一时，他开始跟体育教师学习打拳，十分刻苦地学着，在区的武术比赛中甚至拿了名次。班上的男同学再也不敢轻易地欺负他，大家把他身上的那点武功传得很神秘。

到中学快毕业的时候，同学中的性意识已经十分炽烈。由于多年形成的习惯，男女生仍然不说话，然而大家的心目中，似乎都有自己中意的女孩子。大家都处于青春期的单相思阶段，朦朦胧胧的，常常会在异性面前做出些很怪的举动。有几个同学常常跑到李海鸣家去看《世界美术图集》，李海鸣的父亲是搞美术的，他收藏的画册中，有许多一丝不挂的裸体女人。大家目瞪口呆地看着，看到最后，一个个直咂嘴起哄。李海鸣成为班上最受欢迎的男生，许多人都围着他转，他的胆子也越来越大，先是偷偷地带本画册到学校来献宝，终于有一天，几个人在他的带领下，翻围墙钻进了军区大院，借着黑夜的掩护，悄悄地爬到屋顶上，通过天窗，偷看正在洗澡的女兵。

蒋家瑜从屋顶上掉了下来，摔瘸了一条腿，事情于是败露。正在洗澡的女兵们哇哇大叫，整个军区大院乱成一团。自然是一个也跑不掉，蒋家瑜被送进医院，其他的人被扭送派出所。好在人多，要出丑一起出，要丢人一起丢，大家的脸皮也就厚了，都不在乎。每人写了份检查，在派出所关了一整夜，放出来，一个个反倒成了见过世面的英雄，让那些没去的男生很是羡慕。眼看着就要高中毕业，那年头读不读书都一样，反正没有大学考，反正是下乡当知青，既然无所谓前途，同学们很自然地就对什么事都不放在心上。

有一天，李海鸣神秘兮兮地找到谈者，看看四周没人，压低了嗓子，说："小反，你知道那天我们偷看，看见一个当兵的，你猜猜看她像谁？"

谈者摇摇头，装作不知道，其实心里明白李海鸣要说什么。他已经听别人谈起过李海鸣要说的话。李海鸣到处传播着他的秘密，这秘密就是，当时浴室里有一位女兵，长得和楼兰几乎一模一样。"骗你不是人，要不是她穿着一身军装，你绝对以为她就是二反，我跟你说，绝对找不到更像的了，那是一个模子里浇出来的，要不就是双胞胎。"李海鸣的小眼睛眨个不停，有人走过来，他暂时不往下说，待那人走远了，继续眉飞色舞地说着。"然后她就脱衣服，一件一件脱着，脱完了，去冲淋浴，然后，然后呢，你知道蒋家瑜那呆×怎么会从房顶上掉下去的，一点儿不错，他发现那个当兵的，太像你们家二反了。"

谈者悻悻地说："什么我们家的二反，你少瞎讲。"

李海鸣笑着说："你不要急好不好，就算不是你们家的二反，就算是我们班的好了吧？你说怪不怪，世界上真有这么像的人。要不是她穿着军装，我们肯定就以为她是你们家二反了，好好，不是你们家，是我们班的二反。"

2

五·一六反标事件，给楼兰带来十分严重的伤害。尽管后来的事实证明，她和这蹊跷的案件毫无关系，然而由于她在一开始，就对公安人员说了谎，大家都觉得即使让她吃点苦头，也不算是委屈她。公安人员并没有说她就是罪犯，因此根本谈不上什么平反昭雪。他们只不过是将她带回公安局审讯了一整夜，从她的交待中继续寻找疑点，而他们的确也找到了可疑之处。有一点公安人员不明白，楼兰自己也解释不清楚，那就是既然只是进泵房换卫生纸，她为什么要把手指上的血渍，画得墙上到处都是。问题的关键还在于，公安人员并没有在泵房里发现楼兰换下来的卫生纸，在正式的罪犯落网之前，楼兰显然是最大的嫌疑犯。

等到五·一六反标事件真相大白的时候，楼兰的二反头衔，已经固定下来。她成了和谈者一样齐名的人物，成了班上共同嘲笑的对象。在真相大白之前的五个月里，楼兰一直过着噩梦般的日子。所有的人都中了邪似的想欺负她，想歧视她，想看她的笑话。以前的好朋友，放学时再也不愿意和她一起同路，就连一向对她很好的班主任张老师，和她说话时，也一直紧绷着脸，仿佛她真的就是什么现行的小反革命一样。楼兰的成绩直线下降，过去，她的成绩在班上总是名列前茅，现在，她的名字开始出现在不及格的名单上。上课时，她注意力再也集中不了，因为她总觉得有人在背后说她。

楼兰不可能像谈者那样忍气吞声。在真相大白之前，她的所谓坏名声，传遍了全校。邻班的同学用异样的眼光打量着她，他们来到楼兰所在的班上，像观赏动物园里的珍奇动物一样，对着楼兰的背影指指戳戳。楼兰不止一次地和班上的同学发生冲突。她把所有诬蔑她的人，都当作了敌人，她突然成了一头好斗的母狮子，动不动就和女生吵，动不动就和男生对骂。下了课吵，有时候正上着课，也一样斗嘴。在所有的争吵中，因为有把柄在别人手里，她注定处于下风，因此她永远是一边流眼泪，一边还嘴，能还嘴就还嘴，别人声音大，她的声音更大。倔犟的楼兰绝不示弱，永不认输，一旦五·一六案件的真相大白，楼兰的气焰立刻变得十分嚣张，她的性格和过去相比，完全换了另外一个人。从那以后，美丽的楼兰动不动就跟别人急。

到高中快毕业的时候，楼兰成为班上最厉害的女孩子之一。她和社会上的一些喜欢打架的男孩子，有了不同寻常的来往，这些男孩子成了她的打手，班上的男生，谁要是让她看着有些不顺眼，她只要招呼一下，那些打手必定前来收拾，将他们打得鼻青脸肿。没有人敢当面提到"二反"这样的字眼儿，谁提到了，谁就是找不自在。楼兰的逐渐变坏，让许多内心对她有好感的男生震惊，他们一边在背后说着她的坏话，传播着她的故事，一边偷偷地感到惋惜。

3

楼兰的故事越来越多，越来越丰富，有趣的是，所有的故事仿佛都有人来讲给谈者听。尽管谈者和楼兰的故事没有任何关系，然而很多人都觉得他和楼兰之间，有着千丝万缕的联系。在大家的心目中，两个带有时代特色的绰号，把他们归纳成为一个整体。无论谈者多少次地严正声明，人们已经习惯把楼兰称为"你们家的二反"，既然大家后来都不敢当面这么说楼兰，便只有肆无忌惮地在谈者面前说。和几年前相比，现在的谈者也早不是大家欺负的对象，转眼间，男孩子们的游戏也开始变化，在背后悄悄议论女同学，一时成为最重要的话题。

谈者是在毕业前夕当兵的。临走前，他很想找楼兰谈一次话。那时候男生和女生仍然不说话，要想主动和楼兰说话，要有非凡的勇气才行。谈者知道自己只能是在内心深处和楼兰谈话。他很想告诉她，自己当初的检举或者告密，是很不光彩的行为，他为此感到十分的内疚。他想告诉她，现在他是如何地觉得自己当初的所作所为，是多么的卑鄙和无耻。他想告诉她，自己从来也没有像现在这样地看不起自己。他希望楼兰能够恨自己，把自己痛骂一顿，或是喊几个社会上的小流氓来，把他鼻青脸肿地揍一顿。他希望自己能让楼兰狠狠地解解气，希望因为自己所得到的惩罚，最终得到楼兰的宽恕。他觉得楼兰永远也不会宽恕自己。楼兰所受到的一切伤害都和谈者有关，他是罪恶的源头，他是十恶不赦的小人。

当时的班主任张老师，以及负责审问的公安，显然都没有把他揭发这一情况，透露给楼兰。谈者从来没有从楼兰那里，感受到明显的敌意，她从来没有对他表现出那种刻骨的仇恨。如果知道谈者是把自己推向火坑的揭发者，她绝对不会轻饶了他。她再也不会对他同病相怜，在谈者的印象中，楼兰和别的女生不一样，她从来没有像杨小玲她们那样恶声恶气过，没有动不动就欺负他，像使唤小厮一样对他呵斥来呵斥去。五·一六案件以后，楼兰和谈者常常被别人放在一起取笑，看得出楼兰对别人把自己和谈者相提并论，感到非常恼火，然而她并没有因此就如何地恨谈者。

去部队报到的前一天晚上，谈者在楼兰住的那条小街上，转悠了一整夜。这一夜很长，到天亮的时候，谈者发现自己的脚底下，因为无目的地来回走，已经磨出了水泡。早在天还没黑的时候，他就来到正对楼兰家大院的早点店门口，看坐在那里的两个老头下棋，一边看下棋，一边不住地往大院里张望。他知道自己的行为很荒唐，两个老头下棋杀得昏天黑地，因为有人在一旁观战，谁也不肯轻易推枰认输。谈者看见楼兰匆匆冲出来买过一次酱油，她穿得很随便，一路奔着，然后再用同样的速度，抱着酱油瓶往回赶。谈者的心脏像擂鼓一样咚咚直响，大约是在晚上七点钟的时候，楼兰又一次地跑了出来，她显然是刚洗过澡，湿漉漉的头发，已经换了一身衣服，看上去像名女运动员。有两个男孩子来找她，他们事先就等候在那里，见到楼兰，跟着她一起往西走了大约20米，站在一家旅店门口聊天。

他们有说有笑的样子，让谈者的心头感到有些不舒服。那两个男孩子中，有一个绰号"刘一刀"，是红旗中学的邪头，据说书包里长年累月放着一把菜刀，一不留神便抽出菜刀来乱舞。刘一刀比谈者还低一届，有很多女孩子都喜欢他，谈者曾听人说过他追求女生的本事，说刘一刀勾引女孩子的手段，百发百中。楼兰格格笑着，刘一刀正说着什么，他们突然回过头来，往谈者这边看。谈者有些担心自己被发现，掩饰性地把脑袋移向别处，但是很快就明白自己是在暗处，不可能被站在明处的楼兰发现。刘一刀说了一句什么笑话，楼兰扬手做出要打他的样子，刘一刀眼明手快，一把扯住了楼兰的手，楼兰没办法，用另一只手在刘一刀背上打了一下。

行人的注意力纷纷投向他们，他们显然也顾忌到行人的目光，不再继续打闹。谈者能够感受到行人的不满，在当时的社会风气中，少男少女这么在大街上公开打闹，显然有些不符合民情。旅店里不时有人进出，当有人从他们旁边走过时，他们的声音顿时就小了下来，有时候干脆就不做声，等人走远了再说话。到九点十分,楼兰看了看旅店门厅墙上挂着的大电钟,向两个男孩告别。那两个男孩也对钟看,然后送楼兰回家。在楼兰家的大院门口,楼兰笑着对刘一刀说了一声什么,转身向大院深处跑去。

第五章

1

新兵连经过湖南湘潭,集体参观了毛主席他老人家的故居韶山。谈者心情十分激动,伏在当地邮局的柜台上,匆匆给楼兰写了一张字条。在字条上,他坦白了自己当初的告密行为,说自己感到非常懊悔。他并不希望楼兰能原谅自己,恰恰相反,她现在可以有充分的理由恨他。这些年来,谈者一直感到自己的心头,有一块巨大的石头压着,当他把字条塞进信封,写了地址扔进邮箱的时候,他感到自己轻松了许多。

两年以后,谈者第一次回家探亲,首先想到的,便是去看李海鸣,因为李海鸣的家距离楼兰的家最近。老同学相见,自然有很多话题可以聊,李海鸣是独子,毕业后留城,分在一个小工厂里当电工。他告诉谈者不少其他同学的消息,告诉他蒋家瑜因祸得福,本来应该下乡的,可是由于瘸了一条腿,照顾留在城里,现在在郊区的一家修理厂上班。老黄河李晓兵在郊县插队,他们这一届知青绝大多数都落户在郊县。李海鸣报了一大串下乡知青的名单,在这个名单中,除了老黄河,还有张路、马远、马惊涛，女生中有杨小玲，有李玲玉，有杨飞飞，还有楼兰。

谈者从李海鸣家出来，直接去了老黄河家，跟他的父母要了他在乡下的地址。三天以后，谈者坐长途汽车去看望老黄河，让他大大地意外了一场，吃惊之余，好半天找不到什么话要讲，临了，老黄河傻笑着问："你这些年，一直在部队？"问完了，知道自己的话是废话，又笑着说："你当然是在那儿了。"老黄河所在的那个大队，一共有九个他们同届的同学，其中有四个是本班的，包括当年的班长杨小玲。有朋友自远方来，自然是很快乐的事。老黄河领着谈者，兴冲冲地一个接着一个拜访。大家都很高兴，做梦也想不到会有老同学来看他们。

在学校时，男生和女生从不说话。现在男女生的界线被打破了，人们有说有笑欢聚一堂。到农村已经两年了，这样的机会并不多。老黄河说："小反，你跟我们讲讲在部队的事。"杨小玲嗔怪道："怎么到现在还喊人家小反？"老黄河笑着抱歉，说："喊惯了，有什么关系，反正'四人帮'都粉碎了，人家谈者不在乎，你在乎什么？老实说，我觉得喊谈者这两个字都别扭，是不是，你爹怎么给你起了这么一个名字？"大家哈哈大笑，胡乱弄了些菜，又去镇上买了五瓶白酒，一个个赌着气喝，喝到临了，吐成一片，谈者喝得最多，说话时舌头已经不听使唤。

老黄河酒量不行，最先吐，头脑也是他最清醒。他羡慕谈者真能喝，问他在部队是不是天天喝酒，"要不然，哪来的这么大的酒量？"

谈者说："瞎说什么，部队又不是酒厂。"

老黄河说："那你凭什么这么能喝，这不是气我们吗？"

谈者那天晚上，就住在老黄河那里，和他挤睡在一张显然是有臭虫的小床上。老黄河一夜的呼噜声，远远传来的狗吠，又一次让谈者回忆起已经逝去的往事。这样的情景不能不让人浮想联翩，他仿佛又回到了当年学农时的农场，忍不住就要想起楼兰。在过去的一天里，他始终都在盼望大家能够提起楼兰，但是有人只是轻描淡写地顺带提了几句，就再也不乐意继续说她。人们对楼兰似乎没什么好感，就算是偶尔提到，也有不值得一说的意思。楼兰本来也应该在这个大队落户，图章都盖过了，但是最后有人帮忙，将她的材料转到其他的公社去了，据说她所以愿意一个人去那里，是因为她有一个相好的男朋友在那边。楼兰的男朋友有很多，都可能是她的相好，也可能都不是。大家一听到她的名字，表情中便流露出了轻视。

2

谈者参加过一九七七年的抗洪救灾，他所在的部队，奉命去营救一个叫娄家圩的大队。特大的洪水夺去了很多村民的生命，幸存者被围困在树上，围困在尚未倒坍的屋顶上。人和牲畜的尸体在水面上漂着，悲惨情景惨不忍睹。部队赶到时，在一片"救命"声中，有人高呼着"解放军万岁"。谈者在救灾中荣立了三等功，他表现得很英勇，一次又一次地跳进洪水中抢救难民。这次救灾让谈者对死亡，有了比较明确的认识，他总是在危险关头，情不自禁地想起楼兰。在娄家圩的抢险救灾中，他常常希望在自己抢救的对象中，能有一个楼兰就好了。

在过去的多少年里，谈者总是在戏剧性地假设楼兰会遇到什么不幸。他总是摆脱不了一种不祥的预感，预感到她会陷入灾难之中。楼兰可能会陷入灾难的预感，加重了谈者的内疚，因为他坚定不移地认为，无论楼兰发生什么样的意外，他都有着不可推卸的责任。如果楼兰自暴自弃走向堕落，那么根源显然也和他当年的告密有关。谈者陷入了没完没了的自责之中，他想象自己能有一个赎罪的机会。在随后不久发生的边境自卫反击作战中，他不仅参战，而且在战斗中表现得十分出色，整个战争期间，他都是冲杀在最前线。身边的战友不断地倒下，有的牺牲，有的负了重伤，只有他是在战争结束前夕，负了一些值得夸耀的轻伤。那是一次遭遇战，已经升任班长的谈者，率领尖刀班搜索前进，正好和一队越军相遇，双方在一片混乱中开始射击，一颗子弹打飞了他的两个手指，他的钢盔被子弹两次击中，然而角度都有些偏，只是在钢盔上留下了痕迹，却没有造成实际的伤害。这是一场空前残酷的战斗，时间虽然很短，但是双方都损失惨重。谈者他们表现得很顽强，人一个接着一个倒下去，交战中，一块弹片正好卡在他右边的锁骨上，鲜血在衣服上染红了一大片，战斗结束时，大家都以为他是负了重伤。

谈者因为突出的军功，被保送上了军校。当时有好几个报社的记者，都采访过他，为他写过报道。一位军队的资深作家，甚至把他在战场上的遭遇，写进了小说，并且因此名噪一时。在军校读书期间，谈者最大的收获，是无意中遇到了当年的女班长杨小玲。杨小玲在恢复高考以后，考上了华北机械学院，有一天，他们碰巧在大街上相遇，一眼就准确无误地认出了对方。远在他乡倍思亲，在这个陌生的城市里，两人都十分意外，又特别兴奋。杨小玲怔了一会儿，说："没想到会在这儿碰到，你是谈者？"谈者也怔了一会儿，笑着说："我不是谈者。"杨小玲有些尴尬，谈者接着说："你还是喊我小反吧。你是我们当年的女班长，我看见你就有些怕。"

时过境迁，今非昔比。这两个人既分别是当年的那两个人，又都不是原来所熟悉的两个人。杨小玲的身上仍然有些女干部的大大咧咧，可是看得出多了一些女性的羞涩，她那天的表现简直就可以用上清纯两个字，谈者一下子变得非常有风度，浑身上下都充满了成熟男子的魅力，他心平气和地讲述着自己在越南的遭遇，当他伸出少了两根手指的左手，给杨小玲看的时候，杨小玲已经完全被他给迷住了。她眼睛一动不动地看着谈者，要不是谈者已经把左手缩了回去，她差一点要忘形地去抓他失去两根手指的左手。

这以后，杨小玲去军校看过两次谈者，谈者也去过一次机械学院。除此之外，两人的联系全靠通信，你来我往，一封接着一封，也没什么话一定要说，无非是拉拉家常。三天两头有信，能产生一种奇妙的感觉，常常会让人感到一种说不出的充实。学校放寒假的时候，他们约好一起回南京。途中，他们顺道去玩儿了一趟泰山，一路上，别人都把他们当成了一对情侣，他们也懒得和别人解释。登上泰山以后，望着山下风景，杨小玲喘着气，说他们之间也许出了些问题。谈者明知故问，问她是什么问题，杨小玲以一种很奇怪的声音说："你信不信，我爱上你了，你呢?"

谈者不说话，有些吃惊，却不过分。杨小玲脸红红的，看上去十分动人。谈者不回答，她非常窘，低着头，不敢看他。谈者说："你知道我为什么约你登泰山?"杨小玲摇摇头。谈者又说："这是我的计谋，叫引蛇出洞，你乖乖地来了，果然就中了我的奸计。"杨小玲这时候不想再听他耍嘴皮，红着脸，依然有些女干部的腔调，说："你干脆一点儿，到底喜欢不喜欢我？"在这里，她已经偷偷地换了一个字眼儿，把爱换成了喜欢。谈者板着脸，说他不仅仅是喜欢，而是——他故意有所停顿，隔一会儿才说出那个"爱"字，杨小玲被他说得又羞又喜，说想不到你现在变得这么坏。

杨小玲先毕业，毕业了苦苦地等谈者，谈者刚毕业，两人就迫不及待地办了婚事，以最快的速度生了一个白白胖胖的儿子。

3

谈者和杨小玲的儿子上小学三年级的时候，当年的小学同学，汇集在一起搞了次聚会。杨小玲是班长，当仁不让地成为召集人之一。当年在班上极不起眼的鲁白明，现在是一家夜总会的总经理，典型的大款模样，老是没完没了地打大哥大。小学同学的聚会，就在鲁白明的夜总会进行，能找到的人都找了，轰轰烈烈浩浩荡荡，一下子来了三十多个人。早在聚会前，谈者就知道楼兰也要来，自从参军以后，他就再也没有见过她。一想到又要见到楼兰，谈者便觉得心里总是有件事。

断断续续地，谈者听到过一些有关楼兰的传说。有人说她差一点儿嫁给一个加拿大的华侨，有人说她实际上已经嫁了。在这个加拿大华侨之前，楼兰有过一个丈夫，是一家国营大厂的工人，他们是在插队时认识的，因为喜欢赌，赌输了就偷，因此被判了刑。离婚以后的楼兰下了海，这样那样的生意都在做，但是没一样让她发了财。据说她最近交了好运，因为她有一个远在香港的姑妈，身边无子女，要她去香港继承遗产。

聚会那天到得最早的是蒋家瑜，他瘸着一条腿，见到谈者一个劲儿地傻笑。谈者说："你笑什么？"蒋家瑜说："我当然要笑，你想，我看到你，一时不知怎么称呼你才好。"谈者以为他是时隔多年，已经认不出自己，便报自己的名字。蒋家瑜笑得更厉害，说："我怎么不知道你是谁，我知道你是谈者，可是这两个字，我喊起来别扭，我他妈要再喊你小反，你不会生气吧？"谈者笑着摇头，说："我当然生气，干吗不生气？"两人很亲热地找了一张小圆桌，坐下来抽烟，胡乱闲扯。

聚会的地点是在夜总会的舞厅，渐渐地人开始多起来，杨小玲站在门口接待，男生女生一个接一个出现，有许多还是当年的模样，不过是多了些胡子和皱纹，有几个却变化实在太大，已经认不出来，像猜谜似的研究半天，才能恍然大悟。和当年读书时不一样，那时候男生女生不说话，如今这样的界限已不复存在，然而昔日害臊的记忆，还在悄悄起着作用，男生女生点头招呼以后，仍然不好意思过多地说话，仍然是男生坐成一团，女生坐成一团。谈者终于见到了楼兰，她姗姗来迟，出现时，杨小玲关于聚会所作的一番开场白，刚刚说完。楼兰还是当年的模样，不过是看上去更成熟了一些，衣着打扮也已经有了一些香港人的派头。杨小玲怪她来迟了，说自己那么精彩的话已经结束了，她才大驾光临，架子也太大了一些。楼兰笑着在女生堆里找了一个位子，一屁股坐下，嬉皮笑脸地说："既然是精彩，那你就再说一遍。"

谈者注意到楼兰明亮的目光，往男生堆里溜了一眼，也不知道她是否看到了自己，顿时感到有些不自在。蒋家瑜凑在谈者的耳朵根,开玩笑地说:"也奇怪,想不到最后,你竟然跟我们班长搞上了,你他妈跟这家伙要是夫妻,那才好玩呢!"谈者在蒋家瑜肩膀上捶了一拳,疼得他一边揉肩膀,一边哇哇直哼,依然油嘴滑舌,继续拿谈者开心:"你打我干什么,要打,应该是让杨小玲打我才是。"周围的同学听了都笑,蒋家瑜突然站起来,很冒昧地喊了一声"杨小玲"。杨小玲吃了一惊,从女生堆里站起来,等他的下文。蒋家瑜却好像是被什么东西卡住了,好半天不说话,谈者心头怦怦直跳,怕他乱开玩笑。江山易改,本性难移,谈者不希望好在大庭广众面前出风头的蒋家瑜,此时说出一些不合时宜的话来。

蒋家瑜似乎在字斟句酌,他知道这时候大家都在注意他,要的就是这样的效果。杨小玲说:"喂,有什么话,你快说。"蒋家瑜干咳一声,说:"我主要有些好奇,问你们家老谈,他卖关子不肯说,只好问你了,你说你们两个,怎么就搞到一起去了。"

大家都笑,男生女生各自笑成一片。杨小玲被他问得无话可说,也笑,笑了一刻,说:"这是我们的隐私,关你什么事?"

蒋家瑜一本正经地说:"都是老同学,怎么不关我的事。"

杨小玲拿他没办法,只好不理他。好在话题很快就转移开了,男生女生各自开着小会,分坐在一个大舞厅的两侧。中午吃饭时,也是男生归男生座儿,女生归女生座儿,吃完饭,再次回到舞厅,有人提议跳舞,因为只有这样,才能真正打破男生女生的界限。鲁白明三句话不离本行,猛吹自己的舞厅如何一流:"不是吹,我这个小舞厅,在南京可也算是数得上的。以后大家不管什么时候来,一概免费。"

4

最先上场跳舞的是谈者和杨小玲，他们不带头，没人敢下舞池。大多数人都以不会跳为借口，拒绝上场。杨小玲和谈者跳完了，又陪鲁白明跳，谈者只好再找舞伴。他不好意思直接邀请楼兰，胡乱地喊别的女生，在一连串的摇手之后，他才找到了一个舞伴，那人叫什么名字都记不起来了。刚上场，舞曲已经完了，只好等下一支曲子。杨小玲跳完了这支曲子，便跑过去喊蒋家瑜。蒋家瑜连连摇手，说你饶了我吧，我知道自己得罪了你，你饶了我行不行。杨小玲说："不行，今天就是不饶你。"坐蒋家瑜边上的几位男生，不管三七二十一，把他硬塞进了舞池。蒋家瑜明白自己躲不过，叹气说："你们不就是要看我出洋相吗，好，出就出。"他一瘸一拐的，在舞池里摇摇晃晃很滑稽，引得大家哈哈大笑。

谈者终于走到了楼兰面前，他忐忑不安地邀请她。楼兰似乎也正等着他的邀请，笑着站了起来。音乐声起，是欢快的三步舞，谈者有些胆怯，说自己跳得不好。楼兰不说话，她显然是舞场的好手，很快便摸清了谈者不太规范的舞步规律，两人竟然配合得非常好。一曲舞罢，大家意犹未尽，紧接着跳下一首曲子。谈者偷看了她一眼，发现她正对着自己看，连忙把眼睛移开。想象中，谈者已经对楼兰说过许多话，然而现在，他什么也不想说，用不着再说。这样的机会稍纵即逝，他觉得即使是逝去，也没有什么可惜。心有灵犀一点通，响鼓不用重捶，在优雅的乐曲声中，谈者突然发现他所面对的，不仅是活生生的楼兰，而是面对着早已消逝的青春岁月。

这时候，舞场上的人已多了起来，女生会跳舞的人多，敢上场的男生人数不够，于是有的女生就和女生跳。蒋家瑜不肯闲着，拿起了歌本点歌，旁边的人出主意，让他点最流行的电视插曲，他白了白眼睛说："今天这日子，怎么能点流行歌？"

旁边的人便笑他，说："如今蒋家瑜也有文化了！"

蒋家瑜说："有文化可不敢当，你小子别蒙我，现如今说人有文化，是骂人的词，别以为我不懂。让我想想，究竟选哪一首，对了，就这首，点《大海航行靠舵手》，这首绝对。"

人们在一旁插嘴，都说这首歌太老了。

蒋家瑜说："你们他妈的才老呢，懂不懂，现如今流行的盒带是什么，不知道了吧？是'红太阳'，嫌这首歌老，老，老有什么关系，老了大家都会唱。李海鸣，你不要龇牙咧嘴地笑，除了这歌，你还会唱什么？一个个别跟我装得有文化，我比你们都有文化。"

当《大海航行靠舵手》的乐曲响起的时候，舞场上有些混乱。这时候，谈者已经又一次地和杨小玲搂在一起翩翩起舞，他们是夫妻，偶尔也在家练习，自然配合得天衣无缝，不像和别人跳时那样拘谨，那样缩手缩脚。然而在《大海航行靠舵手》的强劲节奏中，他们吃不准是跳快四好，还是应该跳迪斯科。杨小玲突然笑了，问谈者知道不知道她现在想什么。谈者怔了一怔，说他怎么知道。杨小玲说，他刚刚和楼兰跳舞的那一瞬间，她突然觉得滑稽，因为她想不明白，在班上那么多男生当中，自己为什么偏偏选上了他。

同样的问题，或许正在谈者的脑海里打转。他发现今天的杨小玲，打扮十分时髦，显然经过精心的化妆。谈者平时并不太注意杨小玲的打扮，熟视必定无睹，天天可以看到的风景，有时候反而会忘了欣赏。今天的杨小玲，浑身上下都充满了魅力。谈者突然发现她很矮，矮得竟然像是个孩子，已经有些微微发胖，胸脯充了气似的很丰满，他突然想到了她当年的样子，想起她那时候对自己很凶，很霸道，甚至很刻薄。对于夫妻来说，还有什么比缘分更重要。事情的发展常常出乎人的预料，他想起了后来在那个陌生的城市中的第一次相遇，想起了他们慌乱的第一次接吻，想起了他们狼狈的初夜，想起他们的儿子如何出世，如何淘气，如何不肯去幼儿园。谈者的脑海里火花噼里啪啦直闪，过去的一切，都成了亲切的回忆，他情不自禁地搂紧了杨小玲，充满了柔情蜜意地在她额头上吻了一下。在这个昔日同学的聚会中，谈者突然意识到他对自己的妻子，充满了实实在在的爱意。杨小玲被他的举动吓了一大跳，她有些不好意思，毕竟是在大庭广众面前，毕竟是在众目睽睽之下，她狠狠地在他的肩膀上捏了一下。

一九九七年八月二十六日

小杜向往的浪漫生活

小杜自从高中毕业以后，就一直向往着浪漫的生活。他是八十年代初期毕业的高中生，和别人一样复习了功课考大学，没考上，又考了一次，还是没考上，一连考了三次，仍然名落孙山。母亲说："你不是读大学的料子，到我厂里当工人吧！"母亲提前退休，小杜顶职进了她所在的那个工厂，因为是提前退休，母亲没事老和儿子唠叨，说他害她失了业。

小杜有一个姐姐，一个妹妹。姐姐很快就结婚了，不久便和丈夫一起去了深圳。妹妹说有对象，果然带了一个男孩子回来。这个男孩子后来成了小杜的妹夫。时间不紧不慢地过去，小杜在厂里干了三年，母亲说："你不用急，不过真有合适的，先谈起来也不要紧。我告诉你，别光想着怎么漂亮，首先要人好。"小杜对母亲耸耸肩膀，很傲气地说，自己要谈对象，早就谈了。

小杜看中的一个女孩子，是他的中学同学。她是班上的文艺委员，眼睛亮亮的，看人时，两个乌黑的眼珠子总是滴溜溜地转。和小杜一样，她也是考大学，连续两次没考上。到了第三次，竟然考上了，她考的是艺术院校的表演专业，进学校不久，就拍了电视剧，放寒假从北京回来，正月里老同学聚会，立刻成了大家心目中的明星，虽然在电视剧中扮演的只是小角色，小杜连和她说几句话的机会都没捞到。大家都在说大学里的事，小杜高攀不上，心里酸酸的，局外人一样怔在旁边插不上嘴。

小杜妹妹结婚的时候，她的伴娘叫小梁。小梁后来成为小杜的老婆。当时小梁有男朋友，是派出所的警察，人高马大，身体非常结实。在饭桌上，小杜听妹妹和母亲闲谈，说小梁曾堕过胎，是和过去的过去的男朋友，说她什么都好，就是太不在乎，谈一个男朋友，就睡一个男朋友。小杜妹妹对小梁每一个男朋友都了如指掌，动不动就说小梁的风流故事。小梁的故事永远说不完，小杜妹妹结婚前是和自己母亲说，结婚后，便和丈夫说。她丈夫听多了，对小杜妹妹也起了疑心，说你的好朋友，生活上那么不检点，物以类聚，近朱者赤，你难道就没有过一点事，哪怕是一点点小事。小杜妹妹气得跺脚，气得哭了好几次，回来说给母亲听。母亲也觉得女婿过分，说："你男人怎么这么说话？"

小杜让妹妹别哭了，说谁让你背后老要说人家小梁浪漫。

小杜的妹夫不知怎么，就跟小梁勾搭上了。事情败露以后，小梁和自己的男朋友分了手，小杜妹妹夫妻俩吵得不可开交。小杜妹妹想离婚，妹夫死活不肯，闹了一阵，事情就算过去了。小杜妹妹和小梁仍然是好朋友，她扇了她一个耳光，两人掏心掏肺地对哭了一场。小杜妹妹说："你再勾引我男人，我就宰了你！"小梁长得十分矮小，看上去比小杜妹妹足足矮了一个头，她非常伤心地说："你要是恨，不应该宰我，该宰了你男人才是。便宜都让你男人一个人占去了，你好好想想，真正吃亏的是谁，还不是我。你们没事了，我的男朋友却没了。"

小杜妹妹在饭桌上，骂自己男人，就良心发现地说小梁也真可怜。她不把小梁往自己的小家带，要带，就带到母亲这里。

小杜的耳朵边，仍然回响着母亲和妹妹说小梁的声音，母女俩除了谈论小梁，仿佛就找不到别的话题。小梁和男朋友吹了，有人张罗着给她介绍，高不成，低不就，三天两头约会见面，光听到打雷，见了一打又一打的男人，结果没有一个落实。有一天，小杜妹妹突然问小杜，说你觉得小梁这人，怎么样？

小杜眼睛瞪多大地，说："这是什么意思？"

小杜妹妹撇着嘴说："你别觉得人家有过那些事，就看不起她，她说不定还看不上你呢。"

小杜说："我又没说我看不起她。"

小杜妹妹说："你嘴上不说，心里怎么想的，别人心里都有数，不要把别人当作聋子和瞎子。时代不同了，就算是有些生活问题，又怎么样？"

小杜感到很委屈，悻悻地说："我招谁惹谁了，凭什么这样和我说话？"小杜妹妹说："凭什么，就凭你们男人都不是东西。"

小杜妹妹和小梁事后谈起这事，小梁淡淡一笑，推心置腹地说："我还真有些看不上你哥哥，这年头，有谁老老实实当工人，他干什么不行，非要在工厂里耗着？"小杜妹妹感到有些奇怪，说你真不知道我哥哥的心思，他什么时候安心当过工人，我告诉你，他这个人呀，做梦都想从工厂里跳出来，他根本不是安心当工人的料。小梁说，他不当工人，又能干什么？小杜妹妹说，是呀，不干工人，又干什么。

小杜的心里一直不太安分。电视台新盖了近二十层的大楼，招兵买马，小杜跑去应聘。电视台的人问他有什么特长，小杜说自己没特长。电视台的人笑着说："没特长，跑来凑什么热闹？"

小杜说，电视台那么大，自己打打杂还不行？一位副台长正好从旁边经过，听了小杜的话，一本正经地说："在我们这儿，就算是打杂，也得有特长。"

小杜在三十岁的时候，开始在夜校学表演。夜校里一期接一期地办着影视表演速成班，收费颇高，来上课的，都是些异想天开的男女，要么剃大光头，要么是长头发，要么长裙拖地，要么短裙几乎露出屁股，一看就与众不同。小杜也开始留长头发，开始抽烟喝酒。那一阵，小梁剃了时髦的短头发，看上去像个男孩子，有一天，小杜妹妹忍不住说："这世道怎么了，你们一个长发，一个短发，不是阴阳颠倒了嘛！"

小杜说："你懂什么，阴就是阳，阳就是阴，没有阴，哪来的阳？没有了阳，哪来的阴？"

小杜妹妹说："别以为学了两天表演，就大谈什么阴阳、算命的，才谈阴阳呢，你还是老老实实地想想讨老婆的事，别耽误了自己。"

小杜说："我耽误我自己，碍你什么事儿？"

小杜上了两期影视表演学习班，在班上始终是个小角色。教表演的老师，是正经八百的科班出身，动不动就说莎士比亚，要排练小品，保留剧目必定是《罗密欧与朱丽叶》的片断。这老师是女的，已经年过半百，她演朱丽叶，班上所有的男生都是罗密欧。大家没什么情绪，嫌教师嘴里哈出来的气，有一股腥臭，怎么培养也入不了戏。于是老师只好挑一位年轻的女学员扮演朱丽叶，这一来，麻烦更大，班上的男生一个个都中了邪，突然都真的成了罗密欧，为那个女学员打得死去活来。

小杜是不多的没演上罗密欧的学员之一，他只能在家扮演，躲在卫生间里,冲着镜子挤眉弄眼。他知道自己演不好,因此也不怪罪老师。有一次,小梁来他们家,和他开玩笑:"你妹妹说,你很快就要拍电视剧了,真有这回事?"

小杜说:"听她瞎说,拍电视能那么容易。"

小杜的婚事,几乎遭到所有人的反对。时间已经进入九十年代,思想已经解放得不能再解放。母亲说:"小梁这人作风不好,你又不是不知道,怎么说当真,就当真,天底下难道就没别的女人了?"小杜妹妹的话更难听,说你也太没出息,什么样的女人不能喜欢,非要喜欢一个破鞋。小梁对小杜母亲和妹妹的指责持赞同意见,她红着眼睛对小杜说:"你妹妹说得对,我差不多就是个破鞋。"小杜说:"别人背后这么骂你,你何苦自己也这么糟蹋自己。"小梁苦笑着,说谁骂都是骂,人活着给别人骂,还不如自己先骂骂自己,把自己的脸皮骂厚了,防御能力也就增强了。

小杜直到新婚之夜,才和小梁做那件事。小梁以为他是有什么病,从没见过像他这样不急不慢的男人。小杜很严肃地说:"我和别的男人,多少得有些不一样,是不是?"小梁觉得他话里有话,是变着法子,指责自己过去生活的不检点,心里顿时不是滋味,立刻翻脸,说要是觉得吃亏,完全没必要娶她,她还没贱到非他不嫁的地步,一定要他把账算算清楚。小杜说:"谁吃亏谁占便宜,这笔账,不是说就能说清楚的事,我们免谈怎么样?"小梁说:"有什么话,直截了当地说出来好,憋在肚子里,非憋出事来不可。"小杜于是真的生气了,说你这个人脑子里真有屎,你要我怎么说?说你跟别的男人睡过觉,我在乎,或者我不在乎，你神经有问题，还是我神经有问题？

　　小杜夫妇住的是小梁单位里的房子。住他们对门的是办公室主任，一口咬定当初分房子给小梁，完全是由于他暗中出了力，没事就往小杜家跑，见小杜不在，便想占小梁的便宜。小梁被纠缠得很不耐烦，让小杜想个办法收拾收拾他，小杜气鼓鼓地冲到办公室主任家，指着对方的鼻子，恶狠狠地说："你想睡我们家小梁，我告诉你，我他妈睡你全家，然后把你们一家全都宰了剁成肉馅，你信不信？"办公室主任被他吓得不轻，背后偷偷地对人说，小梁的男人头发留得老长，神经不太正常。

　　小杜很快有了个儿子。由于一直不安心厂里的工作，他被贴了一张布告，除了名。失业以后的小杜，变得无拘无束，开始给任何一个来本城拍电视的剧组打工。不管人家要不要他，只要是拍电视剧，他就去纠缠人家。连续不断地碰钉子，最后还真的让他找到了一个差事。他终于成为某某剧组中的一员，真正意义的打杂，什么样的活都得干，虽然工资低得等于没有，但是他觉得自己时来运转，终于找到了所向往的浪漫生活。他开始有了上镜头的机会，在古装戏里扮演被一刀杀死的清兵，尽管只是一个很短的镜头，可是他演得很认真，导演非常满意。

　　小杜很快爱上了自己的那种生活，随着剧组到处流浪。他开始成为一个成天不回家的男人。不回家的感觉非常好，因为一个人只有长期在外不回家，才能真正体验到那种回家的幸福感受。等到他儿子三岁的时候，小杜已经是剧组中的老混子。剧组到哪里，小杜便到哪里，他成了导演手下不可多得的跑腿，成为整个剧组所有人的下手。扛摄影器材，打灯光，临时购物，联系主要演员的车票，为女演员打洗澡水，为腰部受伤的男演员按摩，扮演各种各样的群众角色，成天都忙得不亦乐乎。一年中，大部分的时间，都在外面流浪，寂寞时想起老婆和儿子，就偷偷地打导演的手机。剧组里很多人都有手机，导演嫌手机揣在身上，老是有人打扰，常常让小杜替他保管。有一天半夜，小杜跑到外面的野地里，给小梁挂了一个电话，无话找话地扯了半天，最后实在没什么话可说，便让小梁猜猜，想象一下导演和女主角，这会儿正在干什么好事。小梁从美梦中惊醒，半天摸不着头脑，打着哈欠说："你怎么这样无聊，你们导演干好事干坏事，和我有什么关系，现在几点了，是不是你自己想干什么坏事？"小杜笑着说："还真让你说着了，要不然我打电话干什么？"小梁说："你不要下流了，我知道你的用心，这时候打电话回来，还不是怕我有别的男人？"

小杜的一腔热情，仿佛被泼了一盆冷水。他情不自禁地摸了摸腰间，将别在那儿的一把匕首拔了出来，在月光下挥了挥，带有威胁地对着手机说："小梁，我告诉你，你要是有了别的男人，我先宰了那男的，然后是你，然后就是我们的儿子，信不信？你别做蠢事，我绝对说到做到！"小梁说："我知道你说到做到，这么晚了，快去睡觉吧，我也要睡了，明天我还要上班，一大早还得起来侍候儿子。"小杜仍然不想挂电话，声音中多了些温柔："你好好在家等我，这部戏拍完了，我起码可以回来半个月。"小梁十分委屈地说："你回来就回来，我不等你小杜等谁，没良心的，把我一个人扔在家里，亏不亏心，好好想想，你是对得起我了，还是对得起儿子。你想回来，骗谁，你要想回来，早就回来了。"

小杜在黑夜中，胡乱舞了一阵匕首，然后将匕首重新别在腰间。匕首是一位男演员送给他的，这位相貌堂堂的男演员，常在电视剧中扮演硬汉一类的角色，曾为某位颇有知名度的女演员，被人揍得头破血流。这把匕首是男演员在新疆拍戏时买的。剧组总是在陌生的地方流浪，男人们在身上别把匕首，遇到有人找麻烦，随时可以自卫。地方上的一些流氓地痞，常常会来捣乱，人在江湖，男人得像个男人。

小杜是从一座古庙的屋顶上摔下来摔死的，这是一次意外的事故。出事那天，整个剧组的人，都发现自己的手机怎么拨号码都没反应。没人意识到这就是预兆，大家都觉得奇怪，因为周围并没有什么更高的山，古庙已经是在山顶上了，收发讯号应该完全不成问题，可手机就是用不起来。原来联系好的特技指导迟迟不来，手机既然派不上用场，导演等得不耐烦，牙一咬说："他不来，我们照拍。"小杜插了一句嘴："难得到庙里来拍戏，我们是不是应该先烧炷香？"导演正在火头上，说："烧屁香，要烧就拿你烧！"

小杜和几个跑龙套的通过借来的梯子，爬上古庙的屋顶。是一场枪战戏，男主角手持双枪，噼里啪啦一阵乱打，匪兵甲匪兵乙纷纷从四处往下跌倒。镜头一个接着一个拍摄，小杜等扮演匪兵的在屋顶上，一个个做中了枪的动作，从上面接二连三地掉下来。下面堆着高高的稻秸，似乎不会有什么危险，先排演一遍，然后就是实拍。第一次实拍的效果不太好，戏有些过，屋顶上的匪徒们配合得不够默契，一个个鬼哭狼嚎，不像是在打仗，像跳舞。导演用话筒把大家一顿臭骂，接下来，又一次投入实拍。

小杜像真的被子弹击中一样，突然从不该跌落的地方掉了下来。这是一次意外的意外。摄影机这时候正对着别人，还没有正式开拍，大家的注意力也都跟随着摄影机的镜头。人们听到巨大的响声，猛地发现屋顶上少了一个人，都吓了一大跳。小杜像条鱼似的，平躺着从高高的屋檐上掉了下来，把原来放在那里的一个长板凳砸得粉碎。最先看到这一惨景的，是在电视剧中扮演女二号的演员，她尖叫着用手捂眼睛，通过手指缝往外看，看见小杜反弹了一下，从四分五裂的长板凳上弹到地上。大家纷纷向他跑过去，导演手上拿着话筒，目瞪口呆地站在那里。

小杜像睡着一样，好半天没有动静。他醒过来的时候，发现自己躺在一位女演员的怀里，导演跪在他面前，一边哭，一边抽自己嘴巴。小杜想说话，但是说不出来，他的嘴像鱼一样哑着，说什么，谁也听不清楚。女演员低下头，一遍又一遍地问他，问他究竟想说什么。人们徒劳地打着手机，希望能把讯号送出去，然后救护车可以开上山来。整个剧组早就习惯了在野外的生活，然而在这特定的时刻，人们突然发现，与周围的世界失去联系，竟然会是一件如此可怕的事情。

小杜的脸色开始越来越黯淡。

小杜最后说的话，是"我要回家！"

一九九八年二月八日

卡秋莎

我最初见到卡秋莎,是在堂哥阿丹的客厅里。"文革"后期,堂哥的客厅烟雾腾腾,像一个地下的文化沙龙,那个仿佛花盆似的烟灰缸,动不动就装满了香烟头。很多颓废的年轻人在那儿聚会,什么样的人都有,留着长发,剃着光头,写诗的,弄小说的,玩音乐的,学哲学的,搞摄影的,多少都有些能耐,好歹也会点儿艺术。大都是文化人的后代,"文革"中文化遭难,这些年轻人不是下乡当知青,就是在城里当工人,用句今天很时髦的话来说,就是当时虽然都有些文化,却很苦闷。因为苦闷,难免颓废,也没有别的什么地方可去,于是就跑到堂哥这儿来穷聊。那时候的北京还不流行侃大山这一说法。

卡秋莎是二公子带来的。二公子毕业于清华大学,"文革"前夕进的学校,糊弄了几年,说是大学毕业,也没学到什么真本事。他的专业是建筑,平时喜欢画画儿,是那种工笔画,画在宫殿的横梁上的那种,他出入堂哥的客厅,不是因为他的画技,而是因为时装设计。二公子的绝活儿,是只要看几眼那年头难得一见的外国画报,就可以把那上面的服装式样,用中国特色加工出来。所谓中国特色,是既时髦,又不违背国情,做出来了,不仅好看,关键是在当时的社会条件下,还能穿出去,那时候的思想左得狠,太过了就犯忌。堂哥的朋友大都看不太起二公子,二公子不像个艺术家，没什么品位，脑子里成天想的就是如何勾引女人。

谁都知道二公子是为了追求我嫂子，才认识堂哥的。说起来真可笑，堂哥对于朋友的态度，是来者不拒，什么样的人都欢迎。二公子成了堂哥客厅中的常客，他出现在这儿的目的很简单，要么是来向大家炫耀他新结识的女人，要么就是准备在这儿结识新的女人。在短短的一年之内，他换了无数位女朋友，在这之前，他刚刚离了婚，离婚的原因，仍然是因为大搞婚外恋。一九七四年春节期间，二公子好像为了故意让人吃惊，带着一个黄头发蓝眼睛的外国女人，不无卖弄地走进堂哥的客厅。大家果然吓了一大跳，那年头，外国人不太会出现在平常人家，因为绝大多数外国人都不是好东西，不是美帝，就是苏修。在当时，里通外国是个很大的罪名，不思上进的年轻人经常在堂哥的客厅里聚会，仅仅凭这一点，就已经引起了派出所的注意，如今竟然连形迹可疑的外国人也出现了，这不能不引起警惕。

二公子带来的那个女人，就是卡秋莎。卡秋莎有个中文名字，二公子向大家介绍过，然而大家总是记不住，因为她的血液中有俄罗斯血统，堂哥便给她起了个绰号叫卡秋莎。按说卡秋莎只是半截子外国人，她的母亲是白俄，父亲是国民党的军官，后来起义，一度又成为共军的军官，在五十年代又被抓起来，一年前刚从监狱里放出来。卡秋莎的外貌看上去，没有一点儿中国人的影子，她整个就是一个俄国人，你一看见她那模样，立刻就会想起普希金小说中那些可爱的女孩子。

卡秋莎在认识二公子的那年春天，迫不及待地成了他的妻子。二公子的婚姻立刻成为大家的笑话。人们一致认为，二公子骗中国的女孩子已经骗腻了，现在又开始开洋荤，欺骗外国女孩儿，真的外国女孩子没机会骗，就坑蒙拐骗混血儿。那一年我十七岁，记得堂哥笑着对我说，二公子今天结婚，明天就会离婚，明天结婚，后天一定离婚。无论是我的堂哥，还是我嫂子，都觉得像二公子这样的花花公子，根本就不应该结婚，根本不配。他这样的浪荡子结婚，只能是对婚姻法的糟蹋。还是在蜜月里，大家就听说二公子如何巧妙地溜出去和情人幽会。

秋天来临之际，卡秋莎开始单独一个人出现在堂哥的客厅里，悄悄地来，又悄悄地去。像卡秋莎这样漂亮的女人，很容易引起别的女人嫉妒，她的鬼鬼祟祟，不久就引起了我嫂子的不满。有一次，不知道和堂哥说了些什么，卡秋莎走了以后，堂哥开始大骂二公子。二公子恶习不仅没改，而且变本加厉，继续到处拈花惹草。狗永远改不了吃屎的习性，最让堂哥愤怒的，是二公子永远把堂哥的客厅，当作自己行为不轨的挡箭牌，他总是说上堂哥那里聊天去了，动不动就把"不信你去问阿丹"挂在嘴上。为了蒙混过关，二公子编造了各种各样的谎言，其中最富有创意的一招，就是把自己的新老情人，统统算在堂哥的身上。一时间，谣言四起，内外失火，嫂子不放过堂哥，还有人揣着匕首，找上门来，要和堂哥拼命。

记得堂哥那时候老跟我自嘲，他给我一个最有力的忠告，是日后千万记住了，少结交那些乱七八糟的朋友。"朋友全是假的，"堂哥提到二公子便愤愤不平，"你说这究竟算什么事，羊肉没吃着，沾得我浑身是臊味。"堂哥是我文学上的启蒙老师，他给我的影响，甚至比我父亲还多。记得那一阵子，我们正在看三岛由纪夫的《丰饶之海》，一本接一本地交换着看，看完了便对其中的情节进行讨论。有一天，我们正在为小说中的男主人公，轮回变为女身这一细节是否妥当，争得面红耳赤，卡秋莎突然又一次闯了进来。她不声不响地坐在沙发上，好像准备听听我们正在说什么。

堂哥不让我离去，他似乎看出卡秋莎来者不善，一定又有什么麻烦，有我在旁边做证也好。那一阵，我的嫂子正在和堂哥猛闹别扭，他不想再让嫂子有误会。二公子夫妇已经给堂哥带来不少麻烦，现在，卡秋莎呆呆地坐在那儿，迟迟不说话。堂哥憋不住了，希望她能在嫂子回来之前离去，很不客气地便撵她走，堂哥说："你们家二公子早已经不是我朋友，这样的好朋友，我交不起，他的事，你再也别来烦我，我管不了！"

卡秋莎说："我就在这儿等他，我等他。"

堂哥气急败坏地责问她，凭什么非要在这儿等二公子。冤有头，债有主，堂哥这是招谁惹谁了，害得她不肯放过他，要跑这儿来兴师问罪。他气鼓鼓地告诉卡秋莎，二公子起码有一个多月，不曾来过这里，她要找，应该到别的地方去找他，该上哪就上哪。然而卡秋莎的倔实在难以理喻，她也不和堂哥争辩，认定死理，坚决要等下去，而且就坐在她一开始就坐的那张沙发上等。堂哥说，你不要觉得自己是个女的，看上去像个外国女人，就可以不讲道理，你明白不明白，这里是我的家，有没有搞错？

卡秋莎不吭声，逼急了，就一句话："我不管，反正我不走。我就在这儿等他。"

一直到我嫂子下夜班回来，卡秋莎仍然没有离开。虽然有我做证，嫂子依然一肚子疑问。男女之间的事情，要人做证，这本身就很可笑。堂哥有一种跳进黄河也洗不清的委屈,结果那天夜里,夫妻摆事实,讲道理,斗私批修,一直吵到天亮。卡秋莎临走时,丢下一句话,她不无歹毒地说道:

"阿丹,有一句话我可知道,这就是劝人赌,也不劝人嫖。"

这句半截子的话,害得堂哥有口难辩。那天夜里,嫂子一定要他解释这句话,不说清楚不让睡觉。堂哥哭笑不得,说不让睡觉可以,然而就算是不让他睡觉,这话也肯定解释不清。堂哥说,二公子那德行,你又不是不知道,他想干坏事,根本用不着我拉皮条,我劝他嫖,这年头能到哪儿去嫖。只有资本主义国家才有妓院,我们呢,是社会主义,二公子他就是想嫖,也得先叛国潜逃才行。让我说清楚,你说我怎么才能说清楚。这卡秋莎的话怎么能听,她是他妈外国女人,脑子里想的事,和我们中国人不一样,别看她也说中国话,那意思全不是中国人的意思。唉,我算是给这女人坑了。

后来我终于想明白了,事实上,那一段时间,堂哥夫妇都把二公子和卡秋莎,看作是自己的情敌。用一句中国的俗话来形容,二公子和卡秋莎真是一对金童玉女,都长得太漂亮,漂亮得很让人不能放心。二公子越来越声名狼藉,卡秋莎就像防贼似的紧盯着他,监视着他的一举一动。到一九七六年底,二公子夫妇调到了南京,这时候,我也回到南京,去一家小工厂当工人。

二公子他们能来南京,得力于我父亲的帮助,父亲的一个老朋友是劳动局长。我从北京回南京参加工作,嫂子和二公子夫妇去火车站送我,当时,他们往南京调的事情刚刚有些眉目,隔着车窗,嫂子很认真地嘱咐我,让我父亲一定抓紧办调动,说什么也得把这事情办成。嫂子看了一眼二公子,扭过头来,对我大声喊着："这事全靠叔叔了，你也知道，二公子他们在北京实在是待不下去了，听见没有？"

刚到南京那阵，二公子对我父亲很感激，夫妻俩常常来做客，叔叔长叔叔短叫个不停。二公子有一张很甜的嘴，哄得我父亲有一段时间见不到他们，就会想，就会惦记。二公子分在一家夜校当老师，时间不长，又闹起了风流事件。开始时，他若无其事，后来卡秋莎毫不客气地把他的所作所为，统统告诉了我父亲，结果二公子从此就再也没有脸面登我们家的门。有一次，父亲在路上遇到他，他支支吾吾，说了没几句，掉头就跑。父亲追着他的背影喊，你跑什么？二公子不吭声，一转眼没了影子。

卡秋莎的父亲是上海人，他不明不白地被关押了二十多年，好不容易从监狱里放出来，没多久，便一命呜呼。卡秋莎的母亲，一位饱经风霜的白俄，也很快追随丈夫一同去了另一个世界。在过去的二十年里，卡秋莎的母亲一直在等待丈夫出狱，苦苦地等待着，丈夫终于出来，故事却戛然而止地结束了。我忘不了卡秋莎特有的那种孤立无援，她轻描淡写地说着自己的故事，说着自己父母的遭遇，仿佛是在说别人。即使是我的父亲和母亲都感动得流了泪，她仍然无动于衷。卡秋莎似乎不需要别人的同情，在这方面，她有些迟钝，她的口袋里始终揣着个小本子，里面夹着一张母亲的照片，这张照片和她本人的相貌，几乎完全相似，这种照片印在杂志上，别人肯定会以为是电影明星。卡秋莎没有兄弟姐妹，在这世界上唯一的亲人，也就是那个朝秦暮楚的二公子。天知道卡秋莎怎么偏偏看中了这个浪荡子，当我的母亲出于同情，提出来要认她为干女儿的时候，卡秋莎起初没有任何反应，后来也只是觉得有些难为情，不好意思地笑了起来。

卡秋莎为了捍卫二公子，可以说是尽了最大的努力。最笨拙的办法，莫过于盯梢，这是她在北京时就惯用的伎俩。卡秋莎不会像泼妇一样和别的女人厮打，同时又不太会说，在那种尴尬的场合里，她的表现不是得理不饶人，而是恰恰相反，仿佛自己是第三者。她的盯梢让二公子感到很烦，让他感到自己在外面很没有面子。有一阵子，卡秋莎常常来我们家，向我母亲请教秘方，如何才能让二公子回心转意，改掉那种喜欢寻花问柳的坏毛病。她们讨论来，讨论去，最后一致认为，也许有个孩子是最好的办法，因为孩子是家庭最好的黏合剂，我母亲建议她去医院找大夫咨询一下，既然结婚已经快两年了，他们就应该有个孩子。卡秋莎欣然接受了我母亲的建议，大约半年以后，她抱着一个婴儿来到我们家，告诉母亲这是她的女儿。

从一开始，我母亲就不太相信这婴儿真是她的孩子。那婴儿看上去已经好几个月，卡秋莎根本就不可能有这么大的小孩儿。由于她不肯说老实话，我母亲也就不太好追问。看得出来，卡秋莎很喜欢孩子，她不停地逗她，不止一次地提到二公子也非常喜欢这孩子。她感谢母亲给她出的好主意，因为自从有了孩子以后，二公子确实已经变了一个人。卡秋莎向我母亲描述二公子如何笨拙地调奶粉，如何一边调，一边孩子似的偷吃。正在调的奶粉很烫，二公子被烫得哇哇大叫，奔到自来水龙头那里，用凉水替舌头降温。自从认识卡秋莎之后，那是我第一次听到她爽朗的笑声，她笑起来的声音很怪，中气足，笑的时候，房间里的空气似乎都在颤动。

那婴儿很乖，两个眼睛大大的，滴溜溜老是转。无论谁逗她，一逗，就咯咯地笑，笑的样子十分可爱。从外貌看，婴儿活脱是个小二公子，尤其那双眼睛，还有那翘翘的小鼻子。世界上没有无缘无故的爱和恨，难怪别人会产生丰富的联想，既然二公子这人如此地用心不专一，老是喜新厌旧，他会那么喜欢小孩，我母亲便有充分的理由怀疑，这来路可疑的婴儿，弄不好就是二公子的私生子。二公子什么样的荒唐事情，都可能做出来，不用说是一个私生子，就是有一打也不奇怪。现在，二公子和卡秋莎之间的关系既然已经改善，大家都为他们感到高兴。显然他有些良心发现，觉得自己对不住卡秋莎。浪子回头金不换，说不定二公子这一次就真的改邪归正了。

那阵子，恢复高考的消息刚刚传出来，我正犹豫着是否应该参加考试。有一天，卡秋莎把孩子丢给我母亲，悄悄地来到我的房间和我聊天。她随手翻了翻放在桌上的一本复习资料，非常热情地让我赶快去找二公子。二公子毕竟是清华大学的高才生，据说当年高考时，总分曾是北京市的第二名，他帮助我复习绝对没有问题。二公子所在的夜校，正在筹划举办各式各样的高考辅导班，像我这样平时喜欢看些书的人，经过二公子的辅导，考上大学应该顺理成章。卡秋莎的心情从来没有像那时候这么好过，那天她不仅关心我怎么考大学，而且还不无冒昧地问我，是不是瞒着父母，已经偷偷有了女朋友。当时我刚刚二十岁，还没有过任何恋爱的经历，她的突然提问，让我目瞪口呆，一时都不知说什么好。那年头，二十岁的小伙子，一提到女朋友肯定脸红，因为早恋是一件很不正经的事情。

在我上大学二年级的时候，二公子老毛病又犯了，这次他勾引的对象，是我所在大学的历史系学生。这是一个长得很丑实在不值得爱的女孩子。事情虽然已经过去了许多年,我仍然不明白,风流倜傥的二公子,怎么会看上一个如此不起眼的女学生。事情的发展从来不以人的意志为转移,二公子做梦也没想到,自己久经沙场,屡战屡胜,临了会在一条小小的阴沟里翻了船。从高考辅导功课开始,二公子就向这位其貌不扬的女孩子,发动了潮水一般的进攻,然而直到那个女孩子已经考上大学,胸前傲气十足地别着大学的校徽,他竟然还没有达到自己无耻的目的。那女孩子采取了一种不即不离的态度,游刃有余地和他周旋着。

　　二公子显然是被这个女孩子搞得晕头转向,情场上太多的胜利,让他已经无法忍受失败。他陷入了不达目的誓不罢休的困惑境地。既然找不出症结在什么地方,该用的甜言蜜语差不多都让他用完,他便带着她游山玩水,在旅游风景点一张接一张地照相,到处上馆子。他向她许诺,只要她愿意,自己不仅可以供她上大学,而且立刻就和卡秋莎离婚。在女学生还没有答应之前,二公子就迫不及待地和卡秋莎闹起了离婚。有一段时间,离婚几乎已接近事实,有一天,卡秋莎带着小孩儿来到我们家,希望我母亲立刻帮她另找一套房子,因为二公子已经把她赶了出来。母亲不知道应该去哪里找房子,于是就让她临时住在我的小房间里,因为我那时候住校,平时房子正好空着。记得那一阵,星期日我想住回来,便睡在客厅的沙发上。母亲总是喋喋不休地和卡秋莎说着什么,她们之间有谈不完的话,然而只要我母亲的言辞中,有指责二公子的意思,卡秋莎就不让她把这样的话继续下去。

　　卡秋莎不是个爱整洁的女人,我的房间自从她住进去以后,乱得像个难民窟。她有个很坏的毛病,就是喜欢乱翻我的抽屉,偷看我过去写的日记，把书架上的书弄得颠三倒四。她的年龄已经不小了，可是行为却仍然像一个涉世不深的小女孩，她躲在我的房间里偷偷地抽烟，并邀请我和她一起抽。她已经成为我母亲真正意义上的干女儿，没有任何拘束地叫着"干妈"，叫得十分亲热。她好像已经忘了二公子这个人。我知道她不愿意和二公子离婚，内心深处，对二公子仍然依依不舍，但是从她的身上，我感受不到一点点遭遗弃的女人应有的忧伤。事实上，卡秋莎常常显得很愉快，要么不笑，要笑，就放声大笑，然后突然停止。

二公子是在国庆节前夕出的事。很长一段时间里，大家都故意不提他，也没有他的任何消息。终于有一天，突然有人带信来，说二公子准备卧轨自杀，现在人被拘留在派出所，要家属赶快过去接人。这消息出乎意料，大家不明白他好端端的，如何就活得不耐烦，突然要自杀，像他那样的花花公子，总不至于因为失恋要自杀。结果我母亲和卡秋莎一起，匆匆去了派出所，到派出所，见到二公子，两人吓了一大跳。二公子的脸上，让人用锋利的刀片，打了一个叉，整个地破了相，原先英俊的一张脸庞，如今看上去很怪，很恐怖，让人都不忍心盯着细看。派出所的同志简单地介绍着情况，说有人看见二公子在铁路边，形迹可疑地徘徊了一整天，到天快黑的时候，他看见远远地有列车过来，便迎着列车，站在铁轨中间一动不动。好在司机看见了，连忙刹车，因为车速不快，采取措施及时，才捡了一条小命。

刚开始，甚至是警方也相信，致使二公子毁容的，是社会上的小流氓。由于二公子的行为不检点，想算计他的人，可以排出一长串名单。事实的真相让所有人目瞪口呆，因为这次破坏活动，真正的幕后策划，竟然是二公子苦苦追求的那位历史系女大学生。女大学生的动机何在，即使是到了今天，我仍然不明白。据说那女孩子，后面有一大群小伙子在追求她，虽然人长得不漂亮，在女大学生稀少的历史系里，已经足以让大家为她争风吃醋。由于二公子对她紧追不放，她显然已经烦了，便很有心计地让自己的几位追求者，想个办法教训教训他。有一位追求者认识一个叫"八子"的小流氓，这家伙干起什么事来，绝对心狠手辣。双方一拍即合，"八子"早就想在那些读书的书呆子面前露一手，说自己最恨的人，就是男人中的小白脸，而他有一手绝活儿，是专门对付小白脸的。

女大学生约二公子在公园里见面。他们跑到一个人迹稀少的角落，躲在那儿像初次偷情的新手那样接吻，这是他们第一次嘴对嘴地来去。在过去，女大学生像高傲的公主，冰清玉洁，只让他吻她凸出的大脑门，或者只是亲亲手背。二公子没有任何不祥的预感，陶醉在大功即将告成的喜悦之中，"八子"等人突然蹿了出来，做出要调戏女大学生的样子。二公子奋力阻挡，那几个人便将他按在地上，一顿暴打，"八子"掏出事先准备好的小刀片，在二公子的脸上划了个十字杠，血顿时涌了出来，女大学生吓得哇哇大叫，那几个行凶的见苗头不对，掉头就跑。二公子被送到医院缝针，脸上从此留下了两道像蚯蚓一样的疤痕。

对二公子这样的好色之徒来说，没有什么比毁容的打击，更糟糕更可怕。据说他对着镜子里的自己，一动不动地连续看了几个小时，最后，突然发出了绝望的号叫，那凄楚的叫声，只有受了伤的野兽才能发出来。二公子脸上的两道伤疤如此醒目，就算是戴了大口罩，也掩盖不了。这是对他一生中过多的偷鸡摸狗的惩罚，是他屡屡给别人戴上绿帽子的报应。二公子万念俱灰，觉得自己再也没有脸面活在这个世界上。在过去的岁月里，让二公子感到自豪的，便是自己有一张英俊的面孔，如今这张面孔已经不复存在，他活下去也没什么太大的意义。

卡秋莎后来终于和二公子离了婚，他们虽然又在一起生活了一段时间，临了，还是劳燕分飞，各奔东西。因为她实在忍受不了他的脸部表情，这表情代表着顽强的记忆，始终在提醒着过去的日子。卡秋莎努力过，希望自己能像过去一样爱他，希望能忘却他对她的伤害，但是这种努力最后还是白费。伤疤就是伤疤，既然形成了，就再也不可能抹去。起死回生从来都是想当然。每当看见二公子脸上的疤痕，卡秋莎心灵深处的种种柔情蜜意，便再也不复存在。她想爱，但是爱不起来。

卡秋莎凭空得到了一大笔财产。她的祖父曾是上海滩的买办，在繁华闹市地段置业买过一套花园洋房，八十年代落实政策时，市政府发现卡秋莎是这幢洋房唯一合法的继承人。

卡秋莎后来没有再结婚。九十年代初，她死于乳腺癌。

一九九八年二月十九日

恰似你的温柔

坐在前排的朱越随手拧开音响旋钮，小车里顿时全是蔡琴温柔的歌声。正在开车的王建对于音响似乎很精通，羡慕地说："海明，这车的音响真好，多少钱？"黄海明坐在后排，伸了伸腰说："没多少，全部加起来，大概一万出头，确切数字我也说不清。"小车里一共四个人，还有一位是赵忠冬，他不无妒意地看了黄海明一眼。

车上的四个人是中学同学。朱越八年前去了深圳，春节回南京探亲，假期结束，此刻正在去机场的路上。送她的三位老同学，当年都是朱越的追求者。时过境迁，都还有些旧情不断，今天凑到一起，真是别有一番滋味在心头。两天前，朱越在路上无意中遇到了王建，老同学多年不见，站在路边热情洋溢地说了一会儿话，王建知道她说走就要走了，想请她吃饭已经来不及，便说好到时用桑塔纳送她。王建是省级机关的司机，用车很方便。他觉得自己一个人送朱越，有些不太妥，便打电话给在报社工作的赵忠冬，赵忠冬一听说朱越的名字，十分激动，拦了辆出租车直奔王建家。到了王建家，两人陷入对往事的回忆中，眉飞色舞地谈了一阵子朱越，赵忠冬知道黄海明前不久刚换了新车，立刻用王建的手机给他挂电话，说朱越回来了，还不赶快让他的新车露一手。黄海明想推托，赵忠冬说："别装孙子，要说有事，这年头谁还没点事！"

　　小车上了高速公路，王建已经开了许多年的车，感叹说："车好车坏，一上高速公路，全现出来了。我开过一次奔驰，告诉你们，绝对两回事，那感觉完全不一样。"车速现在很快，不断超车，朱越有些紧张，让王建开慢一些。大家突然都不说话了。一时间，小车里的气氛，有些沉闷。黄海明干咳了一声，是那种很勉强的咳嗽声，听上去怪怪的。大家都笑了，一笑就止，因为不想让黄海明尴尬。王建不得不找些话说，问正在播放的歌曲，叫什么名字。黄海明说："不瞒你说，这曲子天天听，还真不知道叫什么。"朱越笑着解释，说这是台湾歌星蔡琴的《恰似你的温柔》，KTV包厢里成天唱。

　　黄海明笑了，说自己很少去KTV包厢。赵忠冬忍不住了，说你黄海明这不是贼喊捉贼吗，开夜总会的老板，说出这种话，蒙我们，还是蒙自己？黄海明说："我蒙你干什么，你不信拉倒。"赵忠冬于是问他，前一阵报上登的公安人员突击检查他的夜总会，是怎么回事。黄海明说，检查嘛，总难免，那么大一个夜总会，混进个别坏人，很正常。他怕别人不相信他的话，又强调说自己连夜总会都很少去，虽然他是老总，但是很多事，根本用不着他亲自过问。

　　朱越说："海明这话我信，譬如杀猪的，也不一定天天吃猪肉。"

　　大家都笑起来，黄海明也笑，说："朱越，你是帮我，还是骂我？"

　　朱越说："当然是帮，你现在是大老板了，人都是势利眼，我当然得站在财大气粗的这一边。"

黄海明说:"在深圳人眼里,我能算什么大老板。南京是小地方,我也只是一个小老板。"

朱越随口说:"别哭穷,我又不跟你借钱。"

黄海明也耍贫嘴,说:"我还想跟你借钱呢。"

王建说:"说的都是什么话,朱越说这话,那不是给深圳人丢脸吗,深圳人还没钱?没听说随便挑一个垃圾箱里,都能捡到一百块钱一张的大票子。还有你海明,你老实说说,现在一共养了几个小蜜?"

黄海明和朱越曾经谈过恋爱。中学毕业以后,很多同学都下了乡,黄海明留在城里,分配在一家饮食店卖馄饨。老同学常到他那里去占便宜,吃馄饨只付一半的钱。黄海明有一阵子很乐意老同学去找他,那年头大家都穷,嘴馋了要吃,不敢上大馆子,便到黄海明那里去凑合。有一次,朱越和母亲一起去吃馄饨,吃完了,黄海明不肯收钱,朱越母亲说:"你不收钱,不等于就是公家请客。"客气了半天,说什么也不行,一定要付,连半价的优惠也不要。

从那以后,黄海明一看见老同学去找他,心里就有疙瘩。脸上开始不太好看,大家被他弄得有些狼狈,想不就是一两碗馄饨,不给面子就不给面子。渐渐地,大家口袋里都有了些钱,故意跑到他店里去点这点那,也不和他打招呼。黄海明知道是故意羞辱他,便发狠要做出些事情。

恢复高考后,大家一窝蜂考大学。结果四个人中,就赵忠冬考上了,黄海明和朱越在同一个补习班,后来又在同一个考场,都落了榜,两人互相安慰,便搞起了对象。朱越是一个很漂亮的女孩子,班上有一半的男孩子都喜欢她。但喜欢也只是偷偷地喜欢，后来知道黄海明和她谈成了对象，心里面酸酸的，全不是滋味。赵忠冬和王建是好朋友，暑假回南京，到王建那去玩儿，谈过去学校发生的事情，说到临了，不服气地说："黄海明这小子运气真不错，你说朱越怎么就看上他了，人比人，气死人。"王建问他这话什么意思，是谁气死谁了。赵忠冬仗着自己上了大学，底气足，觍着脸说："当然是黄海明气死我了，不瞒你王建，我喜欢朱越，在大学宿舍里做梦的时候，老想着她。"

王建也喜欢朱越，只是不好意思像赵忠冬这样说出来。心中的秘密既然已经流露出来，赵忠冬干脆一吐为快，厚颜无耻地告诉王建，说自己如何没出息，早在上小学的时候，已偷偷地喜欢上朱越。他和朱越在小学时就是同学。王建笑赵忠冬够不要脸的，人家都说中学生早恋，想不到他还是小学生，就已早恋了。赵忠冬说这还不叫早恋，早恋是指两个人已经好上了，你来我往，而他是单相思，是我有心，她无意。王建说："你这叫癞蛤蟆想吃天鹅肉。"赵忠冬也不生气，苦笑说："凭什么我就是癞蛤蟆，凭什么他黄海明就不是？"

王建没好气地说："你们都是他妈的癞蛤蟆！"

赵忠冬解嘲说："那黄海明这只癞蛤蟆，可是吃到了天鹅肉。"

赵忠冬大学毕业一年之后，才听说黄海明和朱越已经分手，心里不由得又活动了一阵，那时候，他已经有了女朋友，虽然尚未结婚，和结婚也没什么区别。王建还没有谈对象，心里有点儿意思，却没有勇气吃天鹅肉。和赵忠冬不一样，既然他把喜欢朱越的感情隐藏得很好，那么干脆继续隐藏下去。爱可以有许多种，像他这样把爱深藏在心中，也挺好。倒是赵忠冬心直口快，结婚后，和老婆有些什么矛盾，就找王建倾诉，说到临了，总是后悔，后悔自己当时没有鼓起勇气去找朱越，所谓一失足成千古恨，现在想离婚也来不及了。

王建气鼓鼓地说："想得倒美，就算你当时去找她，她也未必会嫁给你！"

从一开始，朱越的母亲，这位机关中的女知识分子，就看不起黄海明。她始终觉得女儿选择的对象没有文化。不用说她看不起他，就连黄海明也看不起自己。社会风气日新月异，中学毕业的时候，只要能留在城里，就足以让人羡慕。男人的价码不停地在变，渐渐地，人们谈对象，看重的是国营单位的职工，再下来是大学生，最后看口袋里有多少钱。黄海明觉得自己如果是女孩子，也不会看中像他这样一个馄饨店的跑堂儿。他和朱越谈恋爱的时候，朱越常常要提醒他，让他不要老是看不起自己。

朱越说："我对你从来没失去过信心，为什么你自己总是信心不足？"黄海明一想到朱越，便从心灵深处涌出一股蜜意柔情。多少年来，唯一能给他安慰的就是朱越。高考落榜，她若无其事地鼓励他接着再考，考不上，陪他一起去公园散步。朱越并不太为自己考不上大学感到沮丧，对于她来说，虽然来自家庭的压力很大，但是真考不上也就拉倒，这世界上，很多人都没上过大学，为什么偏偏他们非得上。朱越一直认为黄海明是个有事业心的人，只要他保持勇气，坚定信心，一定会成为一个出色的男子汉。

是朱越的爱给了黄海明奋斗的勇气。不过他的运气，刚开始总是很糟糕，要多狼狈就有多狼狈。终于试探着涉足商海，屡战屡败，做一笔，赔一笔。有一阵子，他承包了馄饨店，搞得全店职工怨声载道，到年底的那几个月，连工资都发不出来。朱越的母亲一见到黄海明，脸色立刻就挂下来，眼睛忍不住往别处看，鼻子里流露出来的，全是鄙夷的冷气。就是在大热天，见了这位未来的丈母娘，黄海明也仍然感到冷，忍不住就要打喷嚏流鼻涕。每次去朱越家，黄海明都觉得自己缺少做人的尊严。他躲在朱越身后，小心翼翼，尽量不说一句多余的话。朱越的母亲对做生意并没什么恶感，她的思想在这方面很开放，然而做生意和赚钱，在她的印象中，应该是同义词，黄海明老是赔钱，做什么生意都是糟蹋银子，朱越母亲越发看不起他。

朱越的姐夫开了一家服装店。有一阵子，生意出奇的火爆，十天半月便去广州进货。过年了，朱越的姐夫给家里每人送了件新衣服，又专门孝敬丈母娘一台当时刚出现的石英管取暖器。一家人聚在一起过节，喝酒，吃菜，打麻将，热热闹闹。朱越母亲对两个女婿态度截然不同，有些做法很过头，连朱越的姐姐都看不过去。那时候，黄海明和朱越已经领了结婚证书，正准备办喜事，朱越看出他心里不痛快，恨他有些窝囊，丈母娘这样对他，他仍然能够厚着脸皮忍受。

到晚上，朱越送黄海明下楼，一路无话，到了楼底下，站在黑黢黢的楼洞里，黄海明突然提出要和朱越分手。朱越一怔，问他究竟是在说气话，还是当真。黄海明说，这种话当然当真。朱越也正憋着一肚子的火，咬了咬牙，说她母亲对他的态度是不太对，不过，这种不对也好，好在可以给他找到了一个借口，他正好需要这么个借口。朱越说，他现在的所作所为，就好像是战场上临阵脱逃的士兵，是可耻的逃兵。

黄海明说："在你妈面前，我永远也别想抬起头来。"

朱越说："你爱的是我，为什么要在她面前抬不起头来？"

黄海明说："我也说不清楚。"

朱越说："有什么说不清楚，问题是你自己不想说清楚。"

黄海明无话可说，只能说自己感到很累，真的很累。

朱越也无话可说，她知道黄海明是很累，所有的这些累，都是因为忍受不了爱情的负担。结婚以后，朱越将住到黄海明家去，黄海明的家本来就小，连卫生间都没有。黄海明的父母是普通的工人，他总觉得让朱越住在自己家，是委屈了她。随着办喜事的日子越来越近，黄海明越来越感到自己心里很压抑，一股惆怅聚集在那儿，就盼着能出些什么事，天灾人祸，来什么都行。黄海明对朱越的爱，莫过于要对她说分手的时候。朱越说得很对，黄海明是战场上的逃兵，这种有理智的战略撤退，是他日后取得极大成功的重要保证。与其慢慢地让爱变质，还不如趁爱还完好时，制作成标本放在心里凭吊。他必须把自己的全部辎重，从过分耗精费神的情场上撤下来，必须把有限的兵力，全部投入到自己的事业上去。他必须轻装上阵，不成功，便成仁。朱越的爱，曾给了他很大的勇气，现在，黄海明要快刀斩乱麻，准备进行人生的最后一搏。

朱越悻悻地说："我们难道就真的到了头了？"

飞机得从沈阳飞过来，朱越的航班属于中途搭乘，他们到达大厅时，巨大的屏幕正显示，飞机刚从沈阳机场起飞。王建拎着朱越的行李，情不自禁地骂了一句粗话，几个人都笑了，还有些不相干的人也回头张望。新建成的大厅很漂亮，在这样漂亮的大厅里骂娘显然不妥，但是飞机动不动就误点，也的确让人生气。王建在读中学的时候，就喜欢说粗话，他这毛病总是改不了。

黄海明提议去咖啡座休息。那里的老板认识黄海明,一见到他,热情洋溢地过来打招呼,黄总长黄总短叫个不停。黄海明向他介绍一起去的几位,那老板点点头,一本正经地说:"噢,是老同学,老同学好,老同学好。"

老板离去以后,赵忠冬油腔滑调地重复"老同学好"四个字,故意在语调上拼命模仿。黄海明说:"赵忠冬,你过去可没有这么油,是不是当记者的关系?"王建立刻趁机对整个记者行当提出控诉,说现在的记者,成天在报纸上瞎吹。"就说你吧,上次写什么太阳能热水器,肯定是得了人家的好处,哪有白说好话的,你小子懂什么太阳能?"大家坐在那儿,没什么正式的话题可说,王建便一味地拿赵忠冬调侃,眼睛时不时扫朱越一眼。朱越像个文静的女学生一样,很矜持地坐在那儿。赵忠冬不说话,光笑。黄海明的手机突然响了,他拿出电话,离座到一边说话去了。在过去的一段时间里,黄海明的手机不断地响着,赵忠冬终于找到了反击的机会,他笑着对王建说:"看看人家黄总,你那手机带着干什么,还不就是图个摆设,除了我,有谁给你打电话。王建,告诉你,像你这样有手机的,比没手机的还难过。"

黄海明说完话过来,抱有歉意地说他已将手机关了,省得麻烦。朱越笑着说:"深圳人混得好的都这样,手机老响,说明总是有生意做。你没看过一个小品,说老板去谈生意,让手下的马仔隔两分钟就拨个电话过来——"黄海明听了,忍不住笑起来,朱越马上声明她绝没有影射的意思。黄海明笑着说:"不瞒你说,我这几个电话,也是故意安排的。"赵忠冬和王建立刻跟着一起瞎起哄,说他终于说了老实话,要不然,大过年的,当真那么忙?

咖啡店老板端了一大盘水果过来，似乎有什么话，想跟黄海明说，黄海明挥了挥手，说今天他们老同学相会，有话以后再说。老板讪讪地留下水果盘，去了。王建和赵忠冬像两个好斗的中学生，又互相嘲讽了一番，朱越一边听，一边笑。过了一会儿，黄海明指责说："你们俩有完没完？人家朱越好不容易回来一趟，也不听她说什么。"这话似乎说到了点子上，大家屁颠颠来送朱越，不就是想知道一点儿关于她的事，然而朱越一口回绝了，说自己没什么话要说。直到上飞机，她始终没谈起过自己在深圳怎么样。

黄海明最后给朱越留了一张名片。赵忠冬和王建也连忙把电话号码留给朱越。终于到了分手的时候，赵忠冬很肉麻地说了一句："只要你有事，不管电话打给谁，我们都会像狗一样赶到深圳！"王建也难免动情，说："我可不是狗。不过你真来电话，我绝对会来深圳。"朱越有些感动，红着脸问黄海明："你呢，你会不会来？我知道你现在忙得很。"

黄海明不知说什么好，他嗫嚅着反问："你说我会不会来？"

小车经过收费站的时候，有一架飞机正好从头顶上飞过。他们不约而同地想到，朱越也许就在这架飞机上，黄海明把头伸到了车窗外面。这时候，赵忠冬已经坐到了前排，他寻找着车上的音响按钮，摸索了半天也没发现。王建扭过头来，说你这家伙真他妈笨，怎么在报纸上写文章的，说完，随手拧开旋钮，小车里顿时又一次响起蔡琴的歌声：

某年某月的某一天，

就像一张破碎的脸，
难以开口说再见，
就让一切走远……

一九九八年二月二十六日

浦来逵的痛苦

浦来逵从四十岁开始，一直感到心口隐隐作痛，他觉得心脏像一个红红的苹果，一个肥胖的青虫子正在里面筑巢。青虫子现在处于冬眠时期，它似睡非睡地躺在那儿，冷不丁地便咬一口。有一天，浦来逵正在路上行走，心口突然一紧，差一点痛昏过去。去医院检查，医生不敢马虎，拍片、验血，能用的先进仪器都经过一遍，最后得出诊断："你没病，起码到目前为止，没什么器质性的病变。"

浦来逵曾和儿子多次说起过自己的心口痛。儿子总是不解地看着他，半天不说话。浦来逵对儿子说："我是真的痛，你看，就在这儿。"儿子对他指的部位看了一眼，转身又干别的事去了。浦来逵屁颠颠地跟在儿子后面，他想和儿子继续谈这个问题，可是儿子突然对几天前的报纸有了兴趣，一定要把已不知放哪儿去的那张旧报纸找出来。

浦来逵没办法和儿子探讨心口痛，只好和他说那张过期的报纸。他想不明白地说："都过期了，还找它干什么？"

儿子说："要么帮我找报纸，要么别废话。"

浦来逵的儿子那时候正准备考大学，后来便是上大学。再后来，儿子觉得自己是大学生了，更不把浦来逵放在眼里。心口疼痛既是一种很具体的毛病，同时也是一种抽象的毛病。儿子又不是医生，医不好他的心口痛。

浦来逵是看着自己的儿子从六楼上跳下去的。这个梦魇一般的瞬间变成了永恒，儿子像鸟一样伸开了双臂，往上一跃，然后就从阳台上掉了下去。一切都显得不太真实。浦来逵听到楼下的尖叫声，尖叫声引起了叽叽喳喳的声音，然后就是一片寂静，死一般的寂静。

再过三个月，儿子就要大学毕业。浦来逵永远也不会明白自己当时是怎么下楼的，那段时间是个空白，是个无底的黑洞。儿子躺在地上，不远处有人看着，不敢走上前。浦来逵冲了上去，一把将瘫软的儿子抱在怀里。儿子竟然还活着，出奇的清醒，他缓慢地说："爸爸，我错了，你要救我，救救我。"浦来逵冲着人群疾呼，他喊了好几声，声音才从嗓子眼儿里钻出来："喊救护车，喊救护车！"

儿子在这以后，一直想说话，可是说不出来。他的嘴角流着血，眼睛直直地看着浦来逵。救护车终于来了，警笛不断，浦来逵把身高一米八几的儿子放在担架上，一路上不停地呼唤儿子。儿子的嘴在蠕动，浦来逵始终只能听到几个没有意义的音节。将近有十个小时，儿子一直是这样，他眼睛直直地看着父亲。到了医院，抢救，输血，拍片，接氧气，一直到心脏完全停止跳动。处于绝望中的浦来逵，只记得自己反反复复说了一句话，他说："儿子，爸爸知道你痛，你痛，爸爸也痛。"

浦来逵不想弄明白儿子为什么要选择死亡。儿子死了以后，妻子陈敏没完没了地和他探讨这一问题。陈敏是一个事业型的女性，一九七六年底和浦来逵结婚的时候，她是一个小工厂里的车工，结婚不久，怀孕，生小孩，耽误了考大学。一九七七年恢复高考，是这一茬人的最后机会，浦来遽挤上了最后一班车，陈敏却永远地耽误了。

陈敏总觉得是儿子耽误了自己。等到儿子进幼儿园，她再去上夜校，读自修大学，似乎已为时太晚。过去的许多年里，她一直在学些什么，但是，学什么也是徒劳，仿佛误了点的火车，奔驰在繁忙的铁路线上，无论怎么赶，也永远不可能准点到达。浦来遽大学毕业以后，好像是为了弥补自己的过失，照料儿子的任务，差不多由他一个人承担了。他是大学里的老师，除了上课之外，心思几乎都花在儿子身上。儿子上小学，上中学，考大学，所有的事全是浦来遽操心。陈敏发现儿子有什么不对，常用的一句口头禅就是："你看，把儿子宠成了什么样？"

陈敏现在是一家宠物中心的部门经理。她的身上常常带着一种刺鼻的畜生味道，而且时不时地会带一条狗回来。宠物中心的狗一般都很名贵，有一次，带回来玩儿的一条哈巴狗跑了，陈敏半夜三更到处找狗，到处学狗叫，临了，硬是从另一个楼道的养狗人家，找到了要找的哈巴狗。物以类聚，哈巴狗正好到了发情期，陈敏不得不连夜将狗送回宠物中心。半路出家的陈敏对养狗一知半解，但是她对丈夫和儿子的兴趣，显然不及对狗的兴趣大。

浦来遽在和陈敏过夫妻生活的时候，不得不忍受她身上宠物的气味。这种气味非常强烈，总是让他走神儿。有时候，带回家的宠物，什么猫呀狗的，还会跳到床上来捣蛋。浦来遽的背上经常被宠物的爪子，抓得一道又一道，伤痕累累，血迹斑斑。终于，陈敏注意到丈夫忙乱时，老皱着鼻子，想到他是嫌弃自己身上的气味，于是就有些走神儿，她一走神儿，浦来遽的注意力也集中不了。

干什么吃喝什么,陈敏喜欢用宠物举例,她告诉浦来迻,动物做爱的时间也不尽相同,狗怎么样怎么样,猫怎么样怎么样,狗是一把锁,猫是一把火。浦来迻觉得陈敏和他说这些没什么意思,他不想多心,但是又不能不多心。陈敏发现丈夫不喜欢听宠物的故事,便去说给儿子听。她当然不会跟儿子说宠物的做爱。关于宠物有许多有趣的话可以说,儿子也似乎愿意和母亲在一起,有什么话,更愿意告诉陈敏。做子女的大都这样,谁越是喜欢他,他越拿谁不当回事。浦来迻在儿子心目中,一点儿地位都没有。

儿子的心很大,他的理想是考北大清华,偏偏只录取了一个很差的大学,并且读的是大专,并且是一个自己很不喜欢的专业。向来任性偏执的儿子心情因此一直不好,成天阴沉着脸。儿子不是个有幽默感的人,在家里却常常拿浦来迻出气。他对父亲爱理不理,想说什么就说什么。浦来迻也觉得儿子没有考上好大学,是自己的过错,虽然并不知道过错究竟出在什么地方。既然儿子觉得他错,那么他就是错了。

儿子有时候也会和母亲吵,他最大的强项,是在家里凶,要闹就和家里人闹。爱占上风的陈敏,往往会被儿子气得无话可说,结果,只好归罪到浦来迻身上。浦来迻是大家的出气筒,谁让他永远是没有原则地迁就小孩儿,他宠坏了小孩儿,当然由他来承担责任。

宠儿子是浦来迻的毛病之一。早在儿子上幼儿园时,浦来迻就给老师留下过分宠小孩儿的坏印象。儿子在幼儿园里被一

91

起玩儿的小女孩抓破了脸，浦来迗失去理智地冲到幼儿园兴师问罪。幼儿园老师被他气得花容失色，眼睛瞪多大地说："你这个当家长的真没涵养，竟然还是大学的老师。"

浦来迗说："大学老师怎么了，难道大学老师的小孩儿就活该受人欺负？"

回到家，浦来迗心疼儿子，怪他那么大的个子，竟然被一个矮半个头的小女孩打得哇哇乱叫。儿子永远是一个傻大个子。在学校读书，总是坐最后一排，又总是被别人欺负。他的成绩一直出类拔萃，成绩出类拔萃也没用，男孩子欺负他，女孩子也欺负他。儿子上高中的时候，有一个女同学常常打电话给他，儿子乖乖地听电话，仿佛是接受领导的训斥。那个女孩子浦来迗见过，不高的个儿，人很漂亮，水汪汪的一双大眼睛，是儿子班上的学习委员。她打电话过来，总是用命令的口吻："喂，我要找浦熙！"浦熙是浦来迗儿子的名字，陈敏有一次正在气头上，等儿子接完了电话，板着脸对他说："你们这个什么女同学，怎么一点规矩也没有。"儿子不理她，陈敏只好向丈夫发火，说这没出息的东西，日后一定怕老婆。

儿子一上大学，迫不及待地谈对象。他的对象每年都要换，最后的一个女朋友是大学同班同学。小小的个子，不算太漂亮，人却非常厉害。等儿子把她带回来的时候，两个人的关系显然已经非同一般。她第一次来做客，在浦来迗家里待了一个下午，在草纸篓里大大咧咧地扔了两个换下来的卫生巾。以后不多久，女孩子便找借口住在了浦来迗家，刚开始，浦来迗夫妇觉得这是绝对不可能允许的事情，可是也不知怎么的，稀里糊涂地就成为眼睁睁的事实。

浦来逩担心儿子把女孩子的肚子弄大，担心又让他有一种不吃亏的心理，毕竟儿子是男的，这种事，女孩子不急，男孩子又怕什么。浦来逩向儿子暗示如何避孕，儿子装着不懂他的话，无论他说什么也不表态。终于，浦来逩在儿子写字桌抽屉里发现了进口的避孕套，和自己当年熟悉的国产货完全不一样，是那种带小齿的，看包装盒上略显夸张的照片，颇有些像卡通片上小矮人挥舞的仙人掌。

女孩子和儿子好了一阵，又成了别人的女朋友。浦来逩在街上遇见过她和别的男孩子挽着手散步，她若无其事地对他点点头，就像是遇到了老熟人，然后悄悄地对身边的男孩子说着什么。她表现出来的亲热，让浦来逩感到好大的不自在。儿子死了以后，浦来逩苦苦思索儿子的死因，他设想儿子是因为失恋受了刺激，是因为爱。

想不明白儿子为什么要自杀，将成为他最大的心病。事实是那位女孩子和别的男孩子好了，儿子很快就又带了一位女朋友回来。这位女朋友要漂亮得多，性格也温柔得多，但是好了不久，儿子仍然又和前面那位恢复了关系。一段时间里，浦来逩根本弄不清楚儿子究竟是跟谁好。儿子把两个女孩子轮流往家里带，他的精力全用到了女孩子身上，到最后考试时，五门功课中，竟然有三门不及格。

儿子的追悼会上，他的女友差不多全到场了。浦来逩致悼辞的时候，女孩子们哭成一片，哭完，一个个又跟没事一样，回来的路上，一路叽叽喳喳。浦来逩充满了感叹，现在的年轻人大约都这样，要哭就哭，想笑就笑。儿子也许只是一个最极端的例子，他想跳楼，于是就真的跳了楼。

丧子的巨痛让浦来迻永远有一种心碎了的感觉，当儿子的女友们为儿子哭泣的时候，浦来迻感到欣慰，觉得儿子总算没有白到这个世界上来一趟。自从儿子死了以后，他心口痛的老毛病反而不发作了，现在肉体的痛苦已经变得不重要。自从儿子死了以后，浦来迻的情感器官已经变得非常迟钝，他甚至连好好地哭一场的机会都没有。

一个阳光灿烂的日子，浦来迻在喧嚣的大街上遇到一个算命的老人。老人衣衫褴褛，留着很长的胡子，坐在地上向人吆喝。他越是想替人算命，越是没人要理睬他。

算命老人对浦来迻说："帮你算个命，不准，不要钱。"

浦来迻脚上仿佛生了根，动弹不得。他不想算什么命，但是想听听这白发苍苍的老人究竟说些什么。老人说："贵人贵相，我可以保佑你小孩上大学，保佑日后找到好工作，挣大钱。"

街上人来人往，川流不息，除了浦来迻，没人停下脚来听算命的胡说。

老人说："算一算，说得不准不要钱。"

老人又说："这样吧，我不要你的钱，怎么样？"

地上摊着一张八卦图，浦来迻蹲了下来，眼睛看着那图上的黑白图案，轻声说："那就说说我儿子的事。"

老人精神抖擞，语重心长地说："现在都是独生子女，是得算算小孩的前程，就一个小孩，耽误不起，是不是？"

浦来迻的眼睛有些发直，他希望八卦图上能隐隐约约地出现儿子的图像。接下来，老人说什么，浦来迻已经听不见。他的眼睛直直地盯着八卦图看，有人围了上来，是看热闹的。老人滔滔不绝地说着，口若悬河。既然浦来逵不吭声，老人便以为自己说得很好。

最后，浦来逵终于打断了老人的话。他很悲哀地看着老人，说："说那么多好话有什么用，我儿子都死了。"

算命老人好像被人当众扇了一个耳光，看热闹的人忍不住笑出声来。浦来逵从口袋里掏出了十块钱，扔在八卦图上。老人说："这钱我按理不能要，说过不准确就不要钱的。唉，你死了儿子，心里不自在，何苦再要我出丑。我这把年纪，也不过是想混口饭吃，你何苦。"老人嘴上这么说，还是把那十块钱收了起来。浦来逵看中了老人摊在地上的那张八卦图，说："把这张纸送给我，你回去再画一张。"老人有些犹豫，浦来逵又掏出十块钱，这次，他直接将钱塞在老人手里，然后将那地上的图合起来，拿了就走。

八卦图画在过期挂历的背面，一旦合起来，露在外面的便是一个巨大的半截美人头像。浦来逵拎着这半截美人头像，在街上茫然走着，毫无目的。走到一家百货公司的后门口，他忽然停下来，把八卦图重新打开，放在地上，直直地盯着它看。他知道不会看到什么，然而就是忍不住要这么做。他的眼睛直直地看着那黑白相间的图案，仿佛中了邪一样。两个衣着时髦的姑娘，正巧从旁边路过，以为他是算命的，好奇地看着他，情不自禁向他走过去。

浦来逵突然像小孩儿一样放声大哭起来。自从儿子死了以后，他一直想痛痛快快哭一场，现在终于找到了机会。他酣畅淋漓地哭着，肆无忌惮，眼泪像瀑布一样往下流。那两个正在走近的姑娘，被这突然的变化吓了一大跳，她们慌慌张张地离去，可是更多的人却围了上来。人越围越多，浦来逵不愿意让众人这么围着，他合起那张摊开的八卦图，拎着半截美人头像，冲出重围，一路走，一路尽情地流眼泪。

一九九九年一月二十九日

不娶我你后悔一辈子

老徐是局机关办公室的副主任，五十岁刚出头，风韵犹存，穿什么样的衣服都显得精神。她本名叫徐丽芳，机关的人都喊她老徐。办公室副主任是个很忙的差事，由于正职副局长兼着，办公室一大堆杂事，差不多推在老徐一个人身上。总是看见她在忙，成天风风火火走过来，走过去，匆匆地打电话，刚挂上，又拿起来，老听见她对着电话喊。

老徐今天的打扮非常时髦，高贵大方，女儿从香港为她买的套装，是个很不错的品牌，穿在身上感觉就是不太一样。有一件很重要的事情要去做，下午三点钟，她要和女儿的对象周同见面。都说女人当了办公室主任，当不好贤妻良母，老徐似乎想证实这句话不对，处处以最称职的好妻子好母亲自居。她丈夫是一名普通的中学教师，局里无论搞什么活动，出门旅游，节日联欢，老徐都带着他到处招摇。她最怕别人觉得她丈夫不怎么样，有意无意地在各种场合，变着法子显示自己男人的魅力，她的老生常谈是喋喋不休说他当年如何如何。很多人听说过她追求丈夫的故事，她丈夫青年时代风流潇洒，有一大堆女孩子追求，老徐则是最后的胜利者。

有人开玩笑说："老徐，你现在都这么漂亮，年轻时还了得，肯定有成群结队的男人打坏主意。老说你追你男人，我们才不相信呢，肯定是男的追你，天下哪有女追男的道理。"

老徐说："女追男怎么了，我们家老王当初也是你这观点。我越是上劲追，他越犹豫，后来我就对他说，我说你别神气，告诉你，不娶我你后悔一辈子。"

熟悉他们家的人都说，老徐是个厉害的女人，不仅事业上有成就，家庭也圆满，一儿一女，儿子出国留学，女儿在外贸系统工作，谁也不缺钱。老徐的丈夫以今天的眼光看，算不上十分出色，业务上没什么特殊之处，仕途也毫无建树，唯一得意的地方，是在家做男子汉大丈夫。老徐将他服侍得非常好，大老爷一样地供着，自己工作再忙，天天临上班，一定要将牛奶鸡蛋煮好，焐在焖烧锅里才走。

这样的老婆打着灯笼也找不到，老徐丈夫身在福中不知福，讨这么个老婆，竟然也搞过一次婚外恋。人心不足蛇吞象，这山望着那山高，那女的是单位的同事，年龄比他大几岁，人长得难看，又矮又胖，戴一副度数很深的近视眼镜，还有狐臭。事态曾经闹得很严重，那女的缠住了老徐丈夫不放，她男人是部队的军官，在六七十年代，破坏军婚是很大的罪名，那军官风闻消息，兴师问罪，文武双全，武是揍了老徐丈夫一顿，往死里打，打得鼻青脸肿，撒尿流血，文是告到双方单位，结果还是老徐出面，花了很大的气力，才将这件事摆平。老徐的丈夫因此落了话柄在老婆手上，老徐遇到什么不顺心的事情，就要唠叨这次事件。

老徐没想到今天会和周同说起这件不愉快的往事，到约定时间，她和他在公司见了面，话说着说着，不知不觉便聊到这件事上。周同是老徐女儿王芳的恋爱对象，他是个结过婚的中年人，不久前刚和妻子离婚，谁都知道是为了王芳离婚的，离婚以后，又有些犹豫，本来说好很快和王芳结婚，现在，似乎有了赖账的意思，想临阵逃脱。老徐今天来的目的，是和周同彻底摊牌，让他赶快和女儿结婚。显然这不会是一件愉快的事情，老徐按捺不住别扭的心情，恨不得和他吵一架。她对他压根儿就没什么好印象，一般人眼里，总是年纪已经不小的周同，利用手中总经理的权力，勾引涉世未深的王芳，只有老徐心里明白，自始至终，处于主动地位的是自己女儿王芳，她铁了心要嫁给周同，对他穷追不舍，不达目的，绝不罢休。老徐心里虽然不乐意，可是她不得不按着女儿的意思做。

周同已经开始有些秃顶，非常疲倦的模样。老徐第一次和他见面的时候，想不明白女儿为什么要找个叔叔做恋人。王芳是学外语的，人长得漂亮，性格外向，追求她的男孩子长长的一大串。女孩子的爱情有时候真说不清楚，王芳解释喜欢周同的原因，是喜欢成熟一些的男人，男人要成熟，只好到年龄比她大的男人中间去找，于是她看上了自己的总经理。老徐后悔在今天向周同提起丈夫的婚外恋，这种时候说这些陈年旧事，翻开不愉快的记忆，真不合时宜，周同显然多心了，觉得老徐叙述这样的故事，无非是说自己配不上她女儿，就像当年那个第三者配不上她丈夫一样。

周同下海以后，遇到唯一不顺心的事情，是染上了性病。大学毕业后，他分配在外贸系统工作，很快捞了个一官半职，以后是搞三产，然后又从官商过渡到了民营，把铁饭碗换成金饭碗，生意一路火红。有一次在海口和客户见面，客户把他带到那种地方，他被一个小眼睛的姑娘给迷上了，糊里糊涂地就成了事。平时为了生意的需要，周同经常出入夜总会歌舞厅，虽然也有过心猿意马，却从来没有过失足的记录。俗话说，大眼迷人，小眼勾魂，周同果然魂不守舍，当晚就把那姑娘带回了自己住的酒店。

结果是得了性病，只是一次，偏偏闯了祸。他妻子先发现问题，因为病菌很快到了她身上，去医院检查，化验报告出来，他想赖也赖不了。这事好不容易蒙混过关，以后就发生了王芳和他的纠葛。周同妻子终于把这件事作为撒手锏抖了出来，王芳听了，很伤心，她不敢相信自己喜欢的男人，做过这么不要脸的事情。王芳不在乎周同是否结过婚，也不在乎他有一个已经快上高中的女儿，她忍受不了的，是周同竟然嫖过娼。

王芳属于那种满脑子新潮思想的女性，在和周同交往的过程中，敢爱，敢恨，勇于表达自己的思想。她理直气壮地成了第三者，忍辱负重，不屈不挠。周同在她穷追猛打之下，狼狈不堪，自从和王芳发生纠葛，他只有过一次可以摆脱她的机会，那就是嫖娼事件被揭露。王芳彻底动摇了，她受到了重重的伤害，大病一场，将近一个月没有到公司来上班。

在这一个月里，周同天天下班都去看她。他在她家的大楼底下徘徊，但是独独缺乏勇气上楼。天很快黑下来，周同孩子气地在路灯下走来走去，时时抬头向楼上张望。一个月以后，王芳又来上班了，她瘦了一些，脸色苍白，周同和她谈工作，她爱理不理。下班以后，周同十分内疚地开车送她回去，王芳坐在后排，在等红灯的时候，突然流着眼泪说："周同，你说我们的事，是继续下去，还是到此为止，就此了断？"周同不吭声，眼睛看着前方，他不知道怎么接茬儿才好。王芳说："你要是不想和我断，就赶快和你老婆离婚，然后我们就结婚，你得赶快娶我，要不然，你一辈子后悔。"

周同被她一番话说得很感动,前方绿灯已经亮了,他却回过头来,对着她发怔,交警板着脸走了过来,恶狠狠地要扣驾照,并让他把小车开到一边去准备罚款。事后,王芳夸奖周同实在是个绝顶聪明的男人,她告诉他,在过去的一个月里,他要是上楼向她解释什么,她肯定会把他赶走,而且永远也不会和他再来往。他犯的是一个不可饶恕的错误,许多事无论怎么解释都没有用,有时候,不解释才是最好的解释。王芳说,她知道他是个不值得爱的男人。她不止一次地对自己说,我已经不喜欢他了,我根本不会嫁给他。她说她自己也没有想到结局会是这样。

那天晚上他们去了一家很豪华的酒店,开了房间。周同跪下来向王芳赌咒发誓,一定要用最快的速度和老婆离婚。他很矫情地说:"不要说不娶你会后悔一辈子,我现在就后悔了,真的。"王芳问他现在后悔什么。周同说:"我也不知道后悔什么,也许不是后悔,我只是感叹。"王芳不明白,说你感叹什么。周同说:"我感叹自己祖上真是积了大德,怎么会让我遇到你的。"

王芳不以为然,用手去捏周同的嘴:"别甜言蜜语,这种话我不要听。你不觉得人家是非要死皮赖脸地想嫁给你就行了!"

就是在那天晚上,王芳跟周同说起自己母亲当年追求父亲的故事。她告诉周同,老徐年轻的时候,也像她现在缠他一样,死皮赖脸地非要嫁给她父亲。王芳的父亲刚从师范学校毕业,分配在一家中学当老师,当时老师是一个很不吃香的职业,而老徐已经从纺织厂调到局里工作,许多比父亲更好的男人想追她,可她就是认定死理,非这个男人不嫁。女人太主动了,在别人眼里就会显得不正常,老徐过分主动,王芳的父亲反而不知所措。后来,老徐把单位里一个正暗恋着自己的小伙子,活生生地揪到王

芳父亲面前,很严肃地说:

"姓王的,想想好,你不娶我,我明天就跟这家伙结婚,你信不信?"那小伙子长得模样特别傻,做梦也没想到老徐会这么说,脸红红的,嘴咧在那儿,眼睛全直了。多少年以后,回忆往事,王芳父亲得便宜卖乖,对女儿说:"我怎么能让你妈这么好的姑娘,落到那傻子手里,不能眼看着她硬往火坑里跳,你妈好歹也是朵鲜花,就插在我这摊牛粪上算了。"

虽然已经见过好几次面,周同一直不知道自己如何称呼才好,他的年龄恰恰处于老徐母女之间,怎么称呼老徐都尴尬。老徐是第一次就女儿的婚事,和周同正式谈话,许多话多少年来一直憋在心里,现在,是打开天窗说亮话的时候。老徐直截了当地表明了态度,她告诉他,自己觉得他很不怎么样,就算事情已经到了这一步,她也不觉得女儿非得嫁给他不可。

老徐说:"我最气的,是你竟然让我们家芳子不快活,自小她就没受过什么委屈,我,她父亲,她周围的人,都特别喜欢她,什么事都哄着她,可是看上了你以后,一切都不对了。"

周同尴尬地笑,老徐自顾自地说着,不知不觉一小时就过去了。老徐反复强调没想到会有这样一次见面,没想到她来找他,不是像过去所设想的那样,是劝阻,是棒打鸳鸯,而是来促成他们的婚事。人们也许会觉得王芳看中周同,是看中他那块总经理的招牌,但是熟悉王芳的人都知道,以王芳的条件,找比周同更有出息的总经理易如反掌。事实上,王芳已经成为周同最得力的助手,无论是和外商打交道,还是和国内的同行竞争,周同根本离不开她。王芳是一个温柔的陷阱,周同身陷其中,不亦乐乎。

老徐和周同的这次见面,差点闯下大祸。王芳知道此事后暴怒不已,不依不饶地和母亲大闹,她最恨母亲过问她的婚姻,仿佛从一开始,已打定主意要和老徐作对。王芳说:"过去你不让我嫁给周同,我非要嫁,现在,既然你千方百计地想让我嫁,我就不嫁,我就是气你,看你怎么样。"

老徐说:"婚姻大事,当什么儿戏?"

王芳气鼓鼓地说:"我就当儿戏,你气不服,也没办法。"

老徐给她气得无话可说,直咂嘴,想发火,又不敢。王芳在三个月以后,终于还是和周同结婚了。婚礼上,王芳当着众人面,问周同前一阵为什么要赖婚。大家目瞪口呆,打趣说,周同真不是东西,交了这么好的桃花运,还不知足。周同不知道说什么好,只是傻笑。王芳说:"算了,你不要光傻笑,我也不怕丢人,今天这么多人,我也学人家中央电视台的'实话实说',承认是我追你周同的,我就是追了,怎么样?"大家都笑,周同无地自容,鼻子上直冒汗。周同上中学的女儿突然老气横秋地教训父亲,说爸爸你有什么好的,我才不相信是王芳姐姐追你呢,你根本就不配王芳姐姐。

喜宴之后,大家去舞厅,跳舞、唱卡拉OK。王芳天生一副好嗓子,什么歌都能唱,大家起哄说光听新娘子唱没什么意思,让周同和王芳合唱《夫妻双双把家还》。周同急得直摆手,王芳转移斗争大方向,说她爸爸妈妈唱得好,就让他们唱吧。于是大家鼓掌,老徐夫妇上场表演,赢得一片喝彩。唱完,众人仍然不肯放过新婚夫妇,掌声嘘声不断。王芳很爽快地说:"周同,你就上来出回丑,天塌不下来,我又没准备嫁个歌唱家。"周同硬着头皮上场,唱第一句就卡壳,大家笑成一团,结果王芳只好临时救场，男女声二重唱由她一个人包办，她憋足了嗓子唱男高音，别有韵味。

王芳和周同结婚后，周同的女儿周小英仍然喊她王芳姐姐，小丫头喊惯了，一下子还真改不了口。老徐不明白为什么她不跟着自己的母亲，也不明白周同的前妻为什么不争小孩。那小丫头嘴很甜，见了老徐，一口一个奶奶。王芳常常带周小英回来蹭饭，她自己懒得做，一到星期天，不是上馆子，就是把周同父女往自己家带。老徐因此哭笑不得，她心疼女儿，也没办法，等女儿女婿走了，便跟自己丈夫抱怨。她丈夫自己反正不用做事，星期天人多热闹，来得正好，说你真不想他们回来，下个星期我们去女儿家。

老徐常常去女儿家帮她收拾房间，说起来是因为忙，王芳的新房总是和家里的闺房一样，只要没人帮着收拾，必定乱得不像样子。请了一个钟点工，说是下岗女工，干了不到一个月，却偷了不少东西溜之大吉。周同的女儿最喜欢吃老徐烧的红烧肉，王芳隔一阵就打电话，说小丫头馋死了，老问奶奶什么时候再给我们家烧一锅肉。

老徐苦笑着说："还真得好好谢谢你，你给我找了个那么大的孙女。"

王芳格格格笑，说："又没操什么心，费什么劲，一下子得了个那么大的孙女，妈，你不吃亏。"

老徐说："我一直在担心你这后妈怎么做，你哪是做妈，你们搞得像姐妹一样，真荒唐。"

王芳说："荒什么唐，她本来就叫我姐。"

老徐不仅要给周同的女儿做红烧肉，还要过问她的功课。

周小英的学校紧挨着老徐机关，学校的伙食不好，她便在老徐机关的食堂里吃饭。周同和王芳都是不顾家的人，他们的事太多，生意场上有没完没了的应酬。老徐开始为周小英找家庭教师，她去开过一次家长会，学校的教师说，像周小英这种情况，不努力一下，不要说考不进省重点中学，连市重点也危险。小丫头非常聪明，功课一抓，成绩立刻开始上去。她是个直筒子性格，有什么话都肯说出来，老徐和她谈心，就向老徐介绍班上男女生相好的情况。她说的所谓情况，让老徐大吃一惊，做梦也没有想到，现在中学生早恋的情况竟然如此严重。

老徐按捺不住好奇心，在放学的路上等周小英。周小英老气横秋地向老徐说学校的情况，偷偷介绍自己看中的男孩，她告诉老徐，班上有好多女孩子都喜欢他。很可惜老徐只是看到一个背影，那男孩骑一辆山地车，车篓里有个篮球，周小英冲他的背影喊了一声，可是那家伙连头都没回。迎面走过来一个高高瘦瘦的中学生，周小英告诉老徐，这人外号叫老猫，是邻班的学生，他曾偷偷地给周小英寄过贺年片，上面写的内容非常那个。老徐明白她说的那个是什么意思，以很严肃的口气说："你们才这么一点儿大，脑子里怎么全是这些不健康的东西。"

周小英不以为然地说："你们脑子里才全是不健康的东西！"

老徐说："早恋是很危险的。"

周小英说："危险的事多着呢，说不定在马路上走着，好端端的，就被汽车撞死了。"

老徐事后和王芳在电话里谈这个问题。她觉得事态很严重，不当心就会出大事，必须认真对待。王芳却觉得她大惊小怪，说：

"妈，你也是的，管这些屁事干什么。别听她瞎说，小丫头今天和他好，明天又换一个人，闹着玩玩，用不着你老人家操那个心。现在的中学生，跟我们已经不一样。"王芳所说的我们，自然也包括老徐。老徐立刻说："什么我们，我和你可不一样。"老徐想教训女儿几句，可是王芳容不得她插嘴，自顾自说着，说完了就挂电话。老徐一肚子话没说完，只好在睡觉前和自己的丈夫老王聊。

聊到临了，老徐叹气说，如今我们都老了，虽然还能再上几年班，可是我们真的是老了，已经跟不上形势，想不服老也不行。老徐说，老王，你给我说老实话，当初我死皮赖脸盯着你，硬要让你娶我，老实说你后悔不后悔。老徐说，我知道你后悔了，你给我一句实话，到底后悔不后悔。老徐说，我要不嫁给你，就不会有这么个宝贝女儿，也不会有今天这些稀奇古怪的事情。你想，女儿在国内就这样，我们那个远在美国的儿子，还不知道怎么样呢。儿子早就把我们忘了，说不定已经找了个洋媳妇。儿女说长大就长大，你还记得芳子刚上小学，我们两个约好一起接她，放学了，我们故意躲起来，她站在学校大门口，脸急得通红，东张西望，然后你忍不住，跑出去，芳子激动得不得了，又哭又笑地向你跑过来。你其实比我更宠小孩，老王，喂，我说了半天，你到底在不在听？

老徐丈夫正在看报，这一阵是世界杯预选赛，整版的体育新闻都是足球，他不明白老徐为什么现在说这些，支支吾吾，放下手中的报纸，敷衍说：

"你今天怎么了？"

一九九九年

李诗诗爱陈醉

第一章

1

陈醉第三次结婚的仪式很隆重，李东妮带着妹妹韩苗苗去参加婚礼。李东妮是陈醉的女儿，当时大学刚毕业，意气奋发，很大方地向父亲和继母敬酒。继母张妍还未到三十岁，是中学的外语老师。大家一起举杯表示祝贺，李东妮说："爸，你给我找的后妈这么年轻，我以后怎么称呼。"大家都笑，陈醉红着脸说："叫什么都行，就叫她小张好了。"大家在一旁起哄，说叫小张不好，辈分全乱了，还是叫阿姨好一些。李东妮说："叫什么阿姨，人家喊保姆才这么叫呢！"张妍笑着说："我行不改名，坐不改姓，你就叫我张妍，直呼其名，这最好。"

回到家，李东妮的母亲李诗诗追着她问，问新娘子长什么模样，多大年纪，在哪儿工作。李东妮不耐烦，故意不说给她听。李诗诗拿大女儿没办法，便去问还在上高中的韩苗苗。韩苗苗把自己知道的都说了，李诗诗仍然不满足，继续追问，打破砂锅问到底，一直问到韩苗苗也不高兴。韩苗苗终于赌气回自己房间，她和李东妮住一屋，李东妮正躺在床上翻一本流行刊物，见妹妹进来，便问她：

"苗苗，我爸是不是长得特别神气？"

韩苗苗说："他找的那个女的，年纪太轻了。"

李东妮说："年轻有什么不好？"

韩苗苗一本正经地说："他应该跟妈复婚，妈比他还小一岁。"

"算了吧，我爸现在春风得意，他怎么会再看中妈。你是小孩子，不懂的，妈已经不配他了，我告诉你，女人老了就不值钱——"李东妮突然发现李诗诗就在门口站着，说的话全让她听见了。

吃晚饭时，李诗诗埋怨李东妮不应该带妹妹去参加婚礼。李东妮要去，李诗诗拦不住她，可是韩苗苗与陈醉没任何关系，因此根本没有必要去凑那个热闹。韩苗苗觉得很委屈，说自己去的时候，李诗诗不阻拦，现在人回来了，又要埋怨。李诗诗说，她不怪她，只是在说她姐姐。韩苗苗说："你说她，难过的是我。"李东妮在一旁半天不开口，突然酸溜溜地说："苗苗，你难过什么，有人心里才是真难过呢，只是不好意思说出来。"李诗诗气得把筷子扔了，说你也太会说话，我毕竟是你妈，你就这么说我。

吃过晚饭，李诗诗闷闷不乐地洗碗。李东妮和韩苗苗姐妹意识到气氛有些不寻常，打开电视机准备看电视剧。这一阵正在播放一个很受观众欢迎的连续剧，母女三人到时间必看。李诗诗的活老是干不完，洗好了碗，又大张旗鼓地擦起了灶台。很快就到了开播时间，电视里已开始播放广告，韩苗苗大声招呼李诗诗，李诗诗嘴里说着就来，可是一直到连续剧播完，她还在厨房瞎忙。韩苗苗小声对姐姐说:"有没有注意到,妈今天有点不对头。"

李东妮说:"我早注意到了,她这会儿心里不知怎么乱呢。"

韩苗苗偷偷进了一趟厨房,跑出来说:"不好了,妈在哭。"

姐妹俩于是一起跑进厨房,安慰李诗诗。李诗诗一口否认自己哭了,见抵赖不了,索性堂而皇之地流眼泪,先是吸鼻子,小声抽泣,很快就不可收拾,双手捂脸,哇啦哇啦地哭起来。姐妹俩有些慌,从来也没见她这么伤心过,吓得不知所措。韩苗苗自然而然地就跟着哭起来,李东妮感到很不痛快,心里说不出的别扭,忍了一会,对李诗诗说:"妈,我知道我今天那话伤着你了,你别难过。不是你配不上我爸,是我爸配不上你。你大人不记小孩过,算我说错了,行不行?"

李诗诗抹着眼泪从厨房里出来,到厕所里不停地擤鼻涕。韩苗苗像小猫似的,贴在她身边一声一声地喊着,李诗诗说:"苗苗,妈妈没事。"李东妮一手扶着厕所的门框,说没事你就别哭了,还哭。李诗诗说:"哭不哭是我自己的事,你别管,告诉你,也别太得意了。我哭,不是在乎你爸,我是觉得对不起苗苗她爸。苗苗,你爸死了以后,我一直没好好哭过,今天这么哭一场,我心里其实很痛快!"

2

李东妮在陈醉右派改正的时候,才知道自己还有这么一位亲爹。在这之前,她什么也不知道。李诗诗和老韩将这件事情瞒得滴水不漏。李东妮从小就有一个固定看法,她觉得母亲偏爱韩苗苗，因此在父母之间，与老韩的感情要亲近许多。老韩在离这个城市一百多公里之外的铁路上工作，每个月只回来一次，也许因为回来得少，李东妮看见他就很兴奋。

早在李东妮还是一个小姑娘的时候，李诗诗就告诫她上厕所要关门。她总是记不住，记忆中，老韩有好几次在她洗澡的时候，无意中闯进来，每次都是很慌张，冒冒失失一头进来，然后诚惶诚恐赶快退出去。李东妮觉得十分有意思，她天生不是个害羞的小姑娘，直到自己已经发育成大姑娘，还是记不住洗澡的时候把门销上。

老韩每次回家，都会给李东妮带些小玩意，一个小风筝，自制的小钥匙环，一串糖葫芦。她印象中，只要是老韩对她好，李诗诗就不太高兴。在姐妹俩的争吵中，李诗诗总是不分是非地站在妹妹一边，有一次，韩苗苗将李东妮的钢笔尖摔断了，李东妮照妹妹的脸门上就是一巴掌，韩苗苗因此大哭大闹，结果李诗诗狠狠地揍了李东妮一顿。这是李东妮一生中最厉害的一次挨揍，几乎在母女之间造成不共戴天的仇恨。

李诗诗处处护着妹妹韩苗苗，人一旦有了偏心，想控制都控制不住。李东妮因此很有些悲伤。还有一次，她因为老韩在家有人撑腰，和韩苗苗发生争执，不肯善罢甘休。李诗诗追着要打李东妮，她便往老韩身边跑。老韩说，多少要讲个道理，东妮又没有什么大错，你凭什么打她。李诗诗不依不饶，李东妮便在老韩的身边转圈子。老韩终于火了，说要是再这么闹，你打她一下，我也打你一下，索性大家不讲理。李诗诗不为老韩的威胁所动，一把拉住李东妮，对她后背上拍了一下。其实根本就没有弄痛，李东妮趁机大哭，老韩的声音也因此恶毒起来，他捋了一下袖子，说：

"你个屌女人是不是神经有毛病？"

李诗诗说："就是有毛病，我的女儿，为什么不能打？我打的是我女儿。"

"什么你女儿你女儿！"

李东妮仗着有老韩帮自己，突然喊了一声："神经病！"

然后李诗诗和老韩就相互动手，李东妮已记不住具体的细节，只听见很清脆的一声，在空气中回响着，那是老韩扇李诗诗耳光的声音。两个人真打了起来，李东妮开始感到害怕，她悄悄回到自己房间，坐在床沿上小声抽泣。外面越闹越厉害，什么东西打碎了，接着又是一样东西被扔在了地上。闹了很长时间，外面的声音大，李东妮的哭声也大，终于没声音了，李东妮悄悄地去厕所，她已经有些憋不住了，从厕所出来，她小心翼翼摸索着，害怕踩着扔在地上的东西，伏在李诗诗房门上偷听动静。老韩还在恶声恶气地诅咒，李东妮听不清他在说什么，但是知道是些很不好的词汇。

3

突然从天上掉下来一个亲生父亲，李东妮感到十分意外，那时候她正准备考大学，而老韩也因为解决多年的夫妻分居，刚从外地调回来。她感到的第一个不习惯，是单独面对老韩时的尴尬，多少年来，他一直是她最亲近的人，现在却让她感到从未有过的尴尬。即使已将厕所的门销上了，她仍然感到不自在，因为觉得插插销的声音，意味着不信任，这种不信任本身就是对老韩的伤害。同样感到别扭的是老韩，这个男人给李东妮的父爱，一点也不比别人的父亲逊色，当他知道李诗诗已经把真相告诉李东妮以后，许多天里都闷闷不乐。老韩属于那种话不多的男人，他想做出若无其事的样子，但是表现得十分拙劣，很不自然。

老韩从外地调回来的第二年，在一个公共汽车站候车，被一辆失控的小汽车撞死了。当时车站的人很少，小汽车高速行驶，为了避让迎面的来车，竟然冲到了安全岛上。司机想刹车，却鬼使神差误踩了油门，结果两位正在等车的乘客撞飞出去一大截，其中一位多处骨折，老韩送进医院不久就咽了气。

突发事件又一次恢复了原有的家庭秩序，自从李东妮有记忆以来，这个家庭始终是三个人生活，一个女人和两个女孩子，老韩的回来永远只是个插曲。一切仿佛事先就注定的，如果不是陈醉的出现，老韩或许不会心不在焉，心不在焉是一件很可怕的事情，他即使躲过这次车祸，可能也会遇到下一次灾难。老韩死后，李东妮一直觉得有些内疚，希望从母亲那里多知道一些关于他的事情，但是李诗诗每次都说不下去。李东妮对这一点始终想不明白，他们毕竟夫妻了那么多年，怎么会什么都不知道，她怀疑母亲是故意隐瞒什么。

有一次，李诗诗禁不住女儿的追问，终于坦白，说：

"有什么好隐瞒的，你又不是不知道，这么多年来，老韩和我，根本就没话好说，他是个哑巴，每次回来就住两个晚上，做两夜夫妻，除了对那事感兴趣，你反正也大了，告诉你也没关系，他还能做什么？你问我关于他的事，我又问谁？"

李东妮发现李诗诗和老韩的关系一直不是太融洽。多少年来，她们家和老韩的亲戚没有任何来往，结果老韩遇车祸，想通知亲戚都没办法。老韩成了一个来无影去无踪的神秘人物，说来就来，说走就走。或许只是为了不让小女儿韩苗苗心里难过，李诗诗不止一次表示，在老韩和陈醉这两个男人之间，她更喜欢老韩，但是这种表态根本没有说服力。在提到老韩的时候，李诗诗没有任何情绪，仿佛在说一个与自己毫无关系的人。李东妮很伤感地发现，母亲对老韩的意外逝世，伤心程度甚至还不及自己的一半，韩苗苗也不是太在乎，她只是对死亡感到恐惧，不敢一个人待在房间里。

李东妮注意到，李诗诗只要一提到自己的生父陈醉，眼睛立刻就会炯炯发亮。

4

李东妮在大学三年级的时候，和陈醉一起回过一趟老家，她从未见过面的奶奶死了。因为记忆中没有奶奶的印象，这趟回老家有些怪怪的。首先是和生父陈醉在一起，虽然有着血缘关系，可是李东妮总觉得他更像个陌生男人。想象中，作为父亲的陈醉为弥补未尽的抚养义务，应该讨好李东妮，但是根本没有，他对自己的亲生女儿大大咧咧，并不怎么太在乎。其次，虽然是回老家奔丧，却没有一点悲伤的气氛，用当地人的话来说，奶奶已八十多岁，这把年纪过世，便应该算作喜事。陈醉在老家待了三天，每天起码喝两次酒。

三天过得很快，那是一次隆重热闹的葬礼，李东妮见到了太多的亲戚，有陈醉的亲兄弟，还有堂兄弟，他们有的长得太像了，彼此分都分不清楚。大多数时候都在喝酒，喝一种土造的米酒。这酒十年后经过一家外国公司投资经营，成为一种品牌酒出现在各大超市上，卖得十分红火，价格上涨了几十倍。李东妮不明白为什么一天到晚要喝，这一带的农村其实很贫穷，穷丝毫没有妨碍喝酒。当地农民喝酒不要什么菜，满山遍野都是一些小竹子，春天来了，村民挖了很多竹笋，用刀剖开，撒点盐，拌点青豆，腌一腌，再晒干，然后一年四季靠此下酒。

年纪大的成天喝酒，年轻人也成天喝酒，男人喝得醉醺醺，女人也不甘示弱，甚至半大不小的孩子都跟着起哄。空气中弥漫着一种酒味，在酒文化的熏染中，父老乡亲一个个都很幽默，李东妮只听见他们在笑，不太明白他们说什么。说话的听话的总是在笑，陈醉不得不一再为女儿翻译当地的土话，为了让那些说话的人高兴，李东妮不管自己有没有弄明白，干脆先笑了再说。奶奶下葬以后，陈醉带李东妮去她的外婆家。外婆家也在这个村子上，陈醉的家在村子的西头，李东妮的外婆家在东头。到了地方，陈醉指着那一片快要倒塌的老房子说：

"这就是你外婆家。"

李东妮兴致勃勃地看着那栋老房子，白墙黑瓦上留着岁月的痕迹，她希望陈醉能说些什么，但是他一声不吭，仿佛是局外人。有几个乡下人远远地看着他们，其中一个走过来与陈醉打招呼，然后就站在那儿与陈醉说话。李诗诗的外公也姓陈，曾是这里最有名望的人物。李诗诗从不对女儿叙述自己的故事，李东妮偶尔知道一些细节，然而都无关紧要，就像不经意看到的电视连续剧上某些小片断，不仅无头无尾，而且还互相冲突矛盾。对于自己亲生父母的事情，李东妮知道的实在太少，现在，既然陈醉已把她带到这儿来了，李东妮很想知道一些他和她母亲的事情。

终于那个乡下人也离开了，她希望陈醉能说些什么。

陈醉很有些感伤，说这是个漫长的故事，要慢慢说。李东妮等着他的话，可是好半天没有下文。陈醉欲言又止，结果李东妮忍不住生气了，说：

"搭什么架子，要说就说，不说拉倒。"

陈醉吃惊女儿会用这样的口吻与自己说话。

李东妮的情绪变得很坏，她悻悻地说："我可能对你们的事情，已经不感兴趣了，用不着再吊我的胃口。有一天，我妈突然对我说，你有一个亲爹。又有一天，你又对我说，你奶奶死了。我不知道接下来还会怎么样，反正对于我来说，我什么都不知道，有太多的空白，你们想怎么填充都可以，怎么说都行，我怎么都得相信。"

陈醉感叹地问："你妈说过我什么？"

"什么也没说，她都懒得提起你！"

第二章

1

陈醉小时候是个地道的乡下孩子，是李诗诗为他打开了通往外面世界的窗户，人的生命中，有些窗户一旦打开，永远也不会再关上。五十年代初期，与母亲一起回乡探亲的李诗诗，给乡村少年陈醉留下了刻骨铭心的印象。那时候他还叫陈根宝、陈醉是读师范生时的笔名，在一封给校长的公开信中，他第一次用这个后来大出风头的名字落款。陈醉两字一度赫然见诸于当地的报纸，先是作为大鸣大放的英雄，接着便是臭名昭著的右派。在六十年代初期，陈醉曾经想恢复使用本名，负责迁户口的一位民警冷笑说，你还应该用这个名字，这名字好，人家一看到它，就知道你是个反党反社会主义的右派。

李诗诗是一个城市里长大的姑娘，随母亲回乡的那一年是十四岁，在乡下只住了一个星期。新年里，孩子们在麦田里放风筝，李诗诗站在田埂上看。陈醉呆头呆脑地站在她身边，一句话也不说。其他的孩子疯颠颠跑过来奔过去，唯有陈醉当时的表情最滑稽，他的眼神发直，目不转睛地看着李诗诗，即使她正对着他看，也没有任何反应。

多少年以后，陈醉向女儿描述自己的爱情故事，他告诉李东妮，恰恰是从这个时候开始，他爱上了她母亲。但是，与其说毅然爱上了李诗诗，还不如说他朦朦胧胧爱上了那个属于她的城市。在此之前，城市对于陈醉是一个空洞的概念，是乡亲们口头流传的一个个故事，城市太远，远得看不见摸不着。是李诗诗第一次把活生生具体的城市展现在陈醉面前，在回乡的这一个星期里，全村的孩子每天都聚在李诗诗外公家门口大呼小叫，像一群调皮的猴子似的等待李诗诗出来散发糖果。这种布施每天只有一次，一旦完成，孩子们便呼啸而去，到第二天才会再来。唯一的例外是陈醉，他手上攥着一粒糖果，形迹可疑地在李诗诗外公家门前来回乱蹿。有一天，按捺不住好奇心的李诗诗把陈醉喊过去问话，那时候，她比他差不多要高出一个头，他只能仰着脸和她说话。

李诗诗说："你这个小孩，拿了糖为什么不走？"

陈醉不说话。

李诗诗说:"好吧,我再给你一颗糖果。"

李诗诗又给了陈醉一颗糖果,他接过糖果,仍然不肯走开。

李诗诗说,我早就发现了,你这人真好玩,老是盯着我看,你为什么老是盯着我看?

陈醉仍然不说话,仍然目不转睛。

李诗诗笑了,说,你不会是哑巴吧?喂,小哑巴,为什么老是盯着我,说话呀。

2

三年以后,陈醉由他父亲带着,冒冒失失地出现在李诗诗家。大家都觉得很意外,陈醉的父亲红着脸说:"这孩子一定要到城里来,成天就是这个心思,说是要到省城读书。我们是乡下人,怎么能供得起他读书呢?"李诗诗的母亲有些为难,她看着这对不怎么明白事理的父子,叹气说:"想来城里读书当然是好事,不过,这种事,也不是想来就来。"

"要不我老骂他,我说你个小兔崽子的,乡下人就不是人。乡下人不种粮食,城里人还不饿死?还有,是乡下人的命,是这命就得认。"陈醉的父亲一肚子的不满,全被勾了出来,儿子的认死理早就把他气糊涂了,"我骂他,骂,真是骂,也没少揍他。他妈老护着,老护着他,还说,'骂有什么用,打也没用,你带他去趟城里,该怎么就怎么,真不行了,小孩自然会死了心。'死心,这小兔崽子缺心眼,打死他也死不了这个心。"

陈醉父子在李诗诗家借住下来,说好只住一夜,李诗诗母亲为他们买了两张返程票，再给了五块钱路上用。陈醉始终一声不吭，李诗诗逗他说话，说他长高了，人也长得蛮精神，干吗跟哑巴似的。陈醉还是和三年前一样不吭声，唯一的区别是不再瞪着大眼睛看着李诗诗。突然，李诗诗发现他的眼眶里全是泪水，那是非常绝望和悲伤的眼泪，她心头不由得震动了一下。吃晚饭时，李诗诗对母亲说："妈，你考考他，看看他的水平究竟怎么样？"李诗诗母亲是中学的老师，问了陈醉几个问题，都答对了。母女俩感到有些意外，饭后取了李诗诗做过的习题让他做，不一会儿全做了出来，十几道题只做错一题。

李诗诗惊讶地说："妈，他比我还低两级呢。"

陈醉的出色表现让李诗诗母亲改了主意，她觉得这么聪明的小孩，留在农村实在可惜，便让陈醉父亲先回去。她告诉他郊区的一所师范专科学校正在招生，如果陈醉考上的话，可以到那所学校去读书。陈醉的父亲抱怨说，就是考上了，也读不起呀，乡下人哪有闲钱供孩子在城里读书。李诗诗母亲说，这不成什么问题，师范学校管饭钱的，只要他能考上就好办。陈醉父亲走了以后，李诗诗的母亲开始有些后悔，既担心陈醉能不能考上，又担心真考上了，以后他的父母会不时上门打扰。她觉得乡下人想问题总是自说自话，他们从不为别人着想，只要认识，就会拿你的家当旅馆。李诗诗的父亲是一个机关的副处长，他最不喜欢有人突然找上门来。

到了考试那一天，李诗诗的母亲学校有事，让女儿陪他去考场。考场很远，李诗诗与陈醉一起坐公共汽车到终点站，又要了一部三轮车。从考场出来，陈醉完全蔫了，他十分痛苦地坐在校园门口的田埂上，反反复复只说一句话："我该死！"李诗诗问他是不是考得不好，他也不正面回答，除了说"我该死"，还是"我该死"。回家以后，李诗诗母女都觉得他不会有什么希望，陈醉自己更是万念俱灰，成天坐在角落里发呆。李诗诗母亲有些不耐烦，让他把考试情况说一下，他结结巴巴地说着，说什么什么错了，还有什么什么也错了，反正考得一塌糊涂。说完了，竟然主动提出来要回乡下，他已经没有信心等待发榜通知。

结果又是李诗诗送他去车站。一路没话，李诗诗想安慰他，不知道说什么好。终于检票进了站，李诗诗对他挥挥手，他像什么也没看见一样，默默地挤上列车，消失在人群里。

一个星期以后，陈醉的录取通知书竟然寄到了李诗诗家里。

3

陈醉在师范学校很快成了高材生。李诗诗母亲有个老同学在那儿当老师，几年后到李诗诗家做客，谈起陈醉，老同学把他好一番夸奖。李诗诗母女听了很高兴，也很意外，因为在过去的几年里，陈醉和李诗诗家没有任何接触。老同学说了许多，她描述了一个对李诗诗母女来说，完全是陌生的一个陈醉。与昔日的那个乡下孩子相比，现在的这个陈醉才华出众，善于在公共场所演讲，已经在报纸上发表文章，有很多女孩子追求。

李诗诗终于按捺不住好奇心，决定去拜访就快毕业的陈醉。她自己高中早已毕业，没考上大学，招工进入一家军工厂当检验员。那是一九五七年的春天，李诗诗突然出现在陈醉面前，陈醉有些意外，但是很快镇定下来，十分大方地带李诗诗参观了学校，还把自己的女朋友介绍给李诗诗。陈醉的女朋友是一个军人的女儿，随身带着一个军用书包，她警惕地打量着李诗诗，提出了一个又一个旁敲侧击的问题。当她听说李诗诗和陈醉好几年没见过面，脸上绷紧的表情开始有些放松。

接下来，大家一起在食堂里吃饭。李诗诗问陈醉这些年为什么不上她家去玩，陈醉说他一直想去的，可是因为忙，也就耽误了。说着，有些不好意思，脸顿时就红了起来，他说自己一有空就会去，时间过得真快，一晃都已经几年了，他确实很想去看看李诗诗的母亲。陈醉似乎已变了一个人，他很会说话，很会讨女孩子喜欢。吃完饭就是告辞，陈醉要送她，他女朋友酸溜溜地说：

"我还有课呢，你们有什么话，慢慢聊。"

李诗诗和陈醉两个人的时候，又恢复了当年无话可说的状态。

李诗诗说："你女朋友很傲气。"

陈醉笑而不答，李诗诗又说："你现在也很傲气。"

"怎么会呢，"陈醉有些局促不安。

"你就是有点傲气了。"

"你这么说，我还真不好意思，怎么敢在你面前傲气。"

回去的路上，李诗诗心头有一种说不出的滋味。她觉得陈醉现在的确长得很神气，很帅，难怪女孩子会喜欢他。她不喜欢那个背军用书包的女孩子，想到自己在背后嫉妒陈醉的女朋友，李诗诗脸上便一阵阵地发红，一阵阵地燥热。当年真不应该小看了他，李诗诗想起当年刚见面的情景，想起他手攥糖果目不转睛的模样，想起当年他从师范学校考试出来时的痛苦表情，想起他父亲骂他一口一个小兔崽子。她想起了很多，在以后的几天里，只要是一个人，她就会情不自禁地想起陈醉，想起与陈醉有关的一切。陈醉像一个驱逐不开的雾团，总是在李诗诗周围绕来绕去。

两年以后，李诗诗和陈醉结了婚，整个蜜月里，她都在怀疑自己是不是在和那位背军用书包的女孩子赌气。陈醉在那次见面后不久，很快被打成了右派，这在当时是很重的罪名，为很多正派的年轻人所不齿。然而，成了右派的陈醉并不像大家想象的那么潦倒，事实是，李诗诗和那个背军用书包的女孩展开了激烈的争夺战，两人都喜欢陈醉，都觉得抢一个右派分子有些伤自尊，又谁都不愿意放弃。李诗诗成了最后的胜利者，新婚之夜，李诗诗要陈醉坦白，他和背军用书包的女孩之间，究竟到了哪一步。陈醉说，什么哪一步，我们那点事，你都知道的。李诗诗说，你们的事，我怎么可能都知道。陈醉问她究竟想知道什么，李诗诗话里有话地说，你明知道我想知道什么。陈醉说，我又不是你肚里的蛔虫，怎么会知道你想知道什么。李诗诗说你装糊涂，陈醉说我凭什么装糊涂。

陈醉终于不再绕弯子，说："我和她之间真要有什么，她能饶得了我？"

李诗诗一怔，脸红了，说："你这话什么意思？"

4

李诗诗从来不赞成那种后来成为流行的观点，这就是自己当年嫁给陈醉，是因为出于同情，是因为他落了难。同情会让爱的质量打上折扣，让爱背上沉重的包袱，在爱情力量的驱使下，陈醉是不是右派已无关紧要，同情和怜悯也不起任何作用。爱情简单而且明了，不管怎么说，在第一个回合中，李诗诗是情场上的胜利者。李诗诗爱陈醉，她在竞争中得到了陈醉。

李东妮出世的时候，是李诗诗一生中最幸福的年头。那时候，陈醉结束了劳动改造，分配到离李诗诗工厂不远的一所小学当教师。幸福的生活往往无法用笔墨来描述，刚刚开了一个头，就变成了永恒的回忆，因为短暂，所以永恒。在李东妮牙牙学语之时，陈醉突然提出来要和李诗诗离婚，离婚的理由是陈醉又和那位背军用书包的女孩好上了。女孩和一位军人结了婚，现在，她提出一定要和陈醉在一起，否则就告陈醉破坏军婚。

破坏军婚曾是一个非常了不得的罪名，如果罪名成立，陈醉将立刻被逮捕法办，加上他本来就是个右派，罪上加罪，后果将不堪设想。李诗诗几乎没有任何犹豫，就答应了陈醉的请求，她不愿意他刚从劳改的地方回来，又再一次被送去坐牢。他已经在政治上犯了大错误，现在又在生活问题上捅了这么大一个娄子，她唯一能做的，就是牺牲自己来保护陈醉。当时的离婚并不容易，好在李诗诗是和一个右派离婚，稍稍有些曲折，婚也就离了。

李诗诗真正感到痛苦，是她后来发现陈醉欺骗了她。那个背军用书包的女孩根本就没有出现，也没有什么军婚，缠着陈醉不放的是小学的音乐老师。李诗诗做梦也不会想到自己竟然栽在一个梳长辫子的小丫头手里，她的姿色并不出众，有两颗小小的虎牙，只是用一个小小的计谋，就把李诗诗彻底击溃。李诗诗不明白陈醉中了什么邪，她觉得自己输得不明不白。原有的崇高感已不复存在，离婚一度让她感到痛不欲生，然而这种痛苦因为包含着一种伟大的牺牲，李诗诗总觉得心灵深处有一种力量在支撑着。现在，李诗诗突然发现支撑大厦的柱子，原来是一个很虚幻的东西，它从来就没有存在过。

在内心深处，李诗诗无数遍地设想过，如果有机会与陈醉单独相见，她一定要问个明白。她想弄明白他为什么要编这么个故事欺骗自己，为什么。在难以遏制的愤怒情绪唆使下，她给陈醉写了一封言辞激烈的信，在信中，她威胁陈醉，说自己将去他所在的学校大闹，要让他和那个音乐老师身败名裂。这封信是个火山的爆发口，李诗诗所有的委屈，所有的哀怨，所有的忿恨，都获得了一次充分的释放。能量既然已经释放，当陈醉诚惶诚恐跑来认罪的时候，李诗诗发现她已经不是那么仇恨陈醉了。

在这次匆匆的会见中，陈醉又一次陷入沉默不语。与李诗诗相对，他总是一声不吭。李诗诗没有流泪，一个人的时候，已经流了太多的眼泪，她反反复复地只是重复一句话：

"你为什么要骗我！"

结果没完没了流眼泪的是陈醉，他像一个知道自己做了错事的孩子，一边流眼泪，一边抽泣。他是来认错的，但是自始至终，竟然不肯说一句认错的话。

李诗诗气愤地说："你有什么可伤心的，流泪的应该是我，可是我已经没眼泪可流。"

眼前的一切，显得有些不真实，好像梦境一样。李诗诗陷入在深深的麻木之中，她想不明白陈醉为什么只是哭，只会哭。思想的机器已停止转动，她不知道自己采取什么样的对策才好。陈醉继续哭着，临了哭得实在不好意思，抽咽着说，他今天来这儿，就是为了大哭一场，为了痛痛快快洒一次热泪。这句话让李诗诗很动情，心口一阵阵颤抖，于是立刻就原谅了他。她想他什么都不说，自然有什么都不说的道理。她宁愿他什么也不说，也不希望他再编了谎言来哄骗自己。陈醉已经流了足够的眼泪，这泪水已经足以打动李诗诗。

李诗诗突然很冲动地将陈醉搂在怀里，抚摸着他的头发，他的眼睛，他的鼻子，他的耳朵根。她发现自己是那么不甘心失去他，一想到他现在已经是别人的丈夫，便忍不住心痛欲绝，柔肠寸断。在离婚后的这一年里，李诗诗的心灵深处一直在流血，那是一种永远清晰的痛楚，是永远弥合不了的伤口。她想自己永远也不可能原谅这个男人的负心，永远不会，但是事实上，她不仅已经原谅了他，而且一点也不恨他。

如果那天陈醉留下来，后来的许多事情就不会发生。

如果那天陈醉留下来，李诗诗的一生就完全是另外一个模样。

第三章

1

陈醉又一次跑来找李诗诗，已是几年以后，是文化大革命最激烈的年头。那时候，李诗诗已和老韩结婚，肚子里正怀着韩苗苗。有一天半夜里，李诗诗被急促的敲门声惊醒，她打开门，陈醉像个幽灵似的闯了进来。李诗诗被他吓了一大跳，失声叫道："天哪，怎么会是你？"陈醉不让李诗诗开灯，在黑暗中，他一阵阵哆嗦，像风中的小树一样摇摆着，然后发出一种大祸临头的声音。他说自己现在全完蛋了,世界的末日已经来临,再也活不下去。李诗诗让他别紧张,有什么话慢慢说。

陈醉说:"小梁她把我给揭发了,这下我可活不了了!"

李诗诗不知道小梁是谁,好在很快弄明白小梁就是与他结婚的那位音乐老师。夫妻之间相互揭发,在文化大革命中,算不了什么大事,但是小梁揭发的内容,却有可能置陈醉于死地。陈醉第一条罪状,是说毛主席他老人家和江青生活作风都有问题,理由是毛有杨开慧,江有一个在上海滩拍电影的男人,这个男人还没死,正躲在香港。陈醉的第二条罪状,是说林副主席喜欢拍毛主席的马屁,对老人家是理解的要执行,不理解的也要执行,毛主席的话还有不理解的,说明水平要比毛差很多。这两条恶毒攻击在当时都是很严重的罪行,打成现行反革命毫无疑问,第三条是流氓罪,说他偷看女生上厕所。

陈醉一条一条地向李诗诗解释,对于前两条罪行,李诗诗也觉得很严重,叹气说,你这是没事找事,为什么要瞎说八道,杨开慧大家都知道的,人家是革命烈士,江青同志在毛主席前面怎么可能会有男人,这种事想也能想明白。还有,说林副主席就更没道理,听毛主席他老人家的话,怎么能叫拍马屁,况且他的水平,当然不如毛主席,这么说怎么能算是错。陈醉跺脚说,这两条罪状非要了我的小命不可,你想想看,夫妻之间枕头边的话,她非要揭发出去,而且还添油加醋,根本就不是我的原话。我本来没什么恶意,她那么一说,就成了恶毒攻击。

但是李诗诗还关心的是第三条,她想听他解释怎么偷看女生上厕所。陈醉觉得这一条也难交代清楚,因为他是在右派,所以文化大革命一来,他不但被打倒,而且立刻被罚去打扫厕所。

学校的那些女学生很调皮，总是想方设法捉弄陈醉，陈醉在外面问有没有人，她们躲在里面一个个都不做声，陈醉真进去了，她们便从隔挡里一下子蹦出来，吓他一大跳，等到他慌不择路往外跑，她们便追在他后面大喊，骂他是臭流氓，偷看女生上厕所。李诗诗觉得这算不了什么，陈醉苦着脸说自己还没有把话说完，问题的关键还在后面。

那天，陈醉又走进女厕所打扫，扫到一半，突然发现蹲坑上蹲着一个女生，正瞪大了眼睛十分惊恐地看着他。陈醉感到很意外，他打算扭头就走，可是忍不住又看了女生一眼。那女生显然是属于那种胆子太小的女孩，被吓傻了，木桩似的蹲在那儿一动不动。陈醉已经习惯了学生的虐待，在学校里，很多孩子都以捉弄他为快事，现在，竟然有个女孩子会在他的面前感到恐惧，他不由得产生了一种异样的感觉，奇怪那女生为什么不像受了惊吓的兔子一样，拎起裤子夺门而逃。回家之后，陈醉把这事说给音乐老师听，音乐老师把他大骂一顿，说他不要脸，是不怀好意。

李诗诗问："那女生多大？"

"五年级。"

"你怎么知道？"

"我过去教过她的，"两人不知不觉中，已经坐了下来，仍然没有开灯，陈醉比一开始平静了许多，"小梁她老问我看到了什么，她老问，问急了我就瞎说了一通。"

"你瞎说什么？"

"我说什么都看到了。"

李诗诗似乎有些明白那位音乐老师为什么要把陈醉大骂一顿了。

陈醉带委屈地说:"其实我什么也没看到,我无论怎么解释,小梁她就是不肯相信。"

2

天亮以后,李诗诗送陈醉去自首。陈醉吻了吻熟睡中的李东妮,眼睛红红的,想说什么,没说出来。李诗诗心里很难过,恨自己竟然帮不上什么忙,这以后很长时间,她都感到内疚,感到对不起陈醉。陈醉因为无路可走,才想到跑她这儿来避难,可是来了以后却发现,事实上李诗诗已根本不可能收留他。现行反革命是个很严重的罪行,畏罪潜逃罪加一等,无论陈醉有多大的能耐,都不可能逃出人民战争的汪洋大海。况且李诗诗已经再一次结婚,她现在是别人的妻子,肚里正怀着另一个男人的孩子,感情和理智尖锐地冲突着,李诗诗真想什么都不要顾忌,捂着脸在大街上痛哭一场。

他们走得很慢,越是接近学校,陈醉的脸色越沉重。已经到了学校门口,大门还没开,传达室的老头刚起来。陈醉让李诗诗离他而去,她摇摇头,说一定要把他交到造反派手上才放心。陈醉于是像个小孩一样,站在校门口小声地哭开了,一边哭,一边抹鼻涕。李诗诗身上没有带手绢,便撩起衣服的下襟,帮他擦脸,心口像刀割似的难过。她不知道如何安慰他才好,有些话她犹豫再三,临了还是没有敢说出来。虽然她后来很后悔,无数遍地自责,但是她知道即使再给自己一次机会,这话也仍然说不出口。如果他们还是名义上的夫妻多好,她愿意陪着他一起吃苦,一起遭罪,无论他被发配到什么地方,她将追随他到天涯海角。

如果陈醉能够主动提出来，他需要她，能检讨自己过去的负心，他来找她，不仅是单纯的避难，不仅仅是来寻找安慰，而且还能告诉她，他还爱她。陈醉只要说一声他还爱她，说他一直在思念她和女儿李东妮，情况就会完全不一样。他已经失去过一次机会，这一次机会很快又将失去。

让李诗诗感到难堪的，是陈醉只会以泪相对，为什么他一个大男人，除了哭，就是一声不吭，要不，就是没完没了地埋怨自己的老婆小梁，说她不该出卖自己，说她的揭发与事实大有出入。三三两两的学生开始来上课了，接着又有老师过来，陈醉低着头，好像是怕别人认出他来。李诗诗陪着陈醉进了校门，在逐渐热闹起来的校园里走了一圈，完全是没有目的地瞎走。声讨陈醉的大标语，墨迹未干，随处可见，陈醉的名字写得东倒西歪，用红墨水打上了叉，其中最触目惊心的一条标语是："现行反革命分子陈醉不投降，就叫他灭亡！"学生越来越多，叽叽喳喳地闹着，喊着，东奔西跑，他们毕竟还是孩子，根本顾不上在意陈醉。到处都是乱哄哄的，李诗诗忍不住了，问陈醉应该去什么地方。陈醉也不知道应该去什么地方，他很悲哀地看着那些大标语，回过头来，可怜巴巴地看着李诗诗，说自己犯了这么大的错误，小梁绝不会再饶过他。李诗诗没想到此时此刻，陈醉最担心竟然是音乐老师会不要他，心里很失落，便接着他的话说：

"你好好地改正思想，小梁会原谅你的，坦白从宽，抗拒从严，你要听党的话。"

终于，迎面过来了好几个造反派模样的人，其中一个人看上去年纪已经不小，他是学校造反派组织的小头目之一，是学校的水电工，恶狠狠地瞪着陈醉，问他跑哪儿去了，害得他们到处找他。

3

音乐老师小梁并没有要和陈醉离婚的意思,恰恰相反,在后来的岁月里,一直要闹离婚的是陈醉。经过一段黯然销魂的日子,饱受运动洗礼的陈醉从危机中走出来,重新获得了教学机会,逐渐成为所在小学的业务骨干。到文化大革命后期,人们对右派已经不当回事,一所中学把他借调过去,很快发现他是个多面手,学校的每一门课都能教。他是地道的万金油,教什么都全心全意,教什么课都让同行相形见绌。一九七五年,复出的邓小平搞整顿,陈醉成了这所中学最出色的老师,竟然被提为教务处副主任。一九七七年恢复高考,各种补习班如火如荼,陈醉又成为本市最有名望的猜题高手,他所辅导的班级,高考录取率居全市第一。

陈醉又一次离婚是在一九七六年,他终于和小梁分了手。为了不离婚,他的第二位妻子委曲求全,默认他对她的一次又一次不忠。据说陈醉先是和小梁的姐姐有些不清不白,他们之间的情书不止一次落在小梁手里,以后又与一位回城的女知青纠缠到了一起,她为他堕过胎。为了达到离婚的目的,陈醉开始变得很堕落,在男女关系上越来越有恃无恐,小梁手上掌握的一大堆证据足以把他送进监狱,但是想到自己已经背叛过一次陈醉,实在不忍心再害他,她仁至义尽,最后只能与陈醉好了好散,在离婚协议书上签字画押。

八十年代中期,李诗诗与小梁见过一次面,这是她们的第一次见面,小梁仍然还是小梁,或许是教音乐的缘故,已经四十多岁,打扮得却非常年轻,天还不热,已经穿了质地不厚的连衣裙。最让李诗诗感到意外的，是她戴着一副淡淡的墨镜，在当时被称为"盲公"镜，是从福建沿海走私进来的，一度很时髦。她们一见如故，谈了很久，主要是小梁在说。小梁对陈醉显然旧情未忘，虽然已经离了婚，说的都是他不对的一些事情，但是始终带着一种宽宏大量。

"男人不坏，女人不爱，女人和男人不一样，女人没记性。男人记不住该记的事，女人呢，又忘不了该忘的事。"小梁颇感慨地说，"女人的那点记性，全用来记自己的过错，用来记那些对不住男人的地方，所以女人最倒霉，总是内疚。"

这时候，陈醉正得意忘形于第三次婚姻中。谈到共同的前夫，李诗诗和小梁一样，有着无限的感叹，只不过她不愿意把这些感情流露出来。她不知道自己是否应该完全相信小梁的话，小梁已经为当年揭发陈醉付出了代价，事过多年，她仍然为这件事情受着煎熬。女人总是比男人更容易感到内疚，李诗诗觉得小梁这人其实很不错，她想不太明白陈醉为何一定要和她离婚，既然小梁可以一次次地原谅他的背叛，为什么陈醉非要抓住她的揭发不放。在结束这次谈话的时候，小梁红着眼睛说：

"男人的心肠都像石头一样，你就是把它焐热了，没多少时间，还是冷的。"

4

李诗诗的第二次婚姻，从一开始就不是很圆满，老韩是个话不多的男人。他们做了十几年的夫妻，说过的话，如果把重复的句式排除掉，可能超过不了一百句。李诗诗喜欢男人对她说些什么，然而无论是前面的陈醉，还是后面的老韩，与别人都还有话可说，偏偏对李诗诗是没有嘴的葫芦，什么话都闷在肚里，抢上三棍子也打不出一个闷屁来。

老韩一个月才回来一次，到日子，他回来了，又到日子，便走了。他是个很壮实的人，肩膀极宽，像一头牛，脑袋大而头脑简单，喜欢闷头做事。他最活跃的时候，是上床关了灯以后，然而无论他怎么有精神，仍然一声不吭。每一次做爱都是一场无声的战斗，老韩默默地耕耘，在这方面好像有用不完的劲。每月一次的探亲，仿佛只为了关灯后的那一段时间。

有时也会遇上不顺心的日子，正好李诗诗身上来了，或者她刚和他吵过架，老韩于是只能在黑暗中叹气，辗转反侧翻来覆去。第二天天亮，他会脸色发青，睡不着，又不肯爬起来，好像刚生了一场大病。在这样的日子里，老韩也会戏剧性地找些事做，譬如找把菜刀，把门前新长出来的那株泡桐树砍了。秋天来了，泡桐树宽大的叶子遮住了南面的阳光。要不就是把家里的某些东西拿出去卖，旧的废纸，女儿用过的课本，各式各样的玻璃瓶，暂时不要穿的旧衣服，老韩对卖东西有着特殊的兴趣，心情不好的时候，他就用拳头抵着下巴，琢磨家里是不是还有什么东西可以拿出去卖。

唯一能让李诗诗记得他好的地方，是他们有一次吵过架，明显的是老韩不对，他不知道如何缓和，便上大街买了一桶石灰，用报纸给自己做了个帽子戴上，忙乎了整整一天，把家中里里外外粉刷了一遍。这是一次特殊形式的认错和道歉，那种焕然一新的感觉，让李诗诗开心了好几天，这是她和老韩结婚以后，第一次真正感到家的温馨。她喜欢空气中弥漫着的石灰水味，喜欢那明亮耀眼的白颜色,这个家大多数时候,都是李诗诗带着两个女儿过日子,分居生活永远是灰色的。老韩从来就不知道关心李诗诗,也从来不用语言道歉,他或许根本就没有明白过,这次不同寻常的粉刷行动,对于李诗诗来说,产生了多么大的一个震动。

更多的时候,李诗诗还是在思念陈醉。这是一种挥之不去的思念,或许是因为不能忘情,李诗诗根本不在乎老韩对她怎么样。她对老韩从来就没有过高的要求,既然李诗诗不打算独身一辈子,迟早也是嫁个人。她想象不出自己应该嫁个什么样的男人,第一次和老韩见面以后,介绍人问李诗诗印象怎么样,她怔住了,不知说什么好。

"肯定比你前面那个右派强,"介绍人看她还有些犹豫,语重心长地说,"我跟你说,老韩虽然在外地工作,可是人家是铁路上的,回来方便得很,又不要花车票钱,而且也不在乎你结过婚,还有一个拖油瓶的女儿!"

第四章

1

老韩刚出车祸的那些日子,李诗诗最着急的,是自己做不出悲伤的模样。她为此感到十分恐惧,首先觉得对不起老韩,不管怎么说,毕竟是十多年的夫妻。她为自己不能在火葬场失声痛哭感到羞愧，为了能够营造出一些气氛，她努力回想一些可以让她伤感的事情，想象老韩生前的种种好处，想象自己应该内疚的事情，然而悲哀根本就不存在，就像用竹篮去打水，花了好大的力气，拎起来只剩下一点点感伤的水珠子，又好像用浸湿的木头去点火，心里再急也没什么用，划了一盒火柴还是着不了。她不得不对着老韩的遗体假装落泪，她意识到两个女儿正在监视着自己的一举一动，为了不让她们看出破绽，她用手帕使劲揉眼睛，眼眶越揉越涩，最后只好放弃。

回到家里，面对那些来探视的人，李诗诗发现自己简直是在受罪。有时候，不能很好地表现出悲哀，也是一件很不幸的遭遇。大家反反复复地让她节哀顺变，问她对赔偿有些什么样的要求，让她利用这个机会赶快提出来。李诗诗的脑袋一片混乱，她不仅在表演悲哀方面是个拙劣的演员，对如何索赔也无动于衷。人死了无法复生，什么样的赔偿都无济于事，李诗诗绝不会利用这样的机会敲诈一笔赔款。对于肇事的司机以及司机所在的单位来说，遇上李诗诗这样的死者家属实在幸运，他们一个劲地对她说好话，甚至用高风亮节这种词汇来表扬她。

李诗诗渴望能让她一个人静静地待着。她现在不需要任何安慰，只想独自一个人。如果说她真有什么不痛快的话，那便是礼节性的安慰太多了。大家都觉得她和老韩分居那么多年，好不容易这才调到一起，幸福的日子刚刚开始，却遇上了这样的飞来横祸。很多来探视的人，甚至表现得比李诗诗更悲伤，结果人们越是想安慰李诗诗，越让她感到不安，越让她感到无地自容。最后，过多的探视终于惹恼了李诗诗，她不得不以装病来谢绝这类打扰，让韩苗苗守在门口挡驾，谁来了都不接见。她不吃不喝，也不去医院,因为在医院里去看望她的人会更多,还不如索性躺在床上蒙头大睡。

一个人独处的好处,就是可以肆无忌惮地胡思乱想。让李诗诗感到自责的,是她在这应该悲伤的日子里,总是情不自禁地想起陈醉。她设想着陈醉如果来看望自己,可能会出现的一些画面,这些画面就像小说中的细节,一遍遍地在她的脑海里闪过。老韩活着的时候,李诗诗也常常为陈醉想入非非,她觉得这是一种感情的不忠实,是法定婚姻之外的情感走私。她并不爱老韩,在这一生中,除了陈醉,她谁也不爱,可是老韩既然是她的丈夫,她就不应该对陈醉念念不忘,她既然是老韩的妻子,脑子里就不应该再有别的男人。

现在,老韩已经不复存在,她想自己为什么不可以理直气壮地爱陈醉?

现在,老韩已经不复存在,她想自己可以全心全意地爱陈醉。

2

对于陈醉,李诗诗非常懊悔自己失去的几次机会。不止一次,他近在眼前,一伸手就可以抓住,但是一不留神,便让他逃之夭夭溜之大吉。好男人是水中的鱼,你分明已经抓住它了,可是一撒手,它就又游出去,再也不会回来。好男人是天上飞的鸟,是飘在空中断了线的风筝,是刮风下雨时稍纵即逝的闪电,是苦恼人脸上的笑,是海市蜃楼,是水中月,是镜中花,是刚出炉的烧饼,是扔出去打狗的肉包子。

在老韩遇难的第一百天，李诗诗决定不顾别人笑话，毅然带着小女儿韩苗苗去见陈醉。这是个非常大胆的行动，李诗诗决定主动出击，自我把握机会。她准备好的借口，是希望陈醉能够辅导韩苗苗的功课，那时候的陈醉刚刚右派平反，因为对付高考很有一套，已经成为一个非常出风头的人物。校园里叽叽喳喳，人声鼎沸，李诗诗和韩苗苗找到了陈醉所在的办公室，坐在那里，忐忑不安地等待着他的出现。一位年轻女教师自告奋勇找陈醉去了，可是好半天没有消息，终于上课的铃声响起来，乱哄哄的学校一下子变得出奇的安静。

李诗诗按捺不住失望，脸上掠过出师不利的阴影，觉得自己恐怕要等到下课。好在外面传来了人声，陈醉还没进入教室，李诗诗便先听见了他的声音。虽然很多年没有听见这声音，但是李诗诗在第一时间里，已经敏锐地捕获到了这种讯息。接下来的情形便难以用文字描述，陈醉像在梦里一样突然出现在李诗诗面前，他大大咧咧地进了办公室，好像一下子并没有认出来她们是谁。一切都显得不那么真实，李诗诗觉得浑身酥软，有些把持不住自己，如果不是手扶着办公桌，很可能会一下子跌坐在地上。在这节骨眼上，出什么样的洋相都可能，一股暖流全身上下到处乱窜，她的心跳加速，嘭咚嘭咚，仿佛一台全速运转的发动机，开足了马力在高速公路上狂奔。她不得不屏住呼吸，好像只有这样，才能防止自己过于激动的心脏从喉咙口跳出来。

转眼已经过去了十多年，这十多年里他们从来没有见过面，然而在李诗诗的印象中，自己几乎没有一天不在思念他。陈醉看上去比以前胖了一些，脸色很好，头上略有些谢顶。他有些意外地看着李诗诗，脸上带着经过岁月沧桑的微笑，半天不说话。李诗诗一时也不知说什么好,怔在那里,手心里湿漉漉的全是汗珠。离开学校回去的路上,李诗诗全然记不住自己刚刚说过些什么,说什么已经不重要,只记得陈醉和她握了手,握着她汗湿的手,轻轻地摇了摇。李诗诗后悔不是一个人去见陈醉,那样的话,情况或许会完全不一样。女人痴起来真是没有底,李诗诗心慌意乱,又一下子回到了少女时代,回到了当年陪他一起去师范学校应考,一起从考场出来,绝望的陈醉坐在田埂边上发呆,反反复复地说自己"该死"。

一路上,李诗诗脸上都带着甜蜜的傻笑,走在她身边的韩苗苗感到疑惑不解。她只知道母亲要为自己找一位好老师,但是在陈醉面前,李诗诗谈得更多的却是她的姐姐李东妮。韩苗苗为此感到很不高兴,李诗诗一个劲地夸奖李东妮,为了说姐姐李东妮好,她甚至不惜一遍遍反复说妹妹韩苗苗怎么不好。上了公共汽车以后,如果不是韩苗苗提醒,李诗诗连车票都忘了买。韩苗苗一肚子不痛快,她偷眼看李诗诗,对她说话恶声恶气,偏偏李诗诗这时候全无感觉。沉浸在幸福回忆中的李诗诗,丝毫没有在意女儿的小动作。汽车快到站了,韩苗苗赌气地一个人往车门口走,站在车门前,回过头来,发现李诗诗还怔在那里发呆。

一个星期以后,陈醉礼节性地拜访了李诗诗。这是次不同寻常的拜访,由于李东妮不在,李诗诗就拿出她的照片给陈醉看。陈醉看着女儿的照片,眼圈有些发红,他颇为感慨地告诉李诗诗,说自己所以后来会再次离婚,很重要的一个原因,就是希望自己还能有个小孩。他说自己非常喜欢小孩,尤其是小女孩,一想到他几乎没怎么和李东妮一起生活过,心里就特别难受。他很郑重地向李诗诗许诺,既然在对李东妮的教育上,他没有尽到应尽的义务，现在便该是弥补过错的时候了，他将尽最大的努力，让韩苗苗考上大学。

由于韩苗苗这一年才上初二，离考大学还有很多年，因此那一阵，谈论她如何高考，只不过是一个大家见面的幌子。想到是为了韩苗苗才和陈醉见面，李诗诗觉得老韩就算地下有知，也会原谅自己。接下来的一段时间，陈醉成了李诗诗家的座上客，他常过来吃顿便饭，甚至还请李诗诗看了一场电影。让李诗诗感到震惊的，是原来什么菜都不会做的陈醉，在过去落难的日子里，竟然学会了做一手好菜。有一天他亲自下厨露了一手，竟然将鸡蛋做出螃蟹肉一样的味道，李东妮和韩苗苗吃得津津有味，对陈醉的手艺赞不绝口，吃了还想吃，尤其是韩苗苗，动不动就问叔叔什么时候会再来，她对陈醉比李东妮还亲，好像她才是他的亲生女儿一样。

那时候，冬天在家里洗澡还是个问题，母女三人总是结伴去李诗诗工厂的浴室。李东妮在本地上大学，到周六晚上才回来，女浴室常常人满为患，有一次她们等到最后才洗，姐妹俩先洗，洗好了，在换衣间里穿衣服，穿得差不多了，李诗诗一边擦身上的水珠，一边向她们走过去。李东妮看着李诗诗赤裸的身体，笑着对韩苗苗说：

"妈的体形还不错，都快比我好了。"

李诗诗没听清李东妮说什么，她知道两个女儿常在背后议论她，便问她们为什么要笑。

韩苗苗突然冒冒失失地问了一句："妈，你什么时候和陈醉叔叔再结婚？"

这话直来直去，李诗诗不知如何回答才好，虽然是在自己女儿面前,她仍然觉得很不好意思。换衣间里人已走空了,李诗诗还是担心这话会被别人听见。李东妮没有说什么,她只是不怀好意地暗笑,这种笑让李诗诗身体内部有种异样的感觉,有一种不安分的冲动,她于是很慌忙地穿衣服,越是慌忙,越是穿不好,将棉毛衫穿反了,不得不脱下来重穿。韩苗苗固执地问她为什么不回答,李诗诗红着脸说,你瞎说什么,又说我为什么要回答。韩苗苗于是又拿同样的话题问李东妮,李东妮有些傲气地说,这种事我都不急,你着什么急。

回家以后,李诗诗希望两个女儿继续谈谈她和陈醉的事,可是她们的兴奋点早就转移了。自从老韩逝世,韩苗苗因为害怕,都是和李诗诗睡,李东妮从学校回来,她就又睡回自己的房间,和李东妮聊天,这姐妹俩有没完没了的悄悄话要说。李东妮考上大学以后,韩苗苗对她多了一分崇拜,最喜欢听她说大学里的事情。李诗诗走进女儿房间,两个女儿就不说话,因为她们这会儿要说的话,根本就不想让母亲听见。李诗诗觉得无聊,便决定到外面去洗衣服。李东妮说,都这么晚了,洗什么衣服,干吗不早点睡觉。李诗诗叹气说,今天明天都是洗,你们又不会帮我洗的。韩苗苗打了一个哈欠,撵李诗诗走,说你爱洗不洗,快走吧,人家话还没说完呢。

三个人换下来一大堆衣服,李诗诗毫无困意,在搓衣板上搓洗衣服。女儿房间里的窃窃私语夹杂着笑声,她想听听她们说什么,但是听不清楚。渐渐地声音低了下来,若有若无,最后一片寂静,两个人显然已经入眠。等衣服洗好,已经是深更半夜,李诗诗仍然一点睡意都没有。她泡了一个热水袋,有些失落地走进自己房间。夜深人静,房间里很冷,虽然有热水袋,钻进被窝时，还是感到一阵阵寒意。也许手在冷水里浸得太久的缘故，她的手像冰一样，因此被窝里做的第一件事，就是赶快将自己的手焐热，等手逐渐热起来了，再用热手去暖和身体的别的部位。热水袋被放到了脚底下，只有这样，才能让缩成一团的脚伸出去。

抚摸着自己急需温暖的躯体，李诗诗不禁想起李东妮在换衣间说过的话。她很少想过自己的体形，与胖的人相比，她不胖，与瘦的人相比，她又不瘦。与同龄人相比，她的乳房很丰满，结实得就像怀孕期的女人，个子适中，脖子有些长，腰也很好看，细细圆圆的，仍然保持着活力和弹性。或许是刚洗过澡的缘故，她的皮肤非常光滑，摸上去有一种异样的感觉。早在还是做少女的时候，李诗诗就听毕业于金陵女子大学的母亲说过，说她有一副很不错的身材。在那些特定的年代里，美丽的身材显得无关紧要，人们穿差不多的衣服，冬天厚厚的棉袄，永远是那种单调的颜色，很长一段时间里，无论上班下班，李诗诗都是一身工作服。她所在的军工厂有个副厂长喜欢摄影，这家伙出身于延安抗大，厂里搞什么庆祝活动，他便拿着苏联照相机忙着拍照。据说他私下里曾说过，那个叫李诗诗的女绘图员很上照，这些话在后来的运动中，一度成为副厂长不安心工作，迷恋西方生活方式的罪证。他为李诗诗拍过一张工作照，大约是因为满意，把它放大了，放在厂门口的橱窗中展览了很长时间。

在这个不眠之夜，李诗诗浮想联翩，多少年从来也没想过的事情，无数的陈芝麻烂谷子都复活了，像小鱼似的一条条游进她的脑海。韩苗苗突然搬过去与姐姐睡觉，反倒让她感到有些不习惯，李诗诗这些年来，屡屡因为突然的不习惯造成失眠。先是老韩从外地调回来，多年的夫妻分居，让她感到一种新的不适应,老韩睡着了会磨牙,年轻的时候并不是这样,四十岁过后,从天亮前磨上那么一两个小时,很快发展到整夜不歇。尖利的磨牙声让她有一种老鼠正啃家具的错觉,好不容易习惯了这种声音,老韩又出了车祸,结果没有磨牙声的烦恼竟然一样严重。这以后,进入新一轮循环的打扰是女儿韩苗苗的鼾声,李诗诗奇怪一个十四岁的小女孩,怎么会有那么大的动静。

3

李诗诗比陈醉小两岁,可是感觉中,一直更像是大姐姐。她心头挥不去他小时候的模样,傻傻地站在田埂上,以一个乡下孩子的倔劲,目不转睛地盯着自己。李诗诗爱陈醉,从某种意义上来说,仿佛是姐姐爱弟弟,她总是忍不住要关心他,呵护他。一段时间里,事态的发展正像大家所希望的那样,一步步朝着复婚的方向发展。李诗诗和陈醉虽然都没有明确地谈过,但是谁都觉得这将不是什么问题。

陈醉甚至还在李诗诗家住过几夜,当然是睡在另外的一间小房间里。这样的不眠之夜多少有些激动人心,如果陈醉在白天对她作过什么暗示,或者在韩苗苗睡着之后,到她这边来坐一会,向她发出邀请,李诗诗会毫不犹豫地跟他去隔壁的房间。他们本来就做过夫妻,迈过这一道台阶并不是太困难。熟睡的韩苗苗即使打雷也不能把她吵醒,他们可以肆无忌惮地寻欢作乐,把失去了多年的幸福重新寻找回来。鸳梦重温是一件很奇妙的事情,李诗诗一想到那些即将到来的美好,忍不住一阵阵打颤。

但是水到并没有渠成,偏偏最后的关头,出了一些不大不小的差错。他们之间就像两条挨得很近的平行线,远远地看过去,已经连在一起了,走近了才发现原来的那些距离,一点都没有改变。李诗诗永远也不明白造成差错的原因是什么。陈醉上门的次数开始明显减少,李诗诗不止一次借机去找他,发现他对学校的事情已经不感兴趣。下海经商的热潮正在社会上兴起,陈醉突然不顾一切地辞去了公职,迫不及待投身其中。他在市区繁华地段与人合开了一家服装店,一次次去南方的沿海城市进货,那段时间,他和普通小商小贩没有任何区别,开口闭口都是谈怎么赚钱。陈醉的生意一度十分红火,这个城市中热爱时髦的女人全中了邪,争先恐后地光顾他的商店。

关于陈醉如何风流的故事,逐渐传到李诗诗的耳朵里。在一开始,她还不太相信这些流言,很快也就确信不疑。每次去陈醉的服装店,她都能发现陈醉与不同的女人打得火热,有一次,只是远远地看见他和一个漂亮女人在说话,凭着女人的直觉,李诗诗立刻意识到他们之间的关系非同一般。让李诗诗感到不快的,是陈醉并不在乎她窥破了他的秘密,恰恰相反,在作介绍的时候,他的举止十分轻浮,好像有意要表现他和那个女人的亲密。那个女人的眼光极不友好,她仗着自己更年轻更漂亮,非常不礼貌地白了李诗诗一眼。

这以后,有关陈醉的故事,全是道听途说,有些传闻很离谱。他其实根本不是个善于做生意的人,太多的精力都花在了女人身上,因此生意越是火暴,离破产的日子就越近。据说服装店的财政大权自始至终都掌握在一个神秘女人身上,这人是一个高级干部子女,她不便过于在前台张扬,因此只是让陈醉挂名做做样子。陈醉不过是这个名噪一时的服装店的傀儡,他有职无权,也没有太多的钱。终于传来了他要结婚的消息，对象当然不是李诗诗，也不是他的后台女老板。神采飞扬的陈醉送来一张印得极为考究的结婚请帖，让李诗诗务必带着两个女儿前去捧场。李诗诗的脸色当时就很难看，然而陈醉一点都不尴尬，理所当然地沉浸在即将做新郎的喜悦之中。

陈醉结婚给李诗诗带来惨烈的疼痛，仿佛心头被人生生地割了一刀，又好像有人将她的肚肠一截截地扯了出来，然后用剪刀一阵乱绞。她根本没办法控制住自己的情绪，越是想在两个女儿面前做出若无其事的样子，举动也就越是过分。两个女儿对她不加掩饰的荒唐行为假装没看见，她们想自己既然帮不上什么忙，最好的办法就是不闻不问。她们有自己的事情要做，李东妮大学毕业刚去新单位不久，韩苗苗要准备学校的考试。有一天，吃过晚饭，韩苗苗注意到电视上的一条当地新闻，大声招呼正在洗碗的母亲。陈醉的辉煌事业到了尽头，他经营的那家服装店因为欠款，正被法院勒令查封，电视上出现了陈醉的一个镜头，垂头丧气的样子，然后是一组债主们的控诉。李诗诗不动声色地看着，看到最后忍不住笑了，冷冷地说了一句：

"活该！"

韩苗苗吃惊她用了这样的语气。

李诗诗接下来的一句话，更恶毒，她诅咒道：

"这种没良心的家伙，不会有什么好下场！"

4

这以后，仿佛被李诗诗的诅咒不幸言中，陈醉开始不停地走下坡路。原有的那家服装店倒闭了，他又开始做电器生意。合伙人是他新婚妻子拐了弯的台湾远亲，这位台湾远亲的年龄与陈醉不相上下，其貌不扬，却很会计女人喜欢，不是送鲜花，就是带着去上馆子。陈醉不久便发现年轻漂亮的老婆张妍已成了人家的情人，一开始还躲着他，到后来索性大大方方，明火执仗。陈醉闹了几次，管不住张妍，自己也跟着放浪形骸，砸锅卖铁，彻底不学好。他本来就有几个旧相好，于是能续的都重新续上，又发展了几个新户头。陈醉不吃张妍的醋，张妍却吃他的醋，两人闹着要离婚，总是闹，闹一阵，好一阵，又闹。

陈醉最大的一次出洋相，是嫖娼被捉。不是在现场抓到的，是妓女交代问题，顺藤摸瓜，把他咬了出来。正赶上严打，电视台大张旗鼓做新闻报道，虽然经过技术处理，但是大家立刻都知道了那是谁。好事不出门，这种丑闻照例是要传出千里，陈醉从此声名狼藉，都拿他当笑话讲。张妍有了这样的把柄，更加铁了心要离婚，说什么都没商量。陈醉再次跌入人生最潦倒的阶段，他实际上已经和张妍分居了，偏偏死活也不肯在离婚协议书上签字。

有一阵，陈醉甚至连居住的地方都没有，落实政策分给陈醉一套房子，被张妍强占着，她开出的条件是不离婚，就绝不让出原本属于他的房子。陈醉根本就不是这个女人的对手，他因为不想离婚，因此唯一的招数就是躲着张妍。他像流浪汉一样到处鬼混，到处碰壁，有一天，他甚至装作什么也没发生过一样，若无其事地来找李诗诗。李诗诗对他十分冷淡，弄得他很下不了台，狼狈不堪。这是李诗诗有史以来第一次对他不客气，她无论如何也接受不了他表现出来的无动于衷，不喜欢他装腔作势地演戏。嫖娼事件不仅中断了陈醉和其他女人的关系，也使他的经济状况出现了一些问题，结果陈醉竟然堕落到厚着脸皮去找女儿李东妮借钱。

最初听说陈醉问女儿借钱的时候，李诗诗产生的强烈反感，并不亚于听说他嫖娼。她显得非常愤怒，陈醉作为父亲对女儿从来没尽过抚养义务，现在却还能厚着脸皮借女儿的钱，实在太过分太不像话。为此她大骂女儿，顺带着连同陈醉一起臭骂。李东妮先是不理睬她，后来忍不住了，让她别借题发挥，说借的是我的钱，你着什么急。难得的是女儿十分宽容，陈醉出风头的时候，李东妮并不想沾他的什么光，父亲落难了，她变得很有同情心，毕竟他们是父女。借题发挥四个字说得李诗诗哑口无言，仿佛正在运转的机器，一下子让人切断了电源，她怔在那儿不知所措，呆呆地看着女儿。李东妮揣摩着她的心事，突然十分认真地问她，如果陈醉真离婚了，再来找她，求她原谅，她会怎么样。

李诗诗毫不犹豫地说："我会让他滚蛋！"

李东妮看母亲态度这么坚决，不再往下说了。

李诗诗意犹未尽地说："如今他外面的女人断光了，倒又想到我了？"

李东妮说："我不过随便说说，你生那么大的气干什么！"

第五章

李东妮很吃惊陈醉后来会真的来找李诗诗。秋天里的一个黄昏，陈醉右手拎着一大包中药，左手抱着个煨药的小砂锅，大大咧咧跑上门来。他完全像个病人，再也见不到当年的容光焕发，脸色发黑，一边说话，一边大口地喘着粗气。陈醉找的堂皇借口是现在居无定所，而要吃中药就得找个地方煨药，因此忽发奇想地想到了李诗诗。当然吃不准李诗诗会不会收留，他故意做出很随意的样子，说："你看能不能在这儿借住几天，就几天，我得好好地吃一阵子中药。"李诗诗吃惊得说不出话来，陈醉不等她作出明确回答，便一本正经地介绍他的胃，如何不好，有什么样的症状，如何通过熟人，靠了多大的面子，找了一位什么样的名中医，然后又由那老中医作出诊断，说必须吃什么什么中药，要吃多少多少时间。

陈醉的这次表演其实很拙劣，毕竟不是什么事也没发生，表面上的谈笑风生，掩盖不了内在的心虚，越是想装得若无其事，越是有些不自然。也许对前一次的冷遇记忆犹新，陈醉站在门口一句接一句说着，根本就不给李诗诗插话的机会，他害怕她一开口就撵自己走。李诗诗一直在很认真地听他说话，想听明白他究竟在说些什么，但是始终不能明白，最后干脆也不想再弄明白。陈醉自说自话，说得自己都不好意思了，他终于停下来，瞪着一双企盼的眼睛，等待李诗诗的表态。这简直就像是历史的重演，李诗诗不说话，神色黯然地看着他，她不在乎他说什么，只是奇怪他为什么要喋喋不休，为什么要说那么一大堆废话。

李诗诗感到自己又一次受到了伤害，因为此时的陈醉至少应该表现出一点悔意，说几句请求原谅的话，哪怕虚伪的假客套也行。他这种故意不当回事的装腔作势难免令人生厌，李诗诗想痛痛快快发一次火，把陈醉狠狠地教训一通，然而同情心却又一次占了上风,她仿佛听见心底里有一个声音在对自己说:"跟这样没心没肺的人计较,根本不值得。"她知道他这时候虚弱得很,他已经孤立无援走投无路,犯不着在他头上再踹一脚,李诗诗又一次心软了,不想在陈醉需要帮助的时候撵撵走。

陈醉在李诗诗家住了下来。男人有时候就得脸皮厚,男人不坏,女人不爱。刚住下来那几天,大家相安无事,一起喝茶,聊过去的事情,他们之间有着太多的空白以填补。李诗诗等待陈醉对自己说一些道歉的话,但是在这方面,他却是十分的吝啬,一句安慰的话也不肯说出口。陈醉告诉李诗诗,张妍压根就是毫无根据地瞎吃醋,他说自己早就开始阳痿了,自从和张妍结婚后,他从来就没有表现出色过。起初只是力不从心,胡乱地买药吃,后来便干脆成了一个废人。李诗诗听着,不吭声,陈醉又说张妍怎么样怎么样。李诗诗很随便地说了一句,意思是张妍还年轻,年轻人对有些事当然会很在乎。陈醉意犹未尽,继续说张妍的坏话,李诗诗很不自在,还是在小时候,母亲就告诫过她,提醒她要注意那种在一个女人面前说另一个女人坏话的男人,这种男人十有八九都不是好东西。

这时候,韩苗苗也上大学了。她考上的是大专,走读,每天晚上仍然要回来住。陈醉现在反客为主,占据了李诗诗的卧房,害得母女俩天天挤在一个房间里睡觉。李东妮单位里有宿舍,而韩苗苗转眼成了大姑娘,非常在意自己的私人空间,她对母亲突然搬到自己的房间来住很有意见。李诗诗为了不让女儿生疑,晚上总是很早地就到她房间里睡觉,这种撇清对女儿的学习和生活都有非常大的影响。那位尚未与陈醉离婚的张妍却找上门来,为陈醉住在这里兴师问罪。这是一次既热闹又荒唐的谈话,张妍指手画脚气急败坏,她的意思很简单,不在乎陈醉干什么狗屁勾当,但是唯一的要求,是他必须立刻签字离婚,在没正式离婚之前,他并不享有想干什么就干什么的权力。李诗诗笨嘴笨舌地想解释什么,张妍挥挥手打断了她:"好了,你少说话,千万别让这家伙觉得我们还在抢他,就为这种男人,不值得。"李诗诗被她的气势汹汹弄得很尴尬很狼狈,只能一遍遍地强调自己的清白。年轻气盛的张妍才不管他们是否清白,她告诉陈醉,自己来这里的目的,只是希望他赶快在离婚协议书上签字。

陈醉有些赖皮地说:"我就是不签字,你又拿我怎么样?"

张妍说:"你怎么这么没志气?"

陈醉说:"说对了,我还就是没志气。"

张妍气鼓鼓地走了。李诗诗觉得她这么来一闹,自己在女儿面前非常没面子。韩苗苗希望母亲能对陈醉下逐客令,他是一个不受欢迎的人,早走早好,李诗诗精心为陈醉设计的光环,在韩苗苗的心目中早已不复存在。然而陈醉若无其事,根本就没有告辞的意思,既然住在这儿的一切感觉都不错,经历了一段漂流不定的岁月,陈醉很满意现在这种养尊处优的日子。李诗诗在他身上看到了许多自己很陌生的东西,他既是当年的那个让她怦然心动的陈醉,又好像已经不是,仿佛被时间老人随手置换成了一个毫不相干的男人。考虑到他们过去在一起生活的日子本来就不多,李诗诗发现重新认识陈醉,并不是一件愉快的事情。陈醉自以为得计地说张妍要离,我还就是不离,就跟她闹别扭,就这么耗着她,看她怎么办。李诗诗心里隐隐有些不痛快,想说你既然舍不得离婚,为什么要住到来,但是这话说不出口,她现在的处境很尴尬,显得又笨又蠢又丢人。

陈醉把近年来遭遇的种种不顺利，都归结到食欲不振上面，他颇有感触地对李诗诗说，当年做服装生意的时候，曾听人说过日本女人找男人，最喜欢找那些胃口好的男人，为什么？因为食欲有时候就等于性欲，胃口好的人，干那种事也厉害。陈醉希望能在李诗诗家把自己的胃口调养好，一个多月下来，炉子上药罐整天洋溢着药味，他的胃口却没什么本质改变，稍好一些，立刻更坏。最后替他看病的老中医也失去了信心，搭着陈醉紊乱的脉息，看着他越来越发黑的脸色，建议他赶快去看西医，拍个片子，检查一下有没有什么肿瘤之类的东西。于是由李诗诗陪着去当地一家最大的医院，拍片的结果是有个阴影，必须立刻手术，陈醉的情绪因此十分低落，很担心地对李诗诗说：

"我爹没活过五十，我爷爷也是，我的日子怕是也不多了。"

化验报告出来前，一种难以名状的不祥预感萦绕在李诗诗心头。这毕竟是一个让她刻骨铭心爱过的男人。她偷偷地去老韩的墓地上哭了一场，因为连续几天，她都梦到已经死去的老韩，梦中的老韩身强力壮，表现出了极度的妒意，对文弱的陈醉大打出手，陈醉在他的袭击下抱头鼠窜、跪地求饶。在过去的岁月里，陈醉对于李诗诗来说，更多的是一种虚幻，如今原本虚幻的东西正变得越来越实在，不祥的预感也越来越强烈。李诗诗希望老韩的在天之灵能够原谅陈醉，希望陈醉能够幸运地躲过这一劫。一段时间里，李诗诗变得疑神疑鬼，死亡的阴影像雾气一样弥漫在空气中，直到陈醉平安地从手术台上下来，她仍然心惊肉跳。

或许李诗诗的虔诚感动了上苍，陈醉的病情总算没有继续恶化，他在地狱的边缘绕了一圈，又平安潇洒地重返人间。首先是恶性肿瘤的排除，这一点，不仅出乎主刀大夫的意外，也让李诗诗和张妍这两个女人感到意外。大家都作好了最坏的打算，仿佛已经看到了糟糕的结局，事态的发展却突然走向光明，出现了戏剧性的转折。李诗诗心中的一块大石头安然落地，陈醉的胃虽然切除了四分之三，他的身体却迅速恢复，恢复速度之快、状态之理想，就连医生也说不清是为什么。奇迹说发生就发生了。在李诗诗细心的照料下，病歪歪的陈醉竟然像重新焕发新春的枯树，脸上又一次出现了健康的红润，他的眼神又一次开始清晰发亮。

陈醉继续客居在李诗诗家，和手术前相比，现在似乎更有理由赖在这里不走了。他的身份十分暧昧，渐渐地，居然也变得不老实起来，大白天的，对李诗诗动手动脚，做些年轻人才有的亲热举动。最荒唐的是，陈醉从来没断过和张妍的联系，他常常给她打电话，有时候偷偷摸摸，有时候干脆公开。手术过后的休养期间，张妍来看他，他当着李诗诗的面，对张妍有说有笑，戏称自己都是快入土的人了，她还闹什么离婚。张妍似乎也有些回心转意，一个劲地表扬李诗诗，夸奖她对陈醉无微不至的照料，笑着说陈醉你这个忘恩负义的东西，根本不配人家对你这么好。李诗诗对这些半真半假的插科打诨，明显的不太适应，她不知道陈醉脑子里都是些什么样的念头，更不知道他对未来有什么样的打算。陈醉只是一味的油滑，李诗诗相信只要张妍真肯让步，他便会毫不犹豫地又回到她身边。

李诗诗最不适应的是陈醉的调情，就好像是蹩脚电视中的镜头，他变得越来越油腔滑调。在张妍面前，陈醉一点骨气都没有，背后却动不动就说要和她离婚。这种口是心非的话说多了，李诗诗不仅不为所动，而且开始有点反感。陈醉说，我这一辈子交往的女人，就你对我是真好。多少年来，李诗诗一直在等着这样一句话，可是，真听到了这句话的时候，一切已经改变了味道。李诗诗木然地回应说，大家都这把年纪了，用不着老拿这样的话来哄人。陈醉说，怎么能说我是哄人呢。李诗诗说，我看我们也就是有缘没分，过去的事情，还是不提的好。陈醉并不想重温过去，李诗诗让他别说，他也就趁机真的不说。

陈醉丧失的自信逐渐恢复，有一天，终于纠缠着李诗诗，假戏真做，迫使李诗诗就范。然而他忙了半天，什么也做不成，于是坐在床沿上唉声叹气，自嘲说："现在该相信我说的都是真话了，这就叫有心无力，还以为爱能够唤醒什么，可是奇迹没有发生，奇迹再也不会发生。"这是李诗诗第一次听陈醉讲到爱这个词，此时此刻，这个词从他嘴里说出来，竟是那样的滑稽和虚伪，充满了游戏色彩。李诗诗不愿意沮丧中的陈醉下不了台，她永远也狠不下这个心。"我们已经老了，无所谓的，"她奇怪自己竟然还能这样安慰他，在事后的很多天里，李诗诗始终有一种说不出的惆怅。现实中的陈醉和虚幻中的陈醉根本就是两个不相干的人，李诗诗一生中为了陈醉，已经历太多的失望，现在，巨大的失望中又增添了一些别的难以捉摸的东西。

李诗诗不由得想到，如果陈醉一病不起，她就此真的就失去他了，情况又会怎么样。或许会更好，很多东西只有在失去的时候，才会感到珍贵。她将在弥漫着爱的气氛中，没完没了地追忆自己与他的感情生活。李诗诗为自己的这些想法感到恐惧，爱陈醉毕竟是她一生中感到最实在的一件事情。多少年来，李诗诗一直为自己几次失去陈醉懊恼不已，痛不欲生，现在，她突然发现那些造成痛苦的东西，远比想象中的幸福更持久，更值得去品尝。如果你真爱一个人，最好的办法就是失去他，因为只有失去的才是最美好的。现在，一生追求的幸福似乎就在身边，伸出手去仿佛就能抚摸到，李诗诗突然有些找不到北。她突然失去了生活的目标，像一个断了线的风筝，不知要飘向何方。

湿漉漉的雨季提前来临了。李诗诗决定和陈醉谈一次话，并没有想好要谈什么，只是充满了一种开诚布公敞开心扉的冲动。她知道自己这一次真的是有话要说，有许多话要说。连绵不断的细雨像雾一样，滋润着初春的大地，陈醉正站在窗前，悠然自得地欣赏着外面的风景，远处，长长的柳条随风飘拂。现在，陈醉背对着李诗诗，丝毫也没有觉察到什么异常，他意识到她已经走到自己的身边，缓缓地回过头来，脸上依然带着让李诗诗熟悉和心动的微笑。

"这春雨真好，"陈醉随口说着，他看到李诗诗脸上茫然的眼泪，感到非常震惊，"你怎么了？"

二〇〇一年三月二十三日二稿　河西

小春天的歌谣

最初发现情况严重的是班主任姜凤梅，她突然发现唐人已有一个多星期没有来上课，问要好的同学都说不知道为什么，于是决定家访。唐人是毕业班的学生，还有三个月就要参加高考，在这样的关键时刻，不允许有任何闪失。姜凤梅是一名优秀的年轻教师，她所在的学校是全市闻名的重点学校，所带的班是全校众望所归的重点班，这几年名牌中学之间的竞争非常激烈，蔡校长很看重姜凤梅这个班的高考成绩。家访的结果让姜凤梅大吃一惊，唐人的父亲根本就不知道儿子其实已经逃学一周了。

自从妻子宝玲死了以后，在对儿子的教育方面，老唐一直处于听其自由的放任状态。他自己的工作很不顺心，虽然还不至于下岗，可是在收入上总有些结结巴巴。大男人一旦没钱，自信心就大打折扣，好在儿子的成绩不用他担心，都说现在读书要花很多钱，请家教要花钱，分数不够要花钱，想进好学校更要花钱，老唐对儿子的忠告只能是一句话：

"儿子，多说也没用，就一句话，你爹我可没钱。"

老唐的意思是唐人的前途如何，就靠他自己努力了。得知唐人已经有一周没上课，老唐也像姜凤梅一样，为儿子的胆大妄为狠狠吃了一惊。他知道这时候出现这样的问题，是一个非常危险的信号。姜凤梅与老唐为唐人为什么会逃课进行了一番讨论，他们讨论来，讨论去，找不到一个真能站得住脚的理由。唐人的成绩一向是不用担心的，但是近来已有些开始下滑的苗头，难道是承受不了高考前的压力？

逃学的真相很快就大白，唐人小小的年纪，居然卷入到了一起风流事件中。他居然与比自己大整整十二岁的小舅妈朱婧搞到一起去了。逃学的事情既然败露，这两个人索性一不做，二不休，干脆为情私奔，逃之夭夭。他们在转眼之间消失得无影无踪，就好像水汽蒸发了一样。唐人的小舅贵林跑到老唐这儿来兴师问罪，说我姐要是还活着的话，非气死不可。他怒不可遏地教训姐夫老唐，说你怎么养了这么个宝贝儿子，怎么养了个这么不要脸的东西。老唐也气糊涂了，等贵林走了以后，才想到自己当时为什么不发火，为什么不反唇相讥。他完全有理由指责贵林，老唐应该反过来责问贵林，问他怎么讨了个这么不要脸的老婆。老唐的儿子唐人还没有过十八岁生日，贵林老婆的行为，是属于勾引未成年少年。

贵林又气势汹汹地去唐人的学校。这件事当然是大大的丑闻，对学校的声誉会有很恶劣的影响。贵林的嗓门很大，蔡校长说，事情还没有完全弄清楚之前，最好不要把事态扩大。蔡校长说，这哇啦哇啦闹得全世界都知道，也不太好，毕竟不是什么光彩的事情。蔡校长又说，你爱人是唐人同学的舅妈，唐人怎么会和他的舅妈搞到一起去呢？

贵林一脸茫然地说："你问我，我问谁？"

蔡校长说："那你问我，我又问谁？"

贵林对这件事情的来龙去脉确实不太清楚。贵林和朱婧结婚已经三年，可是对于她身上的许多疑点，到现在也是一团糊涂。水至清则无鱼，世界上本来有很多事情是永远弄不清楚。贵林和朱婧是在十年前去广东打工时认识的，当时是通过本市的一家中介公司，千里迢迢地赶到东莞，在一个新开张的酒店上班。那家中介公司差不多就是个骗子公司，先让他们背井离乡，扔在一个人生地不熟的地方，然后就再也不管他们。接下来，在那个很坏很坏的环境里，如花似玉的女孩子一个接一个身不由己地学坏，单纯可爱的男孩子也开始跟着堕落。终于有人清醒过来，站出来与中介公司打官司，要为这种差不多是人贩子干的勾当要个说法讨个明白，因为公司当时挂的是市劳动局的招牌，作为政府机关的劳动局怎么能干这种事。

媒体对这件事进行了曝光，采访当事人。市政府派专人赶到东莞，将愿意回家的人统统免费接回去。贵林和朱婧于是同病相怜，在患难中成为恋人，进而同居成为夫妻。朱婧曾见过贵林的姐姐宝玲，身患绝症的宝玲在去世前对儿子放心不下，知道自己弟弟不是个争气的东西，连一份正经的工作也找不到，想托孤也指望不上。朱婧许诺说，宝玲姐姐，你放心好了，我们肯定会好好照顾唐人的。宝玲对她的话并不抱希望，但是到这最后的岁月，不相信也只好相信了。贵林事后埋怨朱婧，说我姐姐还没死呢，说这种不吉利的话干什么。

"你这人有毛病呀，"朱婧深深叹了一口气，教训说，"到了这会儿，还有什么吉利不吉利，这话你姐活着的时候不说，难道要等她死了再说！到那时候，说了她也听不见了。"

姜凤梅想象不出唐人与他的小舅妈之间究竟发生了什么。作为一名年轻的骨干教师，她真不知道该如何处理这件棘手的事情。和一般意义上的中学生早恋完全不一样，半大不小的毛孩子与一个成熟的女人私奔，这种事情大约也只有公安局才管得了。蔡校长不赞成报案，因为报案是家长的事情，而且这件事弄得家喻户晓，会给学校的名誉带来很大损害。蔡校长说，唐人是一粒老鼠屎，不能让这粒老鼠屎，坏了学校这锅粥。蔡校长说，这件事传出去，我们学校就完了，唐人这个学生的前途也彻底完了。

蔡校长愁眉苦脸地看着姜凤梅，愁眉苦脸地说：

"这件事情，难道你事先一点迹象也没有察觉？当然，也不能怪你，出这种事，谁能想得到呢？"

姜凤梅结婚好多年，因为没有生小孩，保养得良好，看上去像没结过婚或是刚结婚。学生都喜欢她的课，说她的课就和她的人一样漂亮。她丈夫是一家合资公司的副老总，属于那种年轻的成功人士，在郊区买了近乎豪华的房子，姜凤梅因此也成为学校第一位开私家车上班的教师。经济地位常常可以决定一切，在生活中，姜凤梅已经习惯了别人羡慕的目光，她身上永远是名牌，香水是法国的，皮鞋是意大利的，风衣是法国的，她说的一些品牌，无论是刚从大学毕业分配来的年轻女孩，还是有着几十年教龄的老教师，都是从来没有听说过的。

唐人与人私奔以后，姜凤梅脑子里纠缠着两件往事。很多结局显然是有预兆的，一切都摆脱不了因果关系，绝不会无缘无故。姜凤梅在唐人高一的时候，有一次曾遇见他与一个高二女生一起逛公园。尽管中学生谈恋爱不再是什么秘密，尽管她并不是太保守，但是作为唐人的班主任，作为一所名校的中学教师，姜凤梅仍然感到有些意外。她想不明白自己班上的学生，怎么会和比他大的女生搞到一起去。那是一个高高大大的女孩子，看上去甚至比唐人还高。唐人当时还是一副发育不完全的样子，他们孩子气地背着书包，根据走在一起的那种黏糊劲儿看，可以判断出两人的关系已非同一般。

姜凤梅犹豫了一下，拿不定主意，是不是要喊他们。她知道自己从天而降地突然出现，肯定会吓他们一大跳。正在姜凤梅犹豫不决之际，那个女生已经看见她了，低声地对唐人说了什么，于是两个孩子闯了祸一样，拔腿就跑。唐人跑出去一大截，竟然还回过头来，带着些淘气地看了班主任一眼。姜凤梅又好气又好笑，回到办公室，与同事议论中学生的早恋，不点名地说起唐人的故事，同事笑着说：

"现在就流行这个，小男生找比他们大的女孩，小女生找比自己大的男孩。同班同学交朋友，这已经不时髦了。"

姜凤梅一直想找机会与唐人谈一次话，她既然是他的班主任，发现了早恋的苗头，睁只眼闭只眼也不对。但是最后还是不了了之，因为两个人在公园里逛，毕竟算不上什么确凿无疑的证据。到高一期末考试结束，有一天唐人帮她誊录外语成绩，费了不少工夫，把吃饭时间耽误了。姜凤梅说，这样吧，我请你去吃快餐，就算慰劳你。姜凤梅从来不在学校周围吃东西，嫌这附近的东西不干净，便开车带唐人去麦当劳。一路上，唐人羡慕她有车，不住地用好话恭维，说她开车开得很棒。姜凤梅那天穿了一条很漂亮的短裙，唐人趁她全神贯注开车，时不时偷眼看她的大腿。她穿的是条黑裙子，衬得大腿更加白皙，姜凤梅大约觉得唐人毕竟还是个孩子，并没有太把他的目光当回事。

坐下来吃汉堡的时候，姜凤梅觉得这是个好机会，问他和高二女孩子的事情，唐人矢口抵赖。

姜凤梅说："你赖也没用，我全看见了。"

唐人说："知道你看见了。"

姜凤梅笑了，继续问："那为什么还要耍赖？"

唐人带着些与孩子身份不符的奸诈笑容说："这种事只要能耍赖，总是要耍赖的。"

姜凤梅发现唐人身上有种孩子气的成熟。不过，再成熟也仍然是孩子气。唐人告诉她，说自己和那个高二的女生，早就没任何关系。在这个女生之后，他已经又有过 N 个女生。唐人以一种让姜凤梅吃惊的口气，宣布他的最新发现，唐人说，现在找女生不要太容易。他越说越有些得意，姜凤梅不得不拉下脸来，教训唐人。唐人很认真地听着，一边听，一边点头。姜凤梅教训了一阵，问他是不是明白她的用心。唐人点点头，说我根本就不喜欢那些女生。他老气横秋地说，现在的女生都太傻了，一个个都傻得缺心眼，我根本就不喜欢她们。

唐人说，我要喜欢，就是像你姜老师这样的。

唐人又说，姜老师气质多好，我们班有许多男生都喜欢你。

唐人与小舅妈朱婧私奔以后，很快就发现她已有些嫌弃自己。朱婧从火热的激情里开始有些清醒，开始考虑这件事情的严重后果。她并不是个在乎后果的人，可是既然是与一个比她更不在乎后果的孩子在一起，她想不在乎也不行。现在，他们在一个远离家乡的地方，临时栖息在一家价格便宜的小旅馆里，经过几天的疯狂以后，带出来的钱也用得差不多了，朱婧突然意识到要与唐人认真地谈一次话。

朱婧很认真地说：

"我想我已经犯了一个不小的错误。你是个有前途的孩子,不读书是不对的,不考大学,你一辈子就完了,就彻底完了。因此,你无论如何,无论如何,还是得考大学。考大学是好孩子的唯一出路,你不应该放弃这条唯一的出路。"

尽管唐人已经说了无数遍,说他根本不在乎上什么大学,但是朱婧在这一点上,绝对认定死理。朱婧认为她自己就是一个现成的好例子,唐人的小舅贵林也是个好例子,年轻人不上大学,事实证明后果会非常严重。在如今的这个社会上,上大学不一定就有出息,不上大学就肯定没出息。唐人被朱婧说得有些烦,说我干吗非要有出息,说我只要能和你在一起就行了。唐人执著地说,我们相亲相爱,永远在一起,就这样,又有什么不好。

朱婧不知道怎么样才能让自己的小情人,从爱情的牛角尖里钻出来。现在,随着经济问题的凸显,朱婧越来越清醒了。天上不会掉馅饼下来,钱很快会有用完的一天。人糊涂的时候,什么都不会想到,人一旦清醒了,就什么都会立刻想明白。既然开始想明白了,朱婧干脆把自己想到的一些问题都说出来,她告诉唐人,根据目前的情况,只能是她去挣钱养活他,她并不在乎养活他,但是,一个男人如果靠女人养着,就绝不会有出息的。吃软饭的男人没一个是好东西,唐人并不懂什么叫吃软饭,朱婧在表达自己的观点的时候,还要不停地为他作解释。

唐人说:"我以后会挣很多钱,我会让你过上最幸福的日子。"

朱婧说:"你别打岔,你好好地听我说。"

说着说着,朱婧突然伤感起来,她本来是个快乐的人,这一伤感,唐人顿时有些不知所措。朱婧说她知道唐人是个好男孩，知道他只要用功，就一定会考上好大学。一考上好大学，他就是人才了，然后呢，就会爱上别的更好的姑娘。朱婧让唐人不要插嘴，说她知道他们是有缘无分，注定没有结局，他们只有今天，没有未来。朱婧越说越伤心，说着说着，就哭起来。唐人不得不反过来安慰她，发誓说自己会一直爱她。

朱婧说："你说的是孩子话，孩子的话又怎么能当真。"

唐人很愤怒，说我已经不再是孩子了。唐人的愤怒让朱婧破涕为笑，短暂的伤感已经不复存在，她又变得轻松快乐。朱婧并不真的为自己的未来担心，未来的事情谁也说不清楚，她于是继续与唐人调笑，说等他大学毕业的时候，她已经老了，人老珠黄不值钱，而他呢，还不是赶紧去寻找更年轻的女孩子。不过，朱婧要唐人千万不用担心，她告诉他自己并不在乎他去找更年轻更漂亮的女孩。男人喜欢更年轻更漂亮的女孩，本来就是一件很正常的事情。不光是男人这样，女人也一样。男人好色，女人也好色，爱美之心都是一样的。

半个月后，朱婧毅然决定和她的小情人分手。他们之间的激情已经燃烧得差不多了，她知道分手才是最好的选择，分手是必然的，就像当初她曾经经历过的那样。萝卜青菜，各有所爱，唐人喜欢朱婧的成熟，朱婧喜欢唐人的天真，他们如火如荼，轰轰烈烈，都从对方身上得到了满足。大家现在都已经心满意足，便说好唐人继续回学校读书，相约几年以后再见面。朱婧信心十足地说她要去找一位政府官员，唐人相信她对自己说的故事是真实的，起码有相当一部分是以事实为依据。朱婧说她每到失意的时候，就想到要去找这位政府官员。朱婧说自己甚至都分辨不清她是喜欢还是恨这个男人。唐人的年纪太小了，许多事情他不会明白的。

朱婧在南方打工时，很长时间都是站在门口当迎宾小姐，挣很少的钱，看无数张脸。终于有一天，一位像大老板的男人看中了她，那男人在她身上猛下工夫，带她去高档的馆子，唱卡拉OK，然后轻车熟路地成了她的第一个男人。成熟的男人引诱涉世不深的小姑娘，是一个老套的俗故事，这里面有悲剧，也有喜剧。事后男人留下一个手机号码，朱婧情意绵绵地打电话过去问，竟然是空号。这结局并没有出乎意料，出乎朱婧意外的只是，在差不多已经将他忘记的时候，有一天晚上看电视，朱婧发现那位看上去像大老板的男人，原来是当地的一位政府官员，他的地位十分显赫，在电视镜头面前一本正经，道貌岸然，身后还跟着一大群跑腿的。朱婧说她当时很激动，一句刚学会的当地粗话脱口而出，然而，她还是立刻就原谅了他。

唐人重新在学校出现的时候，很多人都不知道怎么办才好。老唐发誓要揍儿子一顿，唐人的小舅贵林想约外甥打一次架。班主任姜凤梅对唐人的故事充满好奇，她建议学校应该坚持治病救人的原则，很显然，如果只是为儆戒其他学生，简单地开除学籍，唐人的前途也许因此就会彻底完蛋。既然他还肯回来上学，说明已经悔过，说明并不是真的愿意堕落。两个月以后就要高考了，姜凤梅真心地希望这个有伤风化的事件，对唐人的影响不要太大。作为班主任，姜凤梅觉得他只要努力，亡羊补牢，摒除所有的杂念，考上一所不太坏的大学还不是没有希望。

学校领导的想法与姜凤梅不谋而合。开除唐人的学籍，不仅会影响一个人的光明前途，而且对学校名誉也是极大的伤害。这毕竟是所已有一百多年历史的名牌中学。蔡校长最后决定与姜凤梅一起找唐人谈话，让唐人把事情的经过，前前后后老老实实，一五一十地都说出来。坦白从宽，抗拒从严，如果唐人的态度还说得过去，就放他一马。但是唐人并不太合作，他被叫到了办公室，面对班主任和校长的审问，吞吞吐吐地说了些朱婧的故事，前言不搭后语。蔡校长很不耐烦，板着脸，怒目而视。姜凤梅拿他没办法，最后只好问他是不是真喜欢小舅妈，唐人毫不含糊地点点头。

"你真是昏了头，你知道这叫什么，"蔡校长气急败坏地说："你们这种行为叫什么，叫乱伦。"

唐人白了蔡校长一眼，不说话。

蔡校长让唐人说老实话，要他老实交代，是不是已和小舅妈发生了不正当的男女关系。姜凤梅觉得蔡校长问得也太直截了当，她的脸不由得红起来，然而唐人的回答却让她吃了一惊。唐人说这纯粹属于个人隐私，当校长的根本管不着，而且他也有权不回答。在姜凤梅的印象中，从来没人敢用这种语调和蔡校长说话。临了，谈话不欢而散，两个月后，唐人参加高考，他的成绩超过一本的分数线，结果被本市一所很不错的重点大学录取了。

二〇〇二年七月十一日　河西

榆树下的哭泣

1

小区那棵老榆树下,面对电视台采访镜头,张苏红哽咽着,不知道说什么好。很多人远远地看热闹,主持人显然很同情张苏红的遭遇,说张小姐你不要难过,有话慢慢说。今天要录制的这档节目,就叫"有话慢慢说"。偏偏张苏红这时候已无话可说,眼泪在眼眶里打着滚,说我没什么好说的,你们都问他好了。

张苏红又年轻又漂亮,电视镜头里显得楚楚动人。她所说的那个他,就是她的先生李恩。摄影师把镜头对准了李恩,他也是个很帅气的小伙子,看了一眼镜头,说我没有什么好说的,反正就是这么回事,离婚,离。说完气鼓鼓地低下头,一副不准备讲理的样子。

主持人回过头来:"张小姐,如果你的先生执意要离婚,你同意不同意?"

张苏红想了想,说我不同意。

李恩气势汹汹:"不同意也不行,反正我要离婚。"

主持人告诉李恩,他年轻的妻子目前正处于哺乳期,法律是要保护她的。换句话说,在法律保护的期限里,他没有权利提出离婚。李恩说他早知道这个什么法律了,现在不行,那就等哺乳期结束了再说。

"你就真的这么坚决?"主持人的年龄要比张苏红大,远没有她漂亮,眼睛瞪大了,显然是被狠心的李恩所激怒,"要知道,所有的过错,我是说过错,都是在你这边,你想想自己都干了一些什么?做人要讲些道德,要讲道理,懂不懂?"

李恩说:"我怎么不道德,怎么不讲道理?"

主持人说:"要是讲的话,你就不应该提出离婚。"

李恩说:"说什么也没有用,我还是那句话,离婚,离!"

镜头再次对准张苏红,她悻悻地说:"应该提出离婚的是我,你是过错方,你根本就没资格提出离婚。"

李恩冷笑起来,说自己没什么大过错。

"你还没有过错?还没有?"张苏红红着脸嚷起来,"和一个差不多都能做你妈的女人搞到了一起,还说没过错!"

"我就是搞了,又怎么样?"李恩被惹恼了,勃然大怒,已忘记了电视镜头,怒不可遏,"是一个和我妈一样大的女人,大又怎么样,我喜欢,我就是喜欢!今天你不就是想让我出出丑吗,出就出吧,我不在乎。告诉你张苏红,你不要欺负人!你们不要欺人太甚!"

2

事情说过去也过去了,张苏红和李恩偶尔会把电视台赠送的碟片,拿出来重新观摩。与电视台的实播节目不一样,碟片内容要更充实。一些激烈的话语,播放节目时已经删节了。

"应该把你说的这些混账话,统统都播出来,"张苏红得理不饶人，用话轻轻地敲打他，"让全市人民都看看，看看你那不讲理的嘴脸。明明是你不讲理，还非要做出有理的样子。"

"我并不像电视上这么坏，"李恩这会儿一脸憨厚，说不出什么，只能反复说一句话。

"你也没有多好，不要把自己想得跟雷锋一样！"

暴风骤雨来得快，去得也快。经过这场风波，张苏红觉得她能够原谅李恩，是因为他后来在电视镜头前说的那些话。这是他第一次毫无保留地吐露自己的心声。面对电视镜头，说到后来，李恩突然十分激动，像小孩子一样大哭起来。他其实是一个很没有用的男人。一个画面深深地打动了张苏红，背景是小区的那棵老榆树，李恩孤立无援地哭泣着。镜头转向了老榆树，对准了它的枝干，对准了绿油油的树叶。李恩声泪俱下，控诉着自己要离婚的理由，抱怨说他再也忍受不了做上门女婿的屈辱。

李恩的自尊心显然是被严重地伤害了。在电视镜头面前，他一副苦大仇深的样子，口口声声说自己是个男人，是男人就会有些血性，是男人就会受不了。李恩觉得张苏红一家都看不起人，根本不把他这个在小区当保安的女婿放眼里。在张苏红一家的心目中，这个女婿一点地位也没有。李恩属于那种标准的没出息，银样镴枪头，而张苏红的父母能看中他，也就是因为这个没出息，他们不想招一个太能干太厉害的女婿回来，毕竟自己的女儿也不能干也不厉害。

李恩的父亲过去就是个看大门的，在老丈人工厂的传达室上班。除了小学门槛轻易跨入，李恩上什么学校都很艰难，初中是个最烂的学校，高中差一点没考上，大学呢，是排在末尾的电大，可就连这个电大，他也没有本事读完。张苏红是李恩电大时的同学，他们之间的差别，是她总算咬着牙把电大读完了。经过两次补考，张苏红才在父亲熟人的关照下拿到文凭。李恩的老丈人曾是一家军工厂的保卫处副处长，这些年工厂倒闭了，改行当了小区的物管主任。主任是个肥差，拿钱不多，管事不少。小区周围的街面房，全在管辖范围内，承包给谁不承包给谁，都凭他一句话。

李恩忍气吞声过了好几年，终于干了件扬眉吐气的事情，那就是把老丈人的一个老相好给办了。

"我实在是有些想不明白，"张苏红是真的想不明白，谁也没想到他会使出这一招，"就算你是不喜欢我爹，要报复我爹，难道就没别的更好的办法？"

"你说还有什么更好的办法？"

看着他理直气壮的样子，张苏红不知道说什么才好。老丈人的相好叫武家荷，是小区附近一家洗头房的老板娘。谁也搞不清她的具体年龄，对老丈人来说，她似乎年轻了一些，对于李恩，又显得太老。张苏红知道李恩当了上门女婿有些压抑，他住在这个家里就像个旧社会受气的小媳妇，正是因为这个，她有些同情李恩，什么事都能让着他。医生说张苏红的子宫有些后倾，他们好不容易才有了个儿子，为了这个孩子，她决定不放弃李恩。只要丈夫答应不再和武家荷来往，她可以原谅。

张苏红本来不想原谅，可是事实上已经原谅他了。反倒是李恩不知好歹，这场风波过去了大半年，他们的儿子已经会走路了，风云又起，张苏红去医院检查，发现自己得了性病。很显然，李恩和武家荷还有来往。吸取上次的教训，这一次张苏红没有和李恩公开地大闹，而是关起门来，问他讨要一个究竟。李恩说，这件事情真要打破砂锅问到底，那就只能去问她父亲了。武家荷本来是清清白白，因为有了张苏红她爹，才变得不干净起来。张苏红说，李恩你可真够不要脸的，武家荷这样的女人，你竟然还能说她清白。李恩一本正经地说，凭什么说她不清白，并不是所有的洗头房，都像报纸上说的那样。她跟你爹好，那是为了要你爹做靠山，是你爹到外面去嫖娼染上了，然后害得人家也有了性病。什么叫报应，这就叫报应。

3

张苏红对李恩的话半信半疑。好几年前，母亲确实是和父亲闹过，第一次大打出手，差一点离婚分家，起因就是父亲把那毛病传染给了母亲。她原来也是个女干部，工厂倒闭无处可去，提前退休在家。女人跟男人的身体结构不一样，得了病要比男人难治，张苏红母亲脾气因此也比过去坏得多，她终于从女儿嘴里捣鼓出了实情，新仇旧恨涌上心头，拍桌子摔板凳要和女婿拼命。

"你给我滚蛋，滚得越远越好，"她像头愤怒的母狮子那样上蹿下跳，骂完了女婿，又开导女儿，"他不是个人，他是个畜生，是个比你爹还要坏的畜生。"

李恩有些得意，丈母娘竟然觉得他比老丈人还要坏。

老丈人回来后，照例也是一顿痛骂。他和丈母娘一样，颠来倒去就这么几句话，我们把你当作自己的儿子，把唯一的一个女儿嫁给你，是指望你能够照顾我们，就你这样，我们以后还能有什么指望。

李恩再次想到了离婚，这个家他不想再待下去了。一想到可以逃之夭夭，像关在笼子里的小鸟一样飞出去，他就有种说不出的兴奋。李恩的老父亲闻讯，拖着一条瘸腿赶了来，挨个地向大家跪下，恳求亲家翁亲家母，恳求儿媳，最后又恳求自己的儿子。他对亲家说，儿子太不懂事，不知好歹，大人不记小人过，你们只当他是自己儿子，要骂就骂，该打就打，千万不要赶他走。他又对儿媳说，你千万不要跟这个混账东西计较，他是吃了屎了，脑子里进了水了，你犯不着把他当个人看。

他说："你是一个好儿媳妇，天底下最好的儿媳妇。他小子不是人，他是畜生。"

他又说："人怎么能和畜生计较。"

最后，他还得恳求儿子，恳求李恩认个错。李恩说，爹，我求求你了，有什么话，你能不能不说，能不能憋在肚子里烂掉。干吗非要跑来丢人现眼，跟这个下跪，跟那个下跪。你这样更让人看不上眼，这个家老子本来就待不下去了，你还要跑来添乱。我告诉你爹，这个家我不要了，老子要离婚，老子要到外面去闯天下。树挪死，人挪活，我就不相信自己闯不出个名堂来。老子已经窝囊够了，老子非要闯出个名堂给你们看看。

他父亲叹着气："儿子呀，你是真昏了头了，一口一个老子，你是谁的老子？"

"老子就这么说，"李恩完全没有一点悔意，"我今天豁出去了，老子我今天就不相信离开了他们，就不能活。"

李恩于是搬到武家荷那儿去住了。

武家荷收留了他，心里却是七上八下。她说小祖宗哎，你这不是存心害我吗，你老丈人要是知道你在我这儿，我还怎么在这儿混。李恩说你怕他干什么，他有什么可怕的。武家荷说，我倒是想不怕他，可是我就是怕他。你一大男人都怕，我一女人家，租着他的房子，连个正式的户口都没有，还能怎么样。

李恩说："我就知道你是在玩弄我的感情，我离婚，然后跟你结婚，你说怎么样？"

"好了，好了，你不要吓唬我。"武家荷连连摆手，"离不离婚，那是你的事，你要和我结婚，这是哪儿和哪儿。我真要是想结婚，也轮不到你。我要嫁就嫁你老丈人那样的，你太年轻，什么本事也没有，你这样的小白脸不适合我的。"

"我就知道你是在玩弄我，我就知道洗头房的女人，没有一个是好东西。"

武家荷感到很委屈，她说李恩呀李恩，说我是玩弄你，那就算我是吧。你摸着自己的良心好好想想，我怎么玩弄你了，我要了你的钱了，还是要了别的什么。我们好歹也是好过一场，我再坏，你也犯不着说这样的话来损我。说一千道一万，你还是回到你老婆那儿去吧，她人也好，又年轻，又漂亮，又贤惠体贴人，还有一个漂漂亮亮的儿子，你不想你老婆，总还会想你的儿子吧。

4

李恩在武家荷那儿住了几天，便到老陆那里去打工了。老陆是武家荷当年的一个相好，在城市另一头开了家五金商店。李恩通过武家荷的介绍，到老陆那里当了伙计，干了三个多月，张苏红眼泪汪汪地找来了。

那天李恩正往卡车上搬货物，张苏红突然出现了。当时，老陆与小周就坐在店里喝茶，看见年轻的张苏红眼泪汪汪地走了过来，小鸟依人地站在李恩面前，死心塌地的样子，他们一下子就怔住了，不知道她是什么来头。李恩不动声色地干着活，一箱一箱搬货物。小周说这个女人怎么回事，那表情可有些不对头。小周是老陆店里的会计，是个没心没肺的女孩子，差不多就是老板娘了，却时不时要当着老陆的面，不计后果地跟李恩眉来眼去。老陆也在目不转睛地看张苏红，他也在想这个人到底是谁。张苏红突然回过头来，看了老陆和小周一眼，老陆看见她眉眼之间全是委屈。

李恩慢腾腾地终于把活干完了。老陆和小周等待着事态的进一步发展。两个人终于开始说话了，也没听清楚他们说什么，不外乎是小两口之间的口角，看上去很凶，你一句我一句，差一点就要打起来了，不一会又风平浪静。很快，老陆和小周已真相大白，把他们的来龙去脉都弄清楚了。到吃饭的时候，小两口卿卿我我，李恩让张苏红央求老陆。张苏红扭扭捏捏，终于红着脸开口了，说陆老板你就留下我吧，就是不给工钱也行。

"那怎么行，"老陆一本正经地说，"你真要在我这儿干，当然要给工钱。"

张苏红有种说不出的羞愧："我也没有什么能耐，只要是和李恩在一起就行。"

小周看着张苏红，说你们的儿子怎么办，他不是才一岁多吗。张苏红说儿子有爷爷奶奶照顾，说她妈已经退休，正好闲在家里。小周于是一番感叹，说赶明儿我有儿子，我老娘要是能帮着带小孩就好了。李恩在一旁插嘴，说你以后有了儿子，干脆请个保姆，花钱请保姆，比什么都好。

张苏红看见小周翻了个白眼，说你懂什么，保姆哪有自己人好。

老陆听了这话，笑嘻嘻地说："那好，我们就生个儿子，让你妈带。"

"你想得倒美，我才不会给你生儿子呢，"张苏红看见小周又翻了个白眼，十分嚣张地说，"你都有两个儿子了，还不够呀！"

老陆色眯眯地笑了起来，张苏红感觉到他是在对自己笑。

从那天起，张苏红也开始在老陆的店里打工。他们在附近租了个小房间，小两口第一次过起了独立生活。远离父母的管束，有种说不出的新鲜和痛快。开始的时候，张苏红还有些想念儿子，晚上睡不着，渐渐地就把想儿子的心思，都用在了李恩身上。他压根就像个大孩子，她也不明白为什么会这么喜欢李恩，犯那么严重的错误，自己都还能够宽宏大量地原谅。这一段的日子过得很快乐，李恩是个脸上藏不住事的人，高兴就是高兴，不高兴就是不高兴。白天一起到店里去上班，晚上一起回来，一起胡乱地吃点东西，一起钻进被窝里看电视，想看什么就看什么，想干什么就干什么。

日子一天天没多大变化地过去，张苏红和李恩都是要求不高的人，得过且过，也懒得去想什么前程。过一天算一天，中午跟大家一起在店里吃，过着一种小集体生活。老陆亲自掌厨，常吹嘘他的手艺不开餐馆有些可惜。他烧的菜确实美味可口，难怪小周会死心塌地准备做老板娘。大家在一起时有说有笑，开一些不大不小的玩笑，这期间的五金生意做得不错，自从张苏红来了以后，经营状况从小赚到大赚，居然呈现出一种欣欣向荣的气象。

店里还有别的伙计，但是老陆对李恩和张苏红似乎特别照顾。

有一天，小周开玩笑地说："张苏红，你知道不知道，老陆其实很喜欢你。"

张苏红有些脸红，她看了李恩一眼，说小周你不要瞎说。

小周偏要瞎说，逼着老陆表态："老陆，你要是个男人的话，就说老实话，你到底喜欢不喜欢张苏红？"

老陆说："好了好了，我不是男人好不好，你不要逼人家好不好。"

老陆和小周的年龄相差了二十多岁，他们之间说起话来，从来就是没大没小。

"老陆你真是没有屌用，喜欢就是喜欢，不喜欢就是不喜欢，有话不敢说，不像个男人。"小周掉转枪头，调戏起在一旁不吭声的李恩，"李恩，你给我说一句实话，你喜欢不喜欢我？"

李恩傻乎乎地笑了，说喜欢怎么样，不喜欢怎么样。小周说什么怎么样不怎么样，喜欢就是喜欢，不喜欢就是不喜欢。李恩说那好，我就说喜欢。小周笑了，笑得很开心，对老陆说，看见没有，什么叫男人，人家李恩这才叫男人，当着自己老婆的面，都敢把这种话说出来，不像你，真不像个男人。

老陆眉开眼笑，连声说我不像男人，真不像男人。

到了晚上，张苏红责怪李恩，说你怎么这么没心没肺。李恩说我怎么没心没肺，小周这丫头才没心没肺呢。张苏红无话可说。过了很长时间，张苏红突然冒出了一句，其实我知道，你有些喜欢小周,我看你是给她迷住了,这个人呀,一看就是个小狐狸精。李恩不说话,张苏红又说刚来的时候,我还觉得她可惜,年纪轻轻的,竟然和那么大岁数的一个老男人混在一起。李恩继续沉默,张苏红说你不要老是不说话,你说话呀。李恩就说,张苏红你知道不知道,老陆其实真的是喜欢你,他对你可是有些不怀好意。张苏红在李恩身上狠狠地捏了一把,说你怎么这么没心肝,我是谁,我是你老婆。李恩说,我知道你是我老婆,我又没说你不是。张苏红说天底下哪有这样说自己的老婆的。李恩觉得委屈,不明白为什么不可以,说天底下有人喜欢我老婆,这有什么奇怪,有人喜欢我老婆,说明我老婆好。

张苏红不吭声了,她不想再听李恩往下说。

5

小夫妻间的这次谈话,让张苏红再次看到老陆时,多少有些说不出的别扭。小周平时说话口无遮拦,想什么说什么,想开什么玩笑,就开什么玩笑,张苏红常被她说得面红耳赤。很快到了年底,盘了盘生意,一算账,五金店赚了不少钱。老陆给伙计每人一个红包,歇业一星期,放大家回家过节。

张苏红想回家看儿子,李恩不乐意,说你那个家,我压根就不想回去。小周说李恩你和张苏红不要走,我们跟老陆忙了一年,让他带我们出去玩玩。李恩听了,来得正好,立刻接着这话茬说,是啊老板,老说带我们去洗温泉,去洗鸳鸯浴,别光是嘴上说呀。结果老陆就开了一辆小面包车,载着小周和李恩夫妇去温泉洗澡。一路上,小周心情很好,与李恩有说有笑,时不时还动手动脚。这两个人都有点肆无忌惮，开什么玩笑都不怕过分。

到了温泉宾馆，老陆问了问价格，问洗大池还是洗小池，小周说那还有什么可商量的，当然是洗小池，要不然叫什么洗鸳鸯浴，今天都到这地方了，还能不让你好好地出出血，多破费一点。于是要了两个紧挨着的情侣间，要好了房间，便吃晚饭，小周提出来喝酒，而且要喝白酒。酒一喝下去，便有些乱性，话便有些不像话。小周突然兴高采烈地说，老陆光我们俩洗鸳鸯浴没有意思，都是老鸳鸯了，不如干脆玩个刺激的，我们四个人一起洗算了。

李恩笑着说不行不行，那池子刚才不是看见了，两个人洗都嫌小，四个人泡不下。

小周说那好办，李恩我跟你洗，老陆呢，就跟张苏红一起洗。

老陆的表情立刻有些不自然，笑眯眯地看着张苏红。

小周对李恩使了个很暧昧的眼色。

老陆不好意思地说："小周，你不要瞎说好不好！"

然后就像没事一样，各自回房间。张苏红有些情绪低落，李恩说你怎么啦，张苏红半天不说话。过了一会，她看着李恩，像审贼一样地问他：

"李恩，你跟我说老实话，你和小周，到底有没有事？"

李恩瞪大了眼睛，不回答。

张苏红一定要他回答。

"没有。"李恩坦白说，"我倒是想有，可是真的没有。"

这时候，小周从隔壁房间打电话过来，声音很大，站在一旁的张苏红听得一清二楚。小周说怎么样，你老婆到底是什么态度,是肯还是不肯。李恩支支吾吾,胡乱敷衍,说你不要着急好不好,我慢慢地跟她说行不行。他们叽叽咕咕地说着,站在一边的张苏红酒喝多了,有一种恶心想吐的感觉。说到临了,小周说你们慢慢地商量,我和老陆可要先洗起来了。

李恩把电话挂了,有些魂不守舍。

张苏红突然明白,原来这一切,是早就安排好了的。张苏红说原来你们早就处心积虑,设计了一个圈套,等着我往里面钻。李恩你说你还是人吗,竟然想让自己的老婆去和别的男人洗什么鸳鸯浴。李恩的阴谋已被戳穿,索性不要脸,说洗个鸳鸯浴又怎么样,我不觉得有什么大不了的。张苏红不相信他竟然会这么说,说我知道你为什么鬼迷心窍,你是看中了小周,你这个人真是不要脸,老的也喜欢,小的也喜欢。李恩到这时候,还要强词夺理,说我老的也不喜欢,小的也不喜欢,我只喜欢你,小周是比你年轻,可是她没有你漂亮。

张苏红不相信他的鬼话:"你真的是这么想,你真的觉得我漂亮?"

李恩说我干嘛要说假话,我老婆就是漂亮嘛。他深深地叹了一口气,说我这人真是了不起,这么漂亮的老婆,竟然还肯让给人家。

6

李恩往隔壁房间打电话的时候,老陆和小周已经泡在了池子里。小周接了电话,说怎么才打电话过来,怎么到现在才把你老婆的思想工作做通,我操,这个有什么思想工作好做的,肯就是肯，不肯就是不肯。李恩说你能不能少说几句，不要再节外生枝了。小周就说好吧，废话也不说了，你赶快过来吧，我让老陆马上就过去。

李恩挂了电话就往隔壁跑，张苏红想喊住他，可他像射出去的子弹，再也不可能回头了。

两个房间实在挨得太紧，几乎立刻就听到了那边的开门声音，小周傻乎乎地说着什么。张苏红仿佛听见她在喊，妈的，都到了这时候了，这个屌女人还要假装正经。张苏红听见她在嘲笑老陆，说老陆你赶快去吧，猫抓心一样朝思暮想，今天总算让你得逞了，还穿什么裤子，反正到那边也是脱，就别跟她一样假正经了。

再下来就是开门声、关门声，然后听见老陆已经到了门口。

一切都是在瞬间发生的，张苏红都来不及作出反应。李恩出去的时候，没有锁上门，老陆很轻易地就推门而入。他披着宾馆里的毛巾睡衣走了进来，手上拿着香烟和打火机。张苏红的心一下子蹿到了喉咙口，她差一点就要喊出声音，但是有一种无形的力量，不让她发出惊恐的尖叫。满脸高兴的老陆似乎看出了她脸上的不情愿，立刻有些尴尬，正是这种尴尬，让张苏红产生了一种同情，她不想在这时候，让他难堪。

"这里的水真好，"老陆在床沿上坐了下来，为打破那种让人窒息的尴尬，故作轻松："我刚才已经试洗过了，是舒服。"

张苏红觉得必须立刻把话跟老陆挑明，照目前的形势，再发展下去，便可能说不清了。

老陆显得很文雅："你要是现在不想洗澡的话，我们可以先说会儿话。"

他取出了一支香烟，点着，深深地吸了一口。披着睡衣的他连内裤都没有穿,坐在那里,一边抽烟,一边不住地遮盖自己。隔壁房间里一点动静都没有,这种没有动静,让张苏红的心咚咚直跳。不仅是她,老陆也在分神聆听隔壁的动静。突然有响动了,是小周呵呵的笑声,李恩轻声地说着什么。张苏红不禁皱了皱眉头,这个小细节虽然转眼即逝,却仍然落在了老陆眼里。

心猿意马的老陆用最快的速度,把手上的那根香烟抽完,然后站了起来,走进卫生间,发现池子里的水还没有放,就打开了水龙头。在哗哗的流水声中,老陆神采奕奕地再次走了出来,这时候张苏红觉得必须开口了。"老陆,真的很不好意思,"她很平静地说,"我觉得我们不能那么做,我们不应该那么做。"

老陆的失望没有办法形容,没想到关键时刻,会是这样。

张苏红松了一口气,该说的话,已经说完了。

老陆脸上显出了苦笑,一种完全凝固了的苦笑。过了一会,他十分绅士地说:"当然,这种事情,不能勉强。"

张苏红说:"除了小李,我从来没有和别的男人睡过觉。"

"这我知道,知道。"

"我真的是很抱歉,真的。"

"没关系,真的没、没关系。"

隔壁传来很暧昧的声音,老陆叹了一口气,不情愿地说:"妈的,今天没想到是让李恩占了便宜。"

张苏红又一次抱歉:"真的很对不起。"

老陆很木然,很无奈:"没关系。"

张苏红说:"老陆,我知道你是个好人——我能不能求你一件事?"

"你说吧。"

"不要告诉李恩，不要告诉他我们之间什么也没有发生。"

老陆怔了一下，思考着，然后很大度地说："好吧，你要我怎么样，我就怎么样。我这人其实很好说话，听你的摆布。"

"谢谢你，老陆，我是真心地谢谢你！"

老陆想说，你既然不愿意，为什么不早点说。老陆想说，你这会儿说不愿意，明摆着是让我赔了夫人又折兵。老陆想开口大骂李恩，想骂这小子太浑蛋，可是事情到了这一步，一切都已经太晚了。隔壁房间再次没有动静。老陆取出一支香烟，按了好几下才把打火机点着。幸好把刚拆封的一包香烟带来，要不然这时候，真不知道做什么好。

老陆一口气抽了三支香烟，抽完了三支香烟，完全心平气和。他和颜悦色地对张苏红说，这里的水非常好，我已经闻过了，一股硫磺味，肯定是天然的温泉。老陆说她现在可以去洗个澡，他可以用人格作担保，保证自己绝不做出任何出格举动。

"池子里的水肯定已经满了，你真的去洗吧，"老陆起身打开电视，"我呢，就在这儿看电视，你放心去洗，可以把卫生间的门销上。"

张苏红还是有些不明白他的话。

老陆解释说："要是我们就这么干坐在这，待会李恩那小子过来，我们会显得很傻。"

7

李恩回来的时候，张苏红还泡在水池子里，脑海里一片空白。老陆还在看电视，是一场NBA实况录播，正厮杀得难解难分。李恩在外面敲门，老陆过去把门打开，两个披着睡衣的男人你看着我，我看着你，半天不说话。最后，老陆说你小子怎么现在才回来。李恩一脸不正经，说还不是想多给你们一点时间。老陆哭笑不得，说多给一点时间，你给的时间也太多了。李恩涎着脸，说小周说你武艺高强，没有一两个小时下不来，她说我比你差多了。老陆无话可说，苦笑着说你当然比我差，你什么都比我差，说完扔下抽完的空香烟盒，回自己房间。

李恩往四下里看了看，便去敲卫生间门，一边敲，一边想不明白地问："你干吗还要把门锁上。"

张苏红不开门。

"我们总算扯平了，"李恩隔着玻璃门与她调笑，心情十分轻松，"现在真扯平了，我不是好男人，你也不是什么好女人。"

张苏红气冲冲地过来把门打开了，她很愤怒："李恩，你把话说说清楚，我怎么不是好女人？"

李恩不让她往下说，说好女人就是坏女人，坏女人就是好女人。他脱去了身上的睡衣，把湿漉漉的张苏红再次推进了浴池。张苏红挣扎着，反抗着，使劲打他，结果李恩在池子里滑了一下，一头扎在水里，很狼狈地喝了一大口洗澡水。他的脸因为呛水涨红了，不住地咳着，痛苦不堪。张苏红因此感到了解气、解恨。她恨他，真的应该恨他，可让她想不明白的是，她还是有些恨不起来。她无法想象这就是自己的丈夫，这就是那个她希望终身厮守的男人，就是那个在老榆树底下小孩子一样地哭泣，哭诉着被人看不起的伤心男人。她狠狠地捏了他一下，狠狠地，李恩惨叫了一声，说你干嘛要下这么大的劲捏我，你捏的是肉，是人家身上活生生的肉，这很疼，你知道不知道。

张苏红说，你还会感到疼，你根本就不知道什么叫疼。

李恩兴致盎然，意犹未尽。他觉得张苏红也像他一样，像他一样没心没肺。他问她感觉怎么样，洗鸳鸯浴是不是很来劲。他说你知道不知道，人有时候端着一个好人的架子，会活得很累很累。天底下的事情，说白了也就这样，两个人只要是你爱我我爱你，有点这个那个，又有什么关系。

张苏红不想听李恩说这些，她不想听。眼泪正哗哗地流出来，不可遏止地往外涌。她的脸上都是汗珠，浑身上下水淋淋，各式各样的水珠子交融在了一起。张苏红有些身不由己，也不太明白自己这刻是伤心，还是不伤心。她说李恩你要答应我一件事，一定要答应这件事。她说我们不要再在老陆的店里干了，我们不干了，我不想再见到他们，不想再见到老陆和小周。李恩犹豫了一下，心有灵犀地说，好吧，不见就不见，我也不想再见到他们，万一老陆是真的看上你，我就亏大了。张苏红喃喃地说，你要答应我，一定要答应我。李恩说好好好，答应你，一定答应你，你说什么我都答应。张苏红喃喃地说，事不过三，李恩你这次要说话算话，要算话。李恩说你放心，放心，只管放心，我一定说话算话。李恩说张苏红呀张苏红，你知道不知道，你其实比小周好得多，你比她强得多。张苏红有些喘不过气来，她想推开李恩，可是事实上，却把他抱得更紧。

张苏红悲哀地说，我有什么地方比她好呢，我一点都不比她好。

李恩说，你什么地方都比她好，真的你什么都比她好。

二〇〇五年十一月二十五日　河西

花开四季

很久以来,老贾都是大家心目中向往的男人。别人因为两件事羡慕他,一是有块北京大学的招牌,一是有位始终年轻的美丽妻子。二十年前,老贾来到了这个不大不小的机关,成为我们单位有史以来第一位北大毕业生;到目前为止,他仍然是唯一的一个。

老贾的妻子小杨是邻近出版社的一位美术编辑,我们单位里的人,说起什么女人端庄漂亮,说起什么女人能干,常常要用他的妻子为例。大家私下里议论,最想不明白的就是,老贾这人看上去也没有任何特别之处,可是他凭什么就能考上北大,凭什么就能娶到了年轻貌美的小杨。

花开四季是坐落在秦淮河边的一个楼盘,离我们单位的宿舍区不远。刚开盘的时候,因为地处荒滩,秦淮河又臭不可闻,价格非常便宜。老贾有个同学在规划局工作,有一次聚会,这位同学请吃饭,无意中说起这个楼盘。同学说,这地方以后是南京新风景区,要是在这儿买了房子,升值空间一定巨大。

老贾说,现在的房子动辄几十万,我们是工薪阶级,怎么买得起。

小杨那天也在场,老贾和同学闲聊,她不动声色一旁听着。

同学说，不瞒你老贾，我是真的想买，没钱有什么关系，可以贷款嘛，我不敢买，是怕别人说我们规划局的人，有内部消息，这事传出去不太好。不瞒你说，上头正在考察我。

老贾听出了同学的暗示，说这是又要提拔你当官了。

同学按捺不住得意，扫了一眼小杨，说当官嘛也是应该的，就凭你我的资历，早就该当了不是。

老贾脸上有些尴尬，说你是早就当了处长了，不像我。

同学联欢会，通常是混阔的买单。老贾有心让小杨见见自己混阔的同学，然而这样的聚会过后，照例又会引起一番感叹。那些出身名门的北大同学，可以说是一个比一个混得阔，一个比一个官当得大，最差的也比老贾混得好，譬如这位在规划局的同学，用老贾的话来说，当年在班上是最不起眼的，现在也要提副局了。回去的路上，小杨照例也不开口，她知道老贾有些郁郁不得志，从来不说那些让他难堪的话。

到晚上睡觉的时候，小杨表现得十分温顺，恰到好处地配合着。或许是喝了酒，或许是触动了愁肠，老贾要比平时话多，多得多。老贾说，不错，我老贾混得是不怎么样，我是谈不上什么得意的，可是我老贾混来混去，总归有一样比他们谁都强。

这天晚上，老贾不仅话多，而且比平时更卖力，更体贴。

老贾说，他们的老婆都不如我。老贾说，他们有能耐，也找个像我一样的老婆。小杨说，算了吧，你用不着在这时候，说这种话来拍我的马屁。老贾说，我不是拍马屁，我说的是真话，是千真万确的真话，就这一条，你说他们谁能跟我比，谁能。

事情完了以后，老贾昏昏欲睡。小杨意犹未尽，还想跟他说会儿话，可是他已经打起了呼噜。小杨把他摇醒了，说老贾你先别急着睡觉,我有话跟你说,有事想跟你商量。

老贾迷迷糊糊地说,好吧,你说吧,我听着。

小杨说,这样吧,我们去贷款买房子,就买花开四季的房子,怎么样?

小杨在等老贾的回答,老贾已经睡着了。

小杨的哥哥在银行工作,有这样一位哥哥帮忙,贷款是件很简单的事情。老贾说了几句反对的话,看小杨已经打定了主意,索性甩手不管这事,让她一个人去折腾。小杨的哥哥对妹妹说,你真要买,干脆一下子就买两套,把股市的钱都拿出来做首付。小杨有些犹豫,说万一贷款还不了怎么办。

她哥哥笑了,说你手上有两套房子,还怕什么。

于是小杨就一下子订购了两套房子,一大一小。因为是贷款,刚开始,手头颇有些吃紧。好在房子几乎立刻就升值了,随着秦淮河大规模治理,石头城公园动工,房价一路攀升,房子还没到手,房价已经翻了一倍。老贾见赚了大钱,让小杨赶快先将那个小套抛掉。小杨说老贾呀老贾,你就当你的甩手掌柜好不好,买房子的时候,我不要你管,现在要不要卖,你最好还是不要管。平时,老贾说什么话,小杨都会听,都会让步,可是一旦她真打定了什么主意,认定了死理,老贾就知道要让步的应该是自己了。

这以后,整个南京的房价,都像抽风似的往上涨。房子越是涨价,买房子的人越多。我们单位的那些闲人凑在一起,忍不住要议论老贾还未到手的新房子。花开四季成了南京最好的楼盘,这是大家都想不到的事实。许多人忿忿不平,说老贾这个人,本事不大,就是福气好。皇帝是假的,福气是真的。人事处老朱的儿子要考大学，她便以老贾为例做示范教育，说要考就要考上名牌大学，像老贾，人也没什么本事，可就是因为人家考上了北大，一考上了北大，就会有能干漂亮的女孩看中，像小杨这样的女人多贤惠，自己的工作不错，收入不低，还会经营，你看她买了两套房子，一进一出，等于白白赚一套房子。

老贾的上司也对老贾说，怎么，听说你老婆非常能干，居然为你赚了一套房子，你老婆很厉害嘛！

老贾笑而不语。

上司说，这人呀，有个厉害的老婆，就是不一样。

老贾仍然不说话。

上司见他老是不吭气，又说，我还听说你老婆很漂亮，怎么样，跟我们办公室的小李比，她们两个谁漂亮？

老贾脸有些红，说在我眼里，当然是我老婆漂亮。上司听了这话，立刻表扬，俗话说儿子是自己的好，老婆是人家的漂亮，他老贾能这么评价自己老婆，说明他太太确实是漂亮。老贾打心底里不喜欢这位上司，但是这位上司从来都不在乎别人喜欢不喜欢，继续轻薄地说笑，说你娶了这么漂亮能干的老婆，也用不着藏着掖着，什么时候带来给我们展览展览。

这次谈话不久，小杨便风姿绰约地来到我们单位。她是来看画册的，我们资料室新进了一套精美的装潢书。新房钥匙已经到手，小杨要开始着手准备装修了。很多人对她都是久闻其名，有机会亲眼见到，这还是第一次。小杨由老贾陪着，在资料室里翻书，大家闻讯，都往那儿跑，连老贾的上司也忍不住好奇。赶去资料室的目的，当然只是为了看一眼小杨，看了一眼就走。很快，好几个科室都在议论，人事处老朱东奔西窜，最后跑到会计室大发宏论，说眼见为实，这个小杨果然是个能干女人，人长得漂亮，风度又好，个子不高不矮，人也不胖不瘦，她这叫是嫁了个老贾，嫁给了这么一个窝囊废，要是嫁个有权有势的，保证发达得不得了。

会计室里向来就是女人成堆，老朱的一番话，把一个已探讨过无数遍的话题，又一次重新激活。女人们从各自的角度出发，对老贾这个男人进行重新评价。一番讨论后得出结论，大家都觉得老贾混成今天这个样子，对不起北大，也对不起他太太。办公室小李正在这里为领导办报销手续，她有些想不明白，说我就不明白了，老贾怎么就对不起北大了，怎么就对不起他的太太。

老朱笑着说，这个难道还要问，不是什么人都能考上北大，不是什么人都能娶一个既能干又漂亮的老婆。

会计室里的女人笑成一片。

小李不知道她们为什么要笑成这样，也跟着笑起来。

那天小杨就在我们单位的食堂里吃饭，在大家的眼皮底下，老贾像个大丈夫一样，懒洋洋地坐在那里占位子，看着小杨光彩照人地排队买菜，看着她把买好的菜端过来。吃饭的时候，有人注意到，小杨不断地往老贾的碗里搛菜。吃好了饭，又是小杨拿着空碗去洗，老贾呢，就坐在那儿抽烟，抽完了香烟，小杨也把碗洗好了。他们离去的时候，有人听见老贾不无得意地问小杨，说我们单位的菜怎么样？小杨不屑地说，不怎么样，比我们单位差多了。

接下来就是装修，这可是一件大事，作为一名有艺术气质的美术编辑，小杨当然不肯马虎。办公室的小李知道老贾家要装修，近乎卖弄地对他说，你可以到我们家看看，多少会有些启发的。小李的老公是艺术学院颇有些名气的王教授，教的专业就是装潢设计，据说他们家的设计在全国比赛中拿过二等奖。老贾回去传话给小杨听，小杨说那好吧，我们就去看看这位王教授的杰作，这些天，我看得已经太多了，究竟应该怎么样，说老实话，我这脑子里也有些糊涂了。

结果是小杨对王教授的评价极低，在她看来，这位王教授自以为是的设计理念，实在不怎么样。她笑着对老贾说，教授常常也是蒙人的，有时候，教授的品位会低得让人害怕。不过，总算还有一样让小杨感到满意，那就是装潢的施工质量。小杨让老贾打听一下，是哪个工程队承包的，他们的房子真要是装修的话，可以考虑用这个工程队。

老贾家的装修花了相当长的时间，这是个巨大的工程，长得有些离谱。上班的时候，闲着没事，我们单位的人都在关心他家的新房子。办公室小李也热衷于这样的谈话，她对老贾常采用一种质问口气，说你们家怎么到现在还没有装修好，说你们小杨怎么和我们家王教授一样，对装修房子竟然会有那么大的热情。小李说我们家装修那会儿，到完工的时候，我老公感到非常失落，他突然觉得没事可做了，连人生都失去了意义。

老贾听了不住地苦笑，深有同感，小李的话显然是说到了点子上。

到最后，老贾开始感到了绝望，漫漫装修毫无完工的迹象。他不得不对小杨抱怨，告诉她自己单位的人都在追着问，问他们正在装修的那个新居，到底什么时候才可以入住。

185

小杨说，你问我，我问谁?

小杨确实不知道什么时候才能完工，这个新家花掉了她太多的心血。她完全变了一个人，成天都在琢磨这里应该怎样，那里应该怎样。老贾的儿子很快就要考初中了，换了过去，小杨会为孩子的升学动很多脑筋，可是现在她压根就不管这事。有了花开四季的新房子，儿子对小杨来说已经不重要了，新房子成了精神寄托，她把自己的全部精力都投了进去。

新房子终于装修好了，它立刻成了样板房，参观的人一拨接着一拨，源源不断。我们单位的人，几乎都到老贾家去看过，确实是很漂亮，美轮美奂，谁看了都赞叹不已。上班没事可做，大家就一个劲地夸奖那房子的装潢设计。那一阵，老贾有事没事地都会被喊到会计室去，人们聚在那里研究讨论，没完没了地向老贾提出问题，问他一共花了多少钱，玄关是什么材料做的，地板是什么品牌的，浴缸和龙头还有马桶是哪个国家的。老贾照例是回答不知道，一问三不知，他说买什么都是小杨的主意，里里外外，反正都是她一个人说了算。

小李笑着说，什么都是你老婆说了算，那你干了什么?

老贾说，我什么也没干。

小李笑得更厉害，说看来你和我一样，真是什么都没干。

老朱在一旁听着，忍不住唉声叹气。她说这世界就是这样，总是能干的人倒霉吃苦，你们多好，都是贵人，都是坐享其成的命。

小李说，我算什么贵人，装修的事情，我倒是也想过问，可是我们家王教授他根本就不要我管。老贾肯定也是，他难道就不想管，他肯定想管，可是他老婆不让管，又有什么办法。

老朱说，你们这个就叫得了便宜，还要卖乖。

大约也就是在那段时间，老贾和小李开始有了暧昧关系。这是老贾干的最出人意料的一件事情。我们单位的人都大吃一惊，始终没有搞明白，他们怎么就有了那层关系。大家在会计室里谈天说地，谈老贾家的新房子，老贾在那里享受着别人对他家房子的恭维，一切看上去都很正常，谁也没有看出什么蛛丝马迹。

要不是王教授找到我们单位来，这件事恐怕永远也不会有人知道。王教授是来告状的，来了以后，直奔老贾上司的办公室，关起门来一谈就是好半天。送走了王教授，上司立刻迫不及待地把老贾喊去训话。上司决定要和老贾好好地谈谈，他说老贾呀老贾，你行呀，你可真是有能耐。老贾被他搞糊涂了，目瞪口呆。上司说你有了这么漂亮的老婆，这么能干漂亮的老婆，还不够，竟然还要与小李胡来，人心不足蛇吞象，知道不知道，这个就是说的是你。

老贾不吭声，低着头。

上司微笑着说，不吭声也没用，纸是包不住火的，你说这事怎么办？

老贾无话可说，说你说怎么办？

上司语重心长，说现在是我在问你，是领导在和你谈话，所以应该是你来回答。要说我们这个单位，就数小李人长得漂亮一些，你倒是很有眼光。喂，老贾同志，说话呀，你说这事究竟应该怎么办？

老贾恼羞成怒，说你说怎么办，就怎么办，你不是领导吗？

上司说，有些个事，领导也管不了。

老贾说，既然管不了，你就不要多管闲事了。

老贾回到家，把王教授到他们单位告状的事，向小杨坦白交代。小杨听了，半天没有说话。老贾说我们能不能暂时不要吵，也不要闹，有什么话有什么打算，等儿子考上了中学再说。小杨眼睛立刻有些红，怒火万丈，说你能有那个涵养，我做不到。老贾平静地说，既然是这样，那就打开天窗说亮话，和装修这房子一样，你拿个方案出来吧。

小杨想不出什么更好的方案。她说我倒想先听听你的方案，老贾说我的方案很简单，你要是能原谅我的话，那就继续过下去，要是你觉得不能原谅，我们就分开过。

小杨冷笑说，原来你是早就有了一套方案。

老贾说这也算不上什么方案。

小杨气鼓鼓看着他，最后悻悻地说，我能原谅你吗？这种事情有可能原谅吗？

老贾于是找了个行李箱，把自己的替换衣服往里面塞，塞了满满的一箱子。临走的时候，他故意做出依依不舍的样子，说可惜了这么漂亮的房子，你花了这么多心血，我却没这个福气再住下去了。小杨拿起茶几上的一把茶壶，向他扔过去，老贾头一偏，茶壶落在地上摔碎了。

自从结婚以后，他们从来没有真正地吵过架，一想到这个，老贾不由得感到隐隐的心痛。他很遗憾那个茶壶没有打在自己的脑袋上。

这以后，老贾和小李正经八百地谈过一次话。小李并不愿意玩真格的，她说我老公已经原谅我了，我们的事情就到此为止吧。老贾也不想玩真格的，他只是想观察一下小李的态度，想看看她的底牌。接下来，在小李的精心安排下，老贾在一家咖啡屋与王教授见了一面，当面向他表示歉意。这也是小李的意思，因为只有这样，王教授才会相信他们是真心真意不再来往。

咖啡屋里的气氛，让老贾感到有些尴尬，王教授板着脸，如丧考妣地坐在那里。老贾一时不知道说什么好。王教授说，既然是你约我来，难道还要我先开口？老贾鼓起了勇气，说我和小李的那个事情，都是我不好，是我错了，我请求你原谅，对不起你了。

王教授说，我也就是想听你说一声对不起，说老实话，发生这种事情，光说一声对不起，又有什么用。

王教授站了起来，恶狠狠瞪了老贾一眼，然后脸色沉重地往大门外走。小李打扮得花枝招展，正在咖啡屋外等着，看见王教授，立刻小鸟依人地迎过来。老贾独自一人喝着剩下来的咖啡，喊小姐过来买单。小姐收了钱往柜台走去，老贾看着小李和王教授手挽着手远去的背影，百感交集，怒不可遏，该找的钱也不要了，情不自禁地追了出去。他一路小跑，跑到了他们面前，十分严肃地拦住了小李，说这件事不能就这么算完。老贾说我们都有过错，我已经跟你老公说了对不起了，你也应该道歉，向我们家小杨说一声对不起。

小李和王教授面面相觑，没想到他会在大街上拦住他们，而且是说出这样混账的话。小李说你这人真是有神经病，我有什么可道歉的，是你玩弄了我，占了我的便宜，那都是你不对。

说完，就在老贾的眼皮底下，小李拉着王教授，扬长而去。

老贾和小杨最后到底会不会离婚，很长一段时间，一直是大家议论的话题。事实上，有一阵子，老贾一直在准备离婚。花开四季的房价越升越高，周围的环境也越来越好，小杨决定将新装修好的房子卖掉，因为这曾经充满幸福温馨的居所，已让她感到心碎。消息传开，我们单位的人都觉得可惜，就冲着那精心设计的装修，把这房子卖了，也足以让人暗自唏嘘。

小李偷偷地给老贾打电话，她说你这人傻不傻，难道是真的缺了心眼，难道你真的是要为我离婚？平时在单位里见着，他们两个人都像仇人似的不说话，可是到了中午休息的时候，小李便躲在办公室里，偷偷地跟老贾煲电话。小李说你这人傻不傻呀，这不是故意要给我们增加压力吗，我们家王教授听说你要离婚，都跟我急了。

老贾拿着电话，默默地听着，小李说什么他都不表态。

小李又十分冒昧地给小杨打电话，她说你们不要离婚好不好，能不离就不离行不行。小李说我知道你小杨喜欢他，老实说，也就你会真心喜欢他，你要是再跟他离婚，老贾他可就彻底完了。

小杨说你凭什么觉得，只有我才是真心喜欢他。

小李说这个我也说不好，反正我不是真心喜欢他，他并不是我中意的那种男人，将心比心，换了我，我绝不会嫁给他的。小李说我其实很后悔，很后悔跟他有了那事，要不然，我们或许还会成为好朋友。

小杨冷笑，笑声从电话里传了过去，她说我们会成为好朋友吗。

小李十分悲哀，她说会的，我们本来可以成为好朋友，起码我和老贾可以，可是现在完了，都完了，本来很好的事情，都让我们给糟蹋了。

说完了这番话,小李在电话那头哭了起来。

小杨说你哭什么呢,应该哭的是我,但是我不会哭,起码我不会在你面前哭。

老贾和小杨最后并没有离婚。这场风波过去以后,再次出乎大家意料的,是小李和王教授离了婚。到了第二年的春天,王教授突然爱上了他的一个学生,他十分爽快地给了小李一大笔钱,打发她去了另一个城市。

花开四季的房子最后也没有卖,或许是开价太高的缘故,不时地有人问价,却从来没有人真正想买。老贾又搬回去住了,当然是回到花开四季的新房子里,和小杨住在一起。就好像什么也没发生过一样,唯一的区别只是,再也没有熟悉的人,去参观过他们的房子,他们也不愿意别人去。

二〇〇五年十二月十四日　河西

我已开始练习

> 我已开始练习
> 开始慢慢着急
> 着急这世界没有你
> 已经和眼泪说好不哭泣

小勇唱来唱去，刘德华的一首流行歌，只会其中这么几句。一起干活的人都习惯了，有时候还是忍不住打趣，说你小小年纪，能不能唱几句别的什么，别成天都是练习和着急，练什么习，着什么急呀。小勇懒得去搭理这些俗人，他仍然是干自己的活，唱熟悉的几句歌词。渐渐地，别人受他影响，不知不觉会跟着哼唱，都不是唱歌的人，一个个拿腔走调，和小勇唱的词一样，念过来道过去，就这么几句。

小勇的工程队又一次面临搬家，日子已定下来，是明天。对于一次次搬家，小勇早已习惯，唯独这一次，有些依依不舍。他舍不得护士学校的那些女学生，过去的几个月里，一有时间，便情不自禁地跑到北面晾台，偷看对面的女学生。他们干活的地方和对面的房子挨得很近，近得那些女孩子不拉窗帘都不敢换衣服。当然也有胆大的，运气好的时候，小勇他们能看到她们的一举一动。女学生穿着花花绿绿的胸罩、三角裤走来走去，白花花的肉体在他们眼前晃来晃去，仿佛是在示威。天太热了，谁说不可以这样呢。看着那些青春靓丽大大咧咧的女孩子，小勇仿佛又回到自己当年读书的学校。

一转眼，辍学打工的小勇来到这个城市，都三年多了。来的时候，他只有十五岁，还是个毛孩子，刚刚开始发育。现在的他人高马大，重重的小胡子，完全是个帅小伙子模样。三年来，小勇一直在做装潢，干的是水电工，熟能生巧，用师傅周智慧的话说，他已从刚开始的什么都不会，到可以当个人用了。事实上，小勇不仅学会了手艺，还学会了抽烟。一起干活的人都在忙，小勇独自一人在北面晾台上抽烟，张望着对面的一大排女生宿舍。

那个白白胖胖的丫头，从窗里探出身来收衣服，她先看了这边一眼，似乎预感到会有偷窥的眼睛，用最快的速度完成了要干的事。她将晾在外面的胸罩短裤收了回去，在消失之前，又一次匆匆扫了这边一眼。这一次，她看到了小勇，他们的目光有了最短暂的交锋。胖丫头瞪了他一眼，然后气鼓鼓地消失了。小勇为她的举动感到恼怒，甚至可以说是暴怒，他狠狠地吸了一口烟，剩下的烟蒂扔了，缓缓地将烟雾吐出，嘴里忍不住嘀咕，人家都要走了，你这臭丫头，一点交情都不讲，我在你身上真是白用心了。很快，愤怒变成了失望，变成了沮丧，对面一大排敞开的窗户再没有任何动静，时间仿佛停顿静止了，明晃晃的玻璃反射着夏日灼目的阳光，黑乎乎的窗洞深不可测。

小勇茫然地望着对面。说老实话，他喜欢藏在窗户后面的每一位女生，她们一个个都很可爱，只要人家愿意，小勇愿意娶她们中间的任何一位做老婆。他总是想入非非，想象自己与这些女学生一起上学,同出同进,坐在同一间教室里,看着一位漂亮的女老师在黑板上写着什么。当然,在这些女学生中,他最喜欢的还是这位白白胖胖的丫头,又白又胖显得很喜气,小勇这段时间一直把她当作自己的梦中情人。

明天,小勇就要随装潢队搬家。明天,小勇就要走了。他知道眼前的这一切,从此将和自己没有关系。这些挂着诱人的女孩子内衣的一扇扇窗户,这些与他年岁相仿的女学生,还有那位梦中情人白胖丫头,都将在他的生活中永远消失。

小勇的师傅周智慧是工程队负责人,一起干活的人,包括小勇,都叫他周经理。这支短小精悍的工程队也就七八个人,挂靠在好佳美装潢公司。公司老板是周智慧的大舅子,姓俞,大家都叫他大老板。大老板是个很能干的人,这些年挣了不少钱,租了漂亮的门面房,养了个年轻的女秘书,手下挂靠着若干个经理,只要能接到活,一个经理就是一个工程队。周智慧的这几个人,差不多算是大老板的嫡系部队,与大老板都有点沾亲带故。首先,大老板的太太老板娘小周便在这边,其次,还有大老板的妹妹周智慧的老婆小花。除了这两个女人,还有木工大刘和小刘,这两人是堂房兄弟,是周智慧一个村上的,跟在他后面混已经很多年。再加上小勇和瓦工周晓东,他们是老板娘小周村上的人,大家都同宗,按辈分算,周晓东与老板娘同辈,比小勇低一辈,还得叫小勇叔叔。

到新东家第一天,大家都不太快活。本来说好,做完这家就发拖欠的薪水,大老板借口东家钱没拿出来,又一次把发薪水的日子推迟了。虽然责任明摆着在大老板那里,大家的不满却集中在周智慧身上。不管怎么说,你们一个当老板,一个当经理,都是一伙的。干活给钱，天经地义，干了活不给，这就是剥削。周智慧见大家脸色不好看，讨好地说今天放假，我请你们出去娱乐，先吃大排档，然后看表演。老板娘小周听了不乐意，说不是没钱吗，没钱还出去骚包。小花接着说，就是，不如把薪水发了，大家有了钱，自己娱乐，谁要你充大好佬请客。大刘说，小花这是心疼周经理的银子，不就是吃个大排档吗，不就是看个表演吗。

小勇倒是挺乐意他师傅请客，毕竟是白吃白喝。七个人花了七十块钱，在大排档上痛吃一顿。菜不多，米饭随便加。小刘觉得不过瘾，说什么时候菜也能随便吃，这日子基本上就小康了。周智慧笑他少见多怪，说小康哪能就这标准。你小子真是没吃过自助餐，自助懂不懂，就是只要花钱进去，想怎么吃，就怎么吃。位于城郊接合处的表演，要想看到精彩之处，必须晚一点才行。周智慧和大刘显然不是第一次来这地方，节目已开始，他们慢吞吞地一点都不着急。好不容易进场，看完货真价实的脱衣舞表演，时间不早了，周智慧带着小周和小花坐公交车先走。其他人意犹未尽，想散会儿步再回去。周智慧不放心，关照大刘说这个地方乱，很乱，当心一点。大刘说周经理你放心，至多也只是让他们开开眼，那种事绝对不会做的，你一千个一万个放心，就算想做，口袋里也得有钱不是。

小勇跟着大刘他们在街上走，心里咚咚直跳。脱衣舞表演早就结束，那几个震慑心魄的镜头，虽然短暂，虽然是一晃而过，却还在他眼前一遍遍闪烁。几个人中间，只有他是未婚，因此都拿小勇调笑。小刘说今天这节目，小孩子不宜，你是未婚，不该看的。周晓东跟着起哄，说我们都是过来人，开过荤的，你不一样，还不知道女人怎么回事。小勇红着脸不吭声，大刘安慰他说，别听他们的，要知道怎么回事还不容易，只要你想，我们今天就给你找一个。

此时正走在一条满眼皆是洗头房的街上，洗头房里灯火辉煌，衣衫暴露的小姐大胆招呼着。大刘他们被拉进了一家洗头房，老板娘一定要展示自己的姑娘，说办不办事无所谓，这些丫头你们不好好看上一眼，实在是可惜了。大刘笑着说，不瞒你老板娘，我们都是打工的，哪来的钱。老板娘说，笑话，这年头谁不打工，这些丫头还不跟你们一样，都是从农村出来的。买卖不成交情在，大家都是农村人嘛，你这位大哥一看就知道是当老板的，先挑一个吧。大刘一本正经地说，不行，得了病，回去不好跟老婆交代。老板娘听他这么一说，立刻想到一个黄段子，说我明白大哥的意思，大哥的意思是你得了病，老婆就会得病，老婆得了病，村长又会得病，村长一得病，全村的人就都遭殃了。老板娘的话把大家都引笑了，这个段子流传很广，小勇他们人人知道，小姐们当然也知道。大刘连连摇手，说别逼我们犯错误好不好，我刚在那边看见警察了，你们不怕人家突然闯进来？

老板娘笑容可掬，警察，哪来的警察，这里只有保安。再说了，没有保安，我们怎么做生意。大刘做手势示意大家走，老板娘过来拦住了，一把拉住小勇，吓得他脸色发青，像被捉住的贼一样。小刘说你们别瞎闹好不好，人家还是童男子呢，别吓着他了。老板娘说，不错，我们就是想吃只童子鸡，小兄弟，你留下来，我们不收你的钱了。小勇用力甩开了她的手，一个箭步冲出去，老板娘追在他后面喊着：

"小狗日的，你把老娘的手都弄疼了！"

回去要走四站路，天有点晚了，大家还是愿意走，都没有倦意。一路上，仍然是在笑话小勇，一个劲地拿他打趣。小刘说，你怕什么，叫你留下就留下，不是说了不收你的钱吗。周晓东说，就是，不玩白不玩。大刘冷笑说，天下哪有这好事，真拿不出钱，人家找来黑社会，准保把你的屎都给打出来。周晓东说用不着黑社会，刚刚小勇已吓得差不多尿裤子了。小勇不吭声，随他们去说，说什么都不表态。

调侃完了小勇，话题到了先回去的周智慧身上，小刘不无感慨，说我们扯什么都没用，还是人家周经理实在，早早地回去了，真枪真刀，也不知道今天晚上是跟谁快活，我说你们猜猜看，他会跟谁？由于大老板养了个女秘书，周经理浑水摸鱼，早跟老板娘小周悄悄有了一腿，这已是个公开的秘密。大刘说，肯定是跟小花。小刘问为什么，为什么不是跟老板娘。大刘说，今天我在厕所里看到老板娘刚换下来的卫生巾，你想人家身上不方便，怎么会跟周经理乱搞呢。小刘说你大刘真厉害，连老板娘来这玩意儿都知道。大刘说，我还有更厉害的，只是你们都不知道。一直不吭声的小勇发话了，说大刘你有什么更厉害的，说给我们听听。大刘说，妈的，这小子刚刚是死活不开口，现在倒又活过来了。我告诉你，这种事情，不能说给你听的，少儿不宜，知道不知道。

大家都知道大刘喜欢吹牛，吹牛向来是他所擅长，要是不吹牛那就不是大刘。过了片刻，他果然开始吹嘘自己的艳遇，说他与小花有过那事，说得有鼻子有眼。小刘说你能和小花有事，那我就和老板娘有事了。大刘说你起什么哄，我这可是真的，你说你可能吗，老板娘怎么会看中你，也不撒泡尿照照。小刘说，你干吗不撒泡尿照照,小花又凭什么能看上你。大刘得意洋洋,说好钢得用在刀刃上,我告诉你们,知道我为什么能搞到小花,凡事它都得有个道理是不是,天阴了才会下雨,雾散了才会出太阳,我一说出来,你们就都相信了。

那天晚上,小勇彻夜难眠。回去已很晚了,大家都倒头睡大觉,小勇心头有些乱,信马由缰胡思乱想。从护校的那个白胖姑娘,想到了脱衣舞女郎,想到了洗头房的老板娘,想到了大刘说的他与小花的艳遇。

第二天,老板娘小周问,昨晚去什么地方了,半夜三更才回来。小勇说没去什么地方,就在外面瞎走走。小周不相信,说瞎走走,那他们怎么都说那些女人拉着你不放手。小周带着神秘的笑意看着他,小勇无话可说,气鼓鼓地埋头干活。小周走了,小花又过来,也用同样的问题问他。小花说,小勇,你年纪轻轻,可不能不学好呀。小勇不愿理她们,心里有些恼火,因为他最讨厌这些明知故问和暗示。谁都知道什么都没有发生,可是大家就喜欢不怀好意,拿无中生有的事取乐。

接下来几天,小勇干活十分卖力。休息的时候,他仍然喜欢跑到晾台上,抽一支烟,发一会儿呆。不过,这个晾台什么风景都看不到。他们现在是在一个新的小区干活,差不多家家都在搞装潢。东家是个姓姚的整形医生,很有些名气,什么开双眼皮、隆胸、人造处女膜、阴茎增大,他都能做。这年头,整形医生最赚钱,只要看新房子的面积就知道了,差不多有三百平方米,小勇他们是第一次装潢这么大的房子。姚医生心很细,要求很高,水电管线安排了一路又一路,小勇打了无数的洞,墙上和地面上凿了无数个槽，纵横交错，弄到最后，连他自己都有些糊涂了。

姚医生对小勇说："我的活，不着急，慢慢地给我干，只管慢，最后把活给我干好就行。"

姚医生因为有房子住，并不着急，在乎的是装潢质量。既然不着急，周智慧便存心跟他慢慢拖，光走个水路电路，就干了半个多月。转眼间就是农忙，大多数人要回去，工程基本上停了下来。经过协商，留下两男两女，小勇师徒和小花姑嫂。大刘他们走后第二天，周智慧接到老家打来的电话，让他火速赶回去。一接电话，周智慧就知道这次又躲不了。出来打拼很多年了，对于农忙，他早深恶痛绝，每次都千方百计找借口，可是每次都逃脱不了。农忙一次又一次地提醒他，无论在外面混得怎么好，他还是个农民。与其他民工急吼吼借农忙回去与老婆相见不一样，周智慧最好是一辈子都不要再回他的那个老家。

现在，这套将近三百平方米的房子，只剩下了小勇和小花姑嫂。两个女人不愿意闲着，帮着拉线，锯塑料管子，帮小勇做下手。交叉纷杂的线路像蛛网一样，让她们觉得他很有些技术。小周说，我看你的本事，快赶上你师傅了。小花说，到你师傅的年龄，你本事肯定比他还大。小勇心里得意，嘴上还知道客气，说我怎么能和周经理比。他想自己师傅能耐多大，眼前的这两个女人，想睡谁就睡谁。什么叫牛B的男人，这个就叫。初出茅庐的小勇并不羡慕大老板，大老板挣钱多，师傅却让他戴了个绿帽子。听说大老板挣的钱，已让那不太漂亮的小秘书骗去不少。

与两个女人一起干活，最大的享受，是可以听她们唠叨，听她们共同攻击大老板的女秘书。小花姑嫂都是女秘书的受害者，一提起她就怒不可遏。小花说她想不明白，嫂子小周明摆着比女秘书漂亮，她哥哥瞎了眼，非要死抱着那骚货不丢手。小周说，男人嘛，就这毛病，家花不香野花香，吃了碗里看着锅里，我男人是这样，你男人难道不是？小花对这话深表赞同，说一点不错，男人都一样，有了点钱，赶快不学好，像我们家周智慧，还不算有什么钱呢，也是一样赶快地学坏。小周听了她的话，有些多心，不说话。小花是厚道人，不想让嫂子太难堪，连忙装着教训小勇，把话题岔开。小花说，小勇，你可不要跟大老板学，也不要跟你师傅学，赶明儿娶了媳妇，要一心一意对她好。

一天的活干下来，小花姑嫂闲着无聊，津津有味地拿小勇寻开心，她们说你小子还没娶媳妇呢，回不回去农忙也无所谓，不像人家周晓东，结婚不到一年，小媳妇在家等着，这心里痒痒的，恨不得天天农忙才好。小勇老气横秋，说天天农忙，还不把人给活活累死。小花和小周相互看了一眼，惊叹地说，哟，我们小勇现在也会说话了嘛，看不出来，倒是人小鬼机灵，不开口还好，一开口出来就吓人一跳。吃完晚饭，大家轮换着洗澡，小勇是男人，小周自作主张让他先洗。新房子是毛坯房，除了大门，没有一扇房门，上厕所洗澡都得用块木板挡着。小周说，你一个大小伙子，用不着再挡了，我们都是过来人，反正也不会偷看。

于是小勇大大咧咧洗澡去了。小花并没有听见小周的话，无意中去厕所，看见赤条条的小勇，说要死了，你也不知道挡一下。小周听见她尖叫，笑着说，挡什么呀，有什么大不了的。两个女人的讲话声在空房子里回荡，小勇又羞又愧，心里想，自己真是吃亏了，这种事要是反过来，让他能在有意无意中，看到小周或者小花洗澡就好了。自从那天晚上看了脱衣舞表演，看跳舞女孩把最后的小三角裤衩往下一拉，小勇对女人的身体，开始有一种执著的渴望。事实上，在干活时，他就不时地在偷窥她们，天气太热，这两个女人都没戴胸罩，小勇爬上爬下，不止一次居高临下看到她们的胸前，小周的两个乳房很大，乳头黑黑的硬硬的，看得他心头乱跳。

小勇从卫生间出来，小周让小花去洗澡，等她去了，小周偷偷地问，刚刚小花是不是吓了他一大跳。小勇不知道如何回答，有些窘，小周笑了，说就算是看到也没什么大不了，小花什么没看过，再说了，男人难道还能怕女人看。小周说，有时候你们男人还巴不得有女人看呢。小勇的脸不由红了起来，觉得这话很暧昧，简直就是在赤裸裸地挑逗。这些年来，小勇所拥有的性知识，都是从大刘那里得到的，他那些含有性意味的故事，是小勇最好的教材。大刘一再要让小勇他们相信，小周和小花是很风骚的女人，骨子里都想主动勾引男人。十个女人九个肯，就怕男人嘴不稳。这几天，小勇成天和她们相处，总觉得应该发生一点事才对。小勇突然想到两个女人中间，有一个能像那天洗头房的老板娘那样拉着自己不放就好了。真要是有这好事，小勇想他一定见义勇为，绝不会放过。

小花洗完，轮到小周去洗澡，小勇有些心猿意马，胸口扑通扑通又一次乱跳。小花湿漉漉走了过来，有一句无一句跟他说着话。这时候，小勇已听不清楚她在说什么，他的心思全在正在洗澡的小周身上，想着她丰满的胸脯，想她会不会用木板挡住卫生间的门。

日子一天天过去，农忙眼见要结束了，想到同伴一个个要回来，小勇既高兴，又沮丧。高兴的是同伴回来，说话的人就多了，沮丧的是他们肯定会嘲笑，笑他在这些天里，没抓住好机会，搞点风流韵事。小勇相信，过去这些天里，小周和小花一直在挑逗自己，夸他长得帅，很像韩剧里的男主角。他们有台别人淘汰的彩电，天天晚上都在信号不太好的情况下收看。小勇陪着她们一起看韩剧，不知不觉也受了电视剧的影响，在韩剧中，男人和女人单独面对，总会发生一些意想不到的故事。

这一天，周智慧在途中打电话，说下午就能回来。电话是打给老板娘小周的，两人十分露骨地调着情，根本不回避在一旁干活的小勇。小周说，你想我干什么，你有老婆，应该想你自己老婆。小花此时正在别的房间，周智慧在电话里说了一句什么，小周咯咯直笑。过了一会，小周又说，你不怕你老婆知道，我还怕呢。说着说着，本来挺高兴的事，有了变化，小周突然间不高兴了，说我干吗给你传话，有什么话要跟你老婆说，你打电话给她就是了，我凭什么给你传。什么，你老婆没手机，没手机你干嘛不给她买一个。电话那头，周智慧显然是在哄，但是小周似乎是真的生气了，她气鼓鼓地说，随你怎么说，这手机是我的，我高兴给你转话就转，不高兴就是不高兴。说完，她怒不可遏地把电话挂掉了。

挂完电话，小周才意识到小勇就在身边。她并不在乎他听到什么，因为她知道，自己与周智慧的那点事情，早已经没什么秘密可言。倒是小勇有些不自在，故意埋头干活，不敢看她。小周走过来，若无其事地问要不要帮忙。小勇抬头看了她一眼，说我一个人就行。小周气鼓鼓地说，好心好意要帮你，你他妈搭什么架子。小勇一怔，不服气地说，我又没惹你，你对我发什么火。小周听他这么说，忍不住笑了，说，就是，我跟你发什么火，我无所谓，我根本就不在乎。

接下来，跟什么事都没发生一样。小周尽量若无其事，甚至还哼起了小勇常唱的那首《我已开始练习》中的几句歌词。小周唱得并不好，很随意地问小勇，怎么样，我是不是唱得比你好，唉，这都是什么词呀，"我已开始练习，开始慢慢着急，"有什么狗屁可以练习的，有什么狗屁可以着急的。小勇知道这些话都不是针对自己而来，不急不慢地说，歌词嘛，唱着玩玩的，本来就没什么道理，你没看韩剧中的那些歌词，哪个不是胡说八道。

到了黄昏时分，周智慧回来了。由于小周什么都没跟小花说，小花有些意外。吃晚饭的时候，周智慧不时地讨好小周，小周故意冷淡，故意没完没了地跟小勇说话。小花在一旁察言观色，也不说什么话，想到丈夫毕竟是从家里回来，问他刚上中学的儿子怎么样了，成绩好不好。周智慧说，我们家儿子怎么样，就那么回事了，不闯祸就不错了，怎么能和你哥你嫂的儿子比，人家是全班第一。小周听了这话，只当没听见，板着脸问小勇：

"今天晚上的韩剧几点钟开始？"

看韩剧的气氛有些尴尬，平时看电视，都是有说有笑，一边看，一边议论剧中的人物。今天晚上充满了一种大战即将爆发的火药味。电视里有段床上戏，虽然不暴露，可是时间拖得很长，很无趣。周智慧叹气说，妈的，有什么好拖的，要干就干，说那么多话干什么。小周始终是不高兴。看完电视，各自睡觉，周智慧夫妇去一个空房间，这里的房间都没有门，灯一关，该干什么干什么。小周仍然是生气的样子，今天晚上她只能独自睡了。

小勇也是一个人睡，有些睡不着。到半夜，还没有睡意，

203

反复在想大刘说的那个艳遇故事。这个故事自从那天进了他的脑海，就再也没有出来过。有一天晚上，也跟今天的情形差不多，周智慧跑去跟小周偷情，大刘说他抓住了这机会，利用晚上起来上厕所，偷偷摸到小花身边。在别人家干活，他们通常都是睡地铺。大刘脱光了，钻进了被子里。明知道来的这个人不是自己男人，但是小花将错就错接受了。她当然知道自己男人这时正和小周睡在一起，什么叫好刀用在刀刃上，这时候就是。大刘的成功经验就是，男人想勾引女人，最简便的办法是抓对方弱点。为什么周经理轻而易举俘获了小周，因为有大老板的背叛在先。现实生活中就是这样，得到一个女人，意味着你很可能会失去另一个女人。

夜深人静，小勇悄悄爬了起来，借着隐隐的月光，来到师傅夫妇的门口。一切正像预料的那样，他们完全处于熟睡之中。神使鬼差，他转身向另一头走去，在这套空荡荡的房子里，小周睡在最东面的一间。月光从窗户直射了进来，衣衫单薄的小周躺在地铺上，身上什么东西都没有盖，突然间，她轻轻地翻了一个身，又不动弹了。这时候，小勇的心激烈地跳动，他心慌意乱地回到自己的地铺，忐忑不安地重新睡下。不过，并没有睡多久，他突然很冲动，十分冷静地将自己的衣服脱了，赤条条地摸到了小周身边。

小周几乎立刻就醒了。很显然，在一开始，她以为来的这个人是周智慧，十分厌恶地要推开他。她压低嗓子说，你滚走，死走，不要碰我好不好，你让我感到恶心。小勇犹豫了一下，不顾死活地从后面抱住她，小周还是不从，小勇不知道如何是好，只知道死死抱着。小周意识到有点不对，回过脸来，说你要干吗，要死了，是你！

　　小勇立刻意识到事情要坏。一时间，他完全没了主意。小周说，你这孩子昏了头了，你要干吗。小勇不知道说什么好，伸手去摸小周，很轻易就摸到了要摸的东西，那是个根本不设防的区域。小周显然被这突如其来的举动弄晕了，让他粗鲁地摸了好一会，才缓过神来，狠狠地在小勇身上打了一拳。

　　后来发生的一切十分严重。周智慧夫妇被惊动，他们跑了过来，灯光大亮。赤条条的小勇十分狼狈，所有的目光都不理解地看着他，瞪着他。一时间，小勇想一个箭步从窗户里跳下去算了。从十多层的高楼上跳下去，什么就都结束了。突然，周智慧走到小勇面前，像打贼一样扇了他七八个耳光，小周觉得还不解恨，又狠狠地在他光屁股上踹了一脚。

　　接下来几天，刚满十八岁的小勇沉浸在没完没了的恐惧中，每一分每一秒，都是巨大的折磨。农忙结束了，大家都要回来了，小勇不知道该如何面对，想到同伴会一次次取笑，笑他鱼没有吃到，倒惹了一身腥，笑他小小年纪，胆子倒不小，笑他胆子不小，荤还是没开成。这时候，小勇是连死的心都有了。周智慧成天骂骂咧咧，一次次扬言还要揍他。虽然师傅只有一米六几，根本不是身高一米八的徒弟的对手，可是小勇对他就像老鼠见了猫。当然，最让他坐立不安的，是小周已放出了狠话，要把他父亲从老家叫出来，要让他爹看看，自己的儿子干了什么好事。

　　小勇父亲是个最好面子的人。在他们村上，老板娘小周的名声并不太好，体面的父亲知道儿子这么丢人，他会怎么样呢。小勇的父亲一定会气得吐血。悔恨和恐惧交替折磨着小勇，像蚂蚁一样咬他的心。彻夜难眠，天好不容易亮了，他神色惊慌地跑去哀求小周，说老板娘我错了，我真的错了，不要告诉我爹好不好，你不要告诉他，我求求你好不好。小周根本没想到告诉，这种丑事传出去对谁都不好，她甚至已跟周智慧夫妇打过招呼，不要把这事告诉任何人。但是她不想这么轻易放过小勇，她还想再吓唬吓唬他，她要吓唬吓唬这个胆大妄为的孩子。

小周说："你小子真不学好，竟然想吃老娘的豆腐！"

小周说："你也不想想我多大了，我儿子都上中学了！"

小周说："这事没完，没完！"

一起干活的人回来了，工地上立刻欢声笑语。那天晚上，小勇跑到了晾台上，用划墙纸的小刀，在自己的那玩意儿上深深地划了一刀。剧烈的疼痛让他大喊起来，大家闻声跑出来，立刻被眼前的惨烈吓呆了。很快，鲜血淋淋的小勇被抬到姚医生所在的那家医院，那天正好是他当班。手术的时间不长也不短，终于，姚医生戴着口罩从手术室出来，大家立刻围上去，小周很着急地询问结果。

姚医生摇摇头，摘下口罩，说："这事，现在还真说不好。"

二〇〇六年十二月二十日　河西

十一岁的墓地

老太太宣布了决定，布满深刻皱纹的脸上，没任何表情。十一岁的老木脸上也没有表情，他低头听着，知道一个不太好的消息，就要通过老太太的嘴对自己宣布。老太太干咳了一声，喉咙口那怪怪的颤音，立刻在空气里回荡。气氛有些压抑，一时间变得很安静。大人们私下议论了半天，七嘴八舌叽叽咕咕，好像是要瞒着他，想表示这件事与他们无关，想表示这只是老太太的决定，是她老人家一个人的意思，但是老木心里明白，这绝对是大家的一致想法，是众人对他作出的判决。

"今天你得住回去，老木，"老太太是老木的外祖母，平时不太爱说话，尤其是不跟老木说话，她斩钉截铁地宣布，"这事就这么定了，新年里，家里不能没人，你回去看家吧。"

老木知道这个决定他不可能拒绝。

老太太又干咳了一声，慢吞吞地说：

"你一个人回去。"

老木哆嗦了一下，说我一个人？

老太太说，对，就你一个人，一个人。

外面开始下雪了，此前，大家一个劲地说要下雪了，现在果然飘起了雪花。老木不相信这是自己将要面对的残酷现实，他依然自言自语，就我一个人回去，一个人一个人。老太太没有再说什么，她既然已经说了，说清楚了，就不再想解释。老木的耳朵边一直在回响着"一个人一个人一个人"。大舅妈不冷不热地在一旁说，老太太的意思很简单，新年里新气象，老屋空在那儿，不能没个人，不能没有点人气是不是。

大舅妈的儿子祥生脑子不太好使，他有些羡慕老木的与众不同，说我也要跟他一起走，我也要回去。大舅妈说，你真是糊涂，回去干什么，你看看小舅公做的蛋饺，马上就要蒸熟了，你不想吃？祥生要比老木大三岁，可是他一点都不开窍，说我要吃蛋饺，我也要跟老木一起回去。大舅妈生气了，说不懂事的东西，要不你一个人回去算了，罚你回去看家。

老木真心希望祥生和自己一起回去，他希望能有一个人陪伴自己，但是他立刻明白这不可能。不只是大舅妈拦着，连平时一向讨厌祥生的二舅妈，也站出来别有用心地劝阻。她们都是有意要让老木一个人回去。对于她们来说，这是对老木最好的报复，是对自己姑子最好的惩罚。二舅妈说，祥生你回去干什么，小舅公家这么多人，多好玩呀，你不想跟大家一起玩？小舅公家今天确实热闹非凡，大舅一家、二舅一家、三舅一家，还有上海姨妈南京姨妈，都集中在这里，一共二十多号人。今天，这些亲戚都要寄宿在小舅公家，跟邻居把棉被都借来了。

在这么多亲戚中间，偏偏就挑中了一个人，让十一岁的老木回老屋看家。小舅公表示了一点疑义，他说让老木这孩子一个人回去，还要走这么远的路，怕是不太好吧。小舅婆说，事情是有些过头，可也没什么大不了的，这孩子的妈，说起来还是你的亲外甥女，跟我就为了一件破毛线衣，开口就是什么活不来去死不吊孝，好呀，有能耐自己的儿子，也别指望让人家替她养了。

小舅公示意小舅婆别往下说，小舅婆气鼓鼓地还是要说，我这人就心直口快，有什么呀，这孩子胆子小，胆小又怎么了，越是胆子小，越是要让他锻炼锻炼，再说了，连他妈都不把他当回事，我们干吗还要把他当心肝宝贝。

外面的雪不大不小，老木就要上路了。小舅公看着眼里含着泪珠的老木，心里有些过意不去，招呼老木到灶间吃了两个蛋饺，又匆匆往他怀里揣了两大把瓜子花生。小舅公说，毕竟还有十多里路要走，真要走，就赶快走，要不然天黑前，会赶不到家的，你不会认不得路吧。

老木说，我认识路，知道怎么走。

小舅公说，知道你认识路，路上一个人要当心一点。

几个舅舅在打麻将，女人们在说话，孩子们在玩儿。老木孤零零上路了，他知道此刻除了小舅公，没有人在乎自己，回过头看了一眼小舅公，掉头而去。外面有些冷，北风凛冽，老木并不觉得太难受。过去的一天里，一直在听大家唠叨，听大家指责，听大家公开地数落自己母亲。有些话，他已听了无数遍了，在这亲戚大聚会的日子，他不得不硬着头皮再听一遍又一遍。老木不明白大家为什么都喜欢控诉母亲，而且总是要当着他的面。

从老太太宣布决定的那一刻起，老木心中就充满了恐惧。因为恐惧，其他事情已不重要。他变得有些麻木，别人说什么，别人怎么想，跟他没什么关系。他脑子里只有两件事，只惦记着这两件事，像两块沉重的巨石，压在他幼稚的心灵上。老木不知道该如何独自去面对这两块恐惧的巨石，他不寒而栗，天上飘着雪花，也不觉得冷，只是心里凉飕飕的。

回去的路上，快到家的时候，必定要经过那一大片墓地。在十一岁的老木心里，那片巨大的墓地，象征着荒凉，象征着绝望，象征着死亡。一年前，三舅把老木接到乡下，经过这片墓地，他问三舅那一个个鼓起的坟头，意味着什么。三舅说，城里的小孩真是吃屎的，什么事都不懂，那下面埋着死人，死人就埋在那里面。三舅的心里当时充满怨恨，因为他去接老木，与老木母亲有过一番很不愉快的对话。姐姐冷冰冰地把儿子交给了弟弟，就像托付一个包袱。三舅说，这孩子的生活费总要给吧，你说说轻巧，让他在乡下读书，光读书还能不吃饭？他的生活费呢？母亲板着脸，说我过去给爹寄过钱，这个家，我也没少作贡献，我现在有点难处，你们为什么不能为我养几天儿子。从一开始，老木就不受欢迎。老太太对三个舅舅说，你们爹快咽气那会儿，打电报给老二，让她回来，她怎么说，说学校里忙，要上课。老二就是老木母亲，老太太一提到她，就咬牙切齿。老太太说，你爹是到死，都没肯原谅她，她倒好，遇到事了，把自己的小畜生往我们这儿一丢，凭什么，她凭什么。

　　老太太说，嫁出去的女儿，泼出去的水，这小畜生还不知从哪儿来的，在这儿连砌茅坑的地皮都没有，我们凭什么要为她养儿子。

　　外公就葬在今天要经过的那片墓地。老木从没见过他，但是知道这个埋在地下的倔老头，一定也很讨厌自己。到了乡下后，老木知道自己天生就讨人嫌，处处惹人厌。所有的大人都仿佛与他有仇，所有的大人都知道他胆小，他越是胆小，他们就越喜欢吓唬他捉弄他。这一年来，老木内心深处最害怕两件事，他害怕离村不远这个空旷的墓地，害怕老屋中竖着的那口棺材。墓地里埋了太多的死人，多得都数不清楚，而棺材则是为老太太准备的，就靠在墙角落里。老木一想到那口黑乎乎的大棺材便惊恐万分，后脊梁骨便一阵阵发凉。潜意识里，阿木总是怀疑那棺材里还悄悄地站着一个人，站着一个精灵，站着一个脸上戴着面具的鬼魂，随时随地可能推开虚掩在那儿的厚厚的木板，笑眯眯地走出来。

雪还在飘，老木一点都不觉得冷，回去的路很遥远，还有很长的路要走。现在，离墓地还有很多路，他觉得自己已经出汗了。让人感到欣慰的是，老木此时的心情，并不像预料的那么坏。前途未卜，起码在这一刻，他短暂地享受了一会清静，摆脱了大家对母亲的唠叨。亲戚们聚集在小舅公家，本应该是件热闹愉快的好事情，大家却把话题全部集中在了对母亲的仇恨上。他们不厌其烦，接二连三地控诉。这时候，文化大革命已进入了第三个年头，老木母亲又一次被隔离审查，根据最近一次前去探视的三舅说法，她这次是数罪并罚，绝无咸鱼翻身的可能。三舅说，二姐这人，平时做人太差劲，这次肯定是逃脱不了，你们想五一六是什么罪，一个人真要是五一六，就完了。

大家都不太清楚五一六是什么，老木也不知道。

大家只知道五一六是很严重的罪名，谁要是五一六分子，谁就完了，就彻底完了。

渐渐地，离墓地越来越近，十一岁的老木心情又一次开始紧张。恐惧像一件粘在身上的湿衣服，冰凉而且刺骨。天灰蒙蒙的，雪似乎变大了，道路变得模糊不清。老木脚上是一双很单薄的白球鞋，这是他唯一的一双鞋，一年来，他一直穿着它。为了这白球鞋，老太太很不开心，在乡下，只有死了人才会这样穿。

老太太冷笑说，想触谁的霉头呀，大约是你那个不要脸不是东西的爹死了，要不，你干吗要穿白鞋子呢？你这是给谁戴孝呢？老木从来不知道自己父亲是谁，他从来没有见过他，就像大家习惯背后说母亲的坏话一样，父亲永远只在别人的责骂声中才存在。

　　根据大家的描述，老木知道在许多年前的冬天，也是这样下着雪，母亲与父亲曾经回过一次乡。那时候，父亲刚与前妻离异，正准备与已经不再年轻的母亲结婚。他们风尘仆仆地踩着大雪来了，老太太与外公心里虽然是老大的不乐意，还是硬着头皮接待了他们。母亲从父亲手腕上摘下一块八成新的上海手表，送给大舅做礼物，然后又问大舅借了五十块钱，送给二舅，说是让他买辆自行车。大舅二舅为此耿耿于怀，都觉得自己被戏弄了。大舅说，说起来，倒是送过我一块手表，实际上呢，又拿回去了五十，真是不要太精明了。二舅说，你冤，我难道不冤？五十块钱让人买自行车，一半的钱都不到，只能够买个前轮。三舅笑着说，一个个都知足吧，我呢，我得到了什么？

　　母亲和父亲从来没有正式结婚，老木出生之前，他们就分手了。父亲不知所终，母亲在一家小学当政治老师。或许受大家的影响，老木对母亲的感情越来越淡，记忆中，她对他一直不太在乎。到乡下不久，三舅曾去找过一趟母亲，那时候，五一六的事还没有出，母亲还在学校上课。三舅再次问她要儿子的生活费，她说我现在没钱，我自己还不够花呢。三舅说，二姐，上次问你要钱，说是被造反派扣了，其实你也没说老实话，人家是扣了你的钱了，可是他们说了，是给了小孩生活费的。

　　母亲说，随你怎么说，我反正没钱。

　　三舅问，老木是不是你儿子？

母亲说，是也好，不是也好，反正我没钱。

母亲和三舅的这段对话，老木听三舅复述了无数遍。不光是三舅，所有知道这话的亲戚，都把它当作母亲的笑话来说。这些话像刀子一样扎着老木的心。现在，老木离墓地越来越近，他似乎又一次身临其境，听到了母亲与三舅在对话。老木知道母亲会说出这样不近情理的话，母亲永远是蛮横的，即使她被打成了五一六分子，即使她永世不得翻身。

前面就是墓地了，老木放慢了脚步，突然停了下来。站在这块凸起的高地前发怔，雪花飞舞，天低云暗，他说不出自己此刻是害怕，还是不害怕。当然是害怕，他非常害怕，一时间，他因为惊慌而麻木，又从麻木到再次惊慌，他想到自己很可能会掉过头来，落荒而逃，不由自主地逃回到小舅公家去。想到大家可能会有的哄笑，想到大人们一定会有的一片声责怪，老木真想痛痛快快大哭一场。谁都知道十一岁的老木胆小，谁都知道十一岁的老木对墓地和棺材充满恐惧，可是谁都想看这个笑话。老木想不明白大家为什么要这样对待他，不明白大家为什么都要仇恨他。作为一个男孩子，在别人面前流眼泪，是件很丢人的事情，现在，老木已不在乎丢不丢人了，既然他是一个人，孤苦伶仃，满脑袋害怕和恐惧，索性放开声来，号啕大哭一场又有什么关系。

老木为自己的胆小流起了眼泪。热乎乎的泪水从冰冷的小脸上淌过，有一种很异样的感觉，他开始为自己的哭泣感到难为情，虽然没有人看见，毕竟还是很丢人的。老木对自己充满了怨恨，他对自己咬牙切齿，说哭，哭，你哭给谁看呀，你哭死了，也还是没有人愿意要看。

老木想，这时候，墓地里的鬼魂一定也在嘲笑自己。

213

老木也不太明白勇气从何而来,在他为自己的胆小感到羞愧的时候,恐惧开始退缩了。他茫然地看着不远处的墓地,抹了抹眼泪,手伸进怀里,摸到小舅公揣在那儿的瓜子花生,一边吃,一边坦然地走了过去。或许他想明白了,眼前这条通往墓地的必由之路,不害怕得走,害怕也得走。况且,他也想清楚了,对于自己来说,今天最大的难关,还远不是眼前这片宽广的墓地,想到今晚他将住在老屋,茫茫黑夜独自一人,他将独自一人陪着那口竖在那儿的棺材,与那口硕大的阴森森的黑棺材为伴,老木的心头一阵难受。跟即将来临的漫漫长夜相比,在大白天,在风雪中,独自一人走过这片毕竟是有尽头的墓地,又算得了什么。十一岁的老木开始用全新的眼光来打量眼前的墓地,既然前面还有更大的恐惧在恭候自己,长夜难眠深不可测,老木突然觉得他已不怎么害怕了。

这一大片墓地埋着太多的死人,村上的人死了,都要埋在这里。到处都是坟丘,到处古树枯木,到处黄土野草。老木的外公埋在这儿,外公的父亲,外公的伯父,外公的叔叔,全都埋在这里。老木来到乡下只有一年,关于这个墓地的所有故事,都是听别人说的。事实上,老木只亲眼目睹过两次下葬,他跟在孩子们后面,又害怕,又禁不起诱惑。农村的孩子对死亡一点都不恐惧,他们喜欢热闹,喜欢恶作剧,老木要想跟他们一起玩,要掩饰自己的恐惧,就不得不冒事后害怕的危险。

老木一边吃瓜子花生,一边走进了墓地深处。他用力嗑着,咀嚼着,故意把声音弄得很响。白茫茫的大雪掩盖了所有的道路,天与地连成了一片,冲淡了墓地原有的凄凉。老木经过了外公的坟丘,看着坟前的石碑,看着早已模糊不清的字迹,突然产生了一种很奇怪的感情。他想，你不是不喜欢我吗，你不是和别人一样讨厌我吗，好吧，你走出来，我不怕你，我不怕。老木不明白自己为什么会这样，会对这个从未见过面的老人充满了敌意。这个固执的老人，甚至连一张照片都没有留下。老木不知道他是什么模样，有人说他像大舅，也有人说他像三舅，还有人说老木母亲与他最相像，因为母亲和外公一样，都有一个宽宽的大脑门。

现在，老木再也不觉得外公可怕了。不只是对外公的恐惧在消失，他甚至也不再害怕那个死去不久的阿三。阿三的墓离外公不远，坟上的野草还没有长齐，藏在雪地里都能看出是个新坟。老木曾经不止一次见过活着的阿三，刚来到乡下的时候，阿三看上去跟正常人并没什么两样，只不过是老一点，牙都掉光了。后来他就生病，卧床不起，然后死了。阿三是个没儿没女的老光棍，一辈子没娶过老婆，据说和村上好几个女人有过瓜葛。有一次，外婆正在洗澡，外公突然醋意大发，拎了把菜刀就杀了进来，结果吓得外婆只能抢了件衣服，赤条条地跑到了门外去。这场风波的起因就和阿三有关，外婆信誓旦旦地说，外公当年那么做，完全是冤枉了她，不过外婆也承认，光棍阿三确实不是个好东西。

村上的孩子都不喜欢阿三，大家都叫他光棍阿三、贼骨头阿三。老木见到他，已是个走路都有些龙钟的老汉，是生产队的饲养员，负责看管两条硕大的水牛。他的耳朵也有些聋了，孩子们要大声地骂他，冲着他死命喊，他才会回过头来，与孩子们对骂。孩子们说，你个断子绝孙的老王八蛋，老光棍，贼骨头，总有一天你会不得好死的。阿三便说，老子还不会死，老子会比你们一个个活得都长。老木不明白大家为什么会不喜欢阿三，孩子们不仅喜欢捉弄他，还常欺负他饲养的那两条水牛，往牛身上扔石块，用细树棍去捅牛的屁眼。阿三大怒，说你们这些小畜生，怎么不回去捅你妈。孩子们便嘻嘻哈哈，说这牛便是你妈，不，它们应该是你爹，因为两头牛都是公的。阿三死了以后，生产队草草地把他给葬了，孩子们仍然不肯放过他，他们在他的坟头上撒尿，而且一定要祥生八岁的妹妹小玲也这么做。在孩子们心目中，女人的尿代表着更大的污辱，只有女人的尿才解他们的心头之恨。

老木一直担心阿三会从地底下跑出来跟自己算账。事实上，当初孩子们在阿三的坟头上寻欢作乐，老木心里并不愿意这样。从头到尾他都感到害怕，总觉得阿三阴魂不散，就藏在墓地周围，随时随地会钻出来。老木只是不得不跟在那些比自己大的孩子后面一起做，因为不这么做就意味着背叛，不这么做就意味着准备向大人告密。老木跟着别的孩子在阿三的坟头上尿了，小玲也尿了。小玲是女孩子，她蹲在坟头上，半天也尿不出来。与哥哥祥生一样，小玲也有些缺心眼。她说你们走远一些，你们在旁边，我尿不出来。小玲说，你们是男孩，我是女孩，你们走远一些，我尿尿，不许你们看。

祥生在一旁很不耐烦，他恶声恶气斥责小玲，说废什么话，快尿，你快一点。

其他的男孩子也跟着喊，快尿，快一点。

墓地与周围相比高出一大截，最适合极目远望，现在，老木站在这儿，很轻易地看见了不远处的村庄。阿三并没有从坟头里钻出来，这让老木有些失望，也有些欣慰。天色正在暗淡下来，炊烟四起，已是正月初三，过年气氛仍然很浓，时不时会传来几声爆竹。与城里人一串一串燃放不一样，乡下孩子习惯把整串的爆竹拆了，一个一个零散放，乒乒乓乓，稀稀落落的声音在空气中回荡。

压在心头的两块巨石，终于除去了一块，十一岁的老木面露喜色，即将走出这片墓地。他战胜了心头的恐惧，墓地远没有想象的那么可怕，荒凉的坟丘，冰冷的墓碑，白皑皑的雪地，所有这些原先以为不可逾越的恐惧，说没有就没有了，说消失就消失得无影无踪。老木不敢相信自己就这么若无其事地走了出来，他已从十一岁的墓地里走出来，一下子长大了。

老木怀里还藏着两粒带体温的热花生，最后这两粒不准备再吃了。他即将走进茫茫黑夜，即将走进黑咕隆咚的老屋，去陪伴那口黑乎乎漆得锃亮的棺材。恐惧又一次出现了，但是这次很短暂，很快就消失了。突然之间，老木长大了，一下子明白了许多道理。仇恨给了他恐惧，仇恨也给了他勇气，给了他力量，这时候，想象中的老木，正在变得非常勇敢，非常强大。想象中的老木毅然走进了黑夜，走进了老屋，走到那口竖靠在墙上的棺材前。老木想象着自己十分冷静，他掀开了棺材板，不动声色地走进棺材，像鬼魂一样悄无声息，他将久久地站在里面，要用这种独特的方式，恭候大家归来。这可能是一个十一岁的孩子所能想到的最好报复。老木想象着人们在欢声笑语中从小舅公家回来了，他们想到了他，都想看他的笑话，发现他失踪了，有几分着急地在寻找，猜想着种种可能，呼唤着他的名字。这时候，老木突然从棺材里走了出来，狠狠地吓了大家一跳。

二〇〇六年十二月二十八日

我们去找一盏灯

那年头没班花这一说,三十年前,还没这个词。二八姑娘一朵花,男孩子情窦初开,开始对女孩有兴趣,眼中的姑娘都跟鲜花一样。那时候,男生女生不说话,那时候,男生多看几眼女生,立刻有人起哄。这是初中那个特殊阶段,后来就不一样了,开始有点贼心,男生偷偷对女生看,女生呢,一个个很清高,做出很清高的样子,越漂亮越清高。当然,她们也会偷眼看人,眼睛偷偷地扫过来,我们呢,心口咚咚乱跳。

那时候要像现在这样评选班花,肯定是如烟。我敢说,大家一定会选如烟。如烟姓步,叫步如烟,我们当时都叫她"不如烟"。她真的很漂亮,两个眼睛发黑,很亮,梳一根大辫子,个头不高,往男生这边一回头,所有的人立刻挺起胸膛,不是捋头发,就是掩饰地干咳一声。我们政治老师当时最喜欢她,这家伙四十多岁,那时候这年纪的人看上去已经很老了,差不多就能算是个好色的老流氓,说如烟这两个字好,一看就充满诗意。他说为如烟取名字的人一定很有学问,一定很有修养。说如烟的烟,不是烟草的烟,也不是香烟的烟。烟草和香烟太俗气,如烟的烟绝不是这个意思。他在黑板上写了个繁体字的"菸",说你们看见没有,都给我看清楚了,这个草字头的"菸"才是烟草的烟,才是香烟的烟,我们抽的烟是什么做的,是一种烟草,对了,既然是烟草，就应该是草字头，唉，要命的简化字呀，把很多简单的事都弄糊涂了，硬是把好东西给活生生糟蹋了。政治老师一提到如烟就来精神，他说如烟的这个"烟"，是"烟波浩渺使人愁"的烟，是"烟笼寒水月笼纱，夜泊秦淮近酒家"的烟，它应该是种美丽的雾状气体，弥漫在空气中间，看不见摸不着，只能凭诗意的感觉去触摸，如烟这两个字让人一看就会想到唐诗宋词。他说你们懂不懂，我说了半天，你们难道还没明白？我们一个个傻看着他，不说话。政治老师叹气了，说我知道你们没懂，你们当然不会懂。

政治老师非常喜欢如烟，他是个印尼华侨，据说英语很不错，学校却不让他教英语，说他满脑子资产阶级思想，还是教政治保险，反正有课本，按照教材要求胡乱讲讲就行了。

那时候文革到了尾声，很快中学毕业，如烟和我一起分配到一家街道小厂。我是钳工，她是车工，刚进厂那阵，班上同学经常来找我玩，成群结队地过来，说是找我玩，其实是想多看几眼如烟。中学毕业了，一切和过去没什么两样。为了多看几眼如烟，他们寻找各种借口，跟我借书，借了再还，约我看电影，去游泳，去逛百货公司。我们班男生都羡慕我，说你小子运气好，天天能见到她。

这话已经十分露骨，那时候，男生女生不好意思直接交往，最多同性之间随便说几句。我和如烟在同一个车间，一开始跟在学校时一样，仍然不说话，就好像是两个陌生人。我师傅和如烟师傅关系非同一般，他知道我们是同班，笑着说还真会有这样的巧事，在学校是同学，最后又分配到一个车间。如烟师傅说天下的巧合太多，说不定日后还会有更凑巧的事呢。我们厂在偏僻的郊区，做二班要到晚上十二点多才下班，有一天，如烟师傅一本正经地说：

"喂，小伙子，给你一个机会，记住了送如烟一截，把她送到家，你再回去。"

如烟师傅让我下班与如烟一起走，我家离她徒弟家不远，有我这个大小伙子陪着，安全可以不成问题。接下来，差不多一年时间，下了二班，我都和如烟同行，仍然是不说话，谁都不好意思先开口。我总是默默地将她送到她家门口，看着她进门了，再骑车回自己的家。这么送她，稍稍绕一点路，可是我心甘情愿。她显然知道我愿意，从来也不说一个谢字，有时候进门前，一边摸大门钥匙，一边回头看我一眼，简简单单回眸一笑，能让人回味半天。

我那些同学不相信有人天天送如烟回家，却不曾与她说过一句话。他们说你傻不傻，真缺了心眼还是怎么的。他们说你小子别装样了，我们早就看出来了，早看出了情况，你丫是早看上她了，妈的，好一朵鲜花，怎么就插在了你这坨屎上。我从没为自己辩解过，说老实话，很乐意当这个护花使者。一年以后，如烟终于开口跟我说话了，那天晚上，在她家门口，我们分别之际，她没像以往那样从兜里掏大门钥匙，而是默默地看着我，有些不好意思，欲言又止，过了一会，气喘吁吁地说：

"谢谢你一直送我，从明天开始，用不着你送了。"

如烟和厂政工干事小陈谈起了恋爱，根据规定，学徒期间不可以这么做，这规定当时就是小陈亲口对我们宣布的。我师傅有些意外，想不明白他们怎么就好上了。如烟师傅说现在的年轻人开窍早，恋爱嘛，讲的就是个自由，什么允许不允许，人家好不好，关你屁事。她说你是不是觉得亏了，觉得我徒弟应该看上你徒弟才合适，真是的，你也不撒泡尿照照，我徒弟凭什么看上你徒弟。他们喜欢这样在一起打情骂俏，我师傅一点也不恼，笑着说有什么办法呢，人和人就是不一样，就是有差距，我配不上你，我徒弟自然也配不上你徒弟。如烟师傅说算了，不要嚼舌头，你徒弟还真是配不上我徒弟，我呢，也配不上你这个大主任。

那时候，我师傅刚被提拔为车间主任。他上任不久，不顾别人的闲话，提拔如烟师傅为车工班班长。我和如烟之间一层薄纸因此被捅破了，相互交往反倒开始变得自然起来。过去，我们好像两个哑巴，突然间，对话再也没有障碍，应答也自如起来。如烟有时候会主动跟我开开玩笑，说我还以为你一辈子不跟我说话呢。她说你知道我妈是怎么想的，我妈她说怎么也不肯相信，不相信有个大小伙子天天送我回家，送了一年，却不敢开口跟她女儿说话。

如烟和小陈的关系定了下来，有段时间，他们形影不离。正好小陈下车间劳动，他抓住这个机会，成天守在如烟的车床旁边，一刻也不肯离开。我的那些同学很失望，知道如烟已有男朋友，也不再来找我玩了。这样的日子过了没多久，有一天，晚饭后休息，如烟心情沉重地对我说：

"你知道，我跟小陈吹了。"

我有些吃惊。

她接着说："反正是真的吹了。"

我记不清自己当时说了些什么。我知道她并不想听安慰的话，可是又能说什么呢。

她说:"你难道不想知道为什么？我的事就一点不关心？"

我说我不知道自己该说什么。

她沉默了一会儿，说你什么也不用说。

没有了政工干事小陈，我又开始继续送如烟回家。一切又和过去一样，我们一同下班，随着大队人马走出厂门，然后一路骑着自行车，共同走过了一个漫长的夏天。那时候，刚粉碎了"四人帮"，大家心情都很不错。我们有说有笑，从来也没有再提到过她与小陈的事。很快恢复了高考，我们一起参加补习班，一起参加考试，一起落榜，一起情绪低落。然后，然后她又有了一位小王。

这位小王是位干部子弟，人长得比小陈还要英俊潇洒。如烟师傅似乎早知道会有这一天，说我徒弟人长得漂亮，找男朋友，自然要找最出色的。她有些恨我不争气，胆子太小，考不上大学，成天鞍前马后跟着瞎忙，结果全白忙了。这以后，如烟又有过小杨和两位不同的小李，她似乎是挑花了眼，马不停蹄地变换男朋友，让大家都觉得有些不可思议。

晓芙是如烟介绍我们认识的，她是如烟的表妹，是如烟养母妹妹的女儿，比如烟小三岁。我和晓芙相处了一段时间，双方感觉还不错，挑个好日子就结婚了。在蜜月里，晓芙有意无意地追问，我是不是曾追求过她表姐。我避而不答，晓芙说我也是随便问问，要不愿意回答，你可以不说。我便问如烟是怎么说的，晓芙说她可没什么好话，她说你有贼心没贼胆。这话正好给人下台阶，我叹了一口气，说她既然这么认为，那也就是这么回事。

我连续考了三年，费了九牛二虎之力，才拿到大学录取通知书。车间同事为我送行，在一家不错的馆子订了两桌酒席，大家频频举杯祝贺，如烟师傅对我师傅说，好呀，这回你徒弟总算争了一口气。我师傅说，你也看见了，我徒弟这次是出息大了。如烟就坐在我对面，那时候，她已经怀孕了，挺着大肚子，含情脉脉看着我，红光满面，从头到尾没跟我说一句话。

到大学三年级，如烟突然找来了，说是要把晓芙介绍给我。她说我这个表妹在读电大，一门心思想找个名牌大学的小伙子，我觉得你挺合适。我没想到她会来找我，更没想到她会把自己表妹介绍给我。上大学后，我们已有一段日子没见过面，关于她的故事，断断续续知道一些，都不是很确切。听说已和丈夫分居了，一直在闹离婚。还有一种传说，是她在外面有了人，丈夫小陈拖着不肯跟她离。这位小陈就是最初的那位政工干事小陈，他们各自绕了个大圈子，又重新回到起点，但是结婚不久，就闹起了别扭。

第一次和晓芙见面是在电大，如烟带我去见她，首先看见的是一群小学生在操场上发疯，跑过来跑过去。我觉得这十分滑稽，想不明白自己怎么会跑这儿来了。晓芙正在上课，她学的是会计专业，电大借用这所小学的教室，班上大多数人都是女生，每人课桌上放着一把算盘。与小学生的吵闹形成鲜明的对比，会计班的电大生一个个都很拘谨。终于等到下课，如烟介绍我们认识，接下来，就一直是如烟和晓芙在说话。她们两个没完没了，不停地变换话题，如烟一边说一边乐。那时候，晓芙似乎非常乐意听表姐的话，如烟说什么，都是一个劲地点头。

晓芙没有如烟漂亮，戴着一副眼镜，皮肤很白，看上去很幼稚和天真。当然，这只是留给别人的第一印象，事实上绝不是这么回事。她目不斜视地看着我，眼珠子在镜片后面滴溜溜直转。如烟后来对我说，我这表妹看上去没心没肺，其实人可厉害着呢。我当时并不相信如烟的话，说既然是厉害，干吗还要介绍给我。如烟说你这人太没用了，别以为上了大学就有什么了不起，不是我看扁了你，你呀，就应该找个厉害的女人。如烟又说，我告诉你，不要得了便宜再卖乖，我这表妹多好啊，人家配你是绰绰有余，真要是有什么配不上，那也是你不配，是你配不上她。

如烟并没有出现在我和晓芙的婚礼上，她离婚去了日本，先和一个留学生同居，然后嫁了一个日本老头，又和这老头分手，去一家酒吧做女招待。再以后，很长时间没有消息，偶尔听到三言两语，也是来自晓芙的那位姨妈。晓芙姨妈是个脾气古怪的女人，和养女如烟关系弄得很僵，有段时间，差点闹到法庭上去。晓芙也不是很喜欢自己的这位姨妈，不管怎么说，都不应该那样对待如烟，靠那点微薄的退休金，她不可能过上现在这种养尊处优的好日子。自从如烟去了日本，晓芙姨妈一直坐享其成，家里是成套的日本家用电器。

我们儿子三岁时，有次聊天，晓芙不经意间说出了如烟母女形同水火的根本原因。晓芙姨妈有个相好，这家伙是衣冠禽兽，曾猥亵过如烟。事情自然是那男的不对，可是晓芙姨妈却怪罪如烟，认为是她有意无意地勾引了自己的情人。晓芙说姨妈年轻时就守寡，很在乎这个男人，这男人晓芙也见过，是个上海人，个子很高嘴很甜，很会讨女人喜欢。男人不是东西，有时候是看不出来的，反正晓芙姨妈为这事，恨透了如烟，常常跟如烟过不去。我感到很吃惊,说你姨妈也太过分,怎么可以这样呢。晓芙说,现在想想,姨妈是太过分,不过,最过分的还不是这个,关键是姨妈把这事说了出去,一次又一次,你是知道如烟的,你想想,那时候如烟为什么不停地要换男朋友,为什么。晓芙告诉我,如烟与第一任丈夫小陈离婚,显然也与这挑衅有关。我做梦也不会想到有这一幕,真是不可思议,我说那男的对如烟,究竟是怎么猥亵的呢?

晓芙说:"这个我怎么知道,得去问如烟,以后她回国了,你可以问她。"

转眼间,我和晓芙的儿子都上了中学,我们搬进了新房,晓芙上班天天有小车接送。在别人眼里,我们夫妻和睦,住房宽敞经济富裕,一切都很不错。事实证明,如烟对晓芙的看法很有道理,她里里外外都是一把好手,作为妻子温柔体贴,作为职业女性是个地道的女强人。别看她一开始只是个小会计,结婚后事业蒸蒸日上,不久就擢升为财务总管,后来又被一家很著名的公司挖去委以重用。

事情总是相比较而言,晓芙的成功正好衬托出了我的失意。时至今日,她让人羡慕的丰厚年薪,比我这好不容易才评上副高职称的收入高出许多倍。过去这段岁月,这个家一直是阴盛阳衰,说句没面子的话,当年我评副教授已很吃力,这几年想申请正教授,一点眉目都没有。我始终摆脱不了那种挫折感,我知道这些年来,自己没干出什么成就,在一家很糟糕的大学当老师,教一门很不喜欢的课。我的运气太差,年轻时遇到机会,要先让给老同志,等自己也一把年纪了,又说政策应该向年轻人倾斜。我并不太愿意与别人去争什么,只是觉得心里不太痛快。

严重的失眠困扰着我，整夜睡不着，吃了安眠药也只能是打一个盹。我不知道自己为什么会这样，漫漫长夜，常常一点困意都没有。我不相信自己有病，不相信是得了医生所说的那种抑郁症，然而晓芙却当了真，医生和她私下谈过一次话，显然是把话说得严重了一些。她吓得连班都不敢去上，不管怎么说，晓芙还是个女人，无论事业多么成功，她毕竟是个女人。她说你这是怎么了，不要这么想不开好不好，她说我们现在这样不是挺好，干吗非要去得到那些我们并不是真的需要的东西。说老实话，我并不太明白晓芙在说什么。她说自己的工作实在是太忙了，顾不上家，这个家全靠我这个男人在支撑。她说你千万不要去钻牛角尖，什么教授呀职称呀，根本别往心里去。

　　所有人都觉得我的心病是因为评不上教授，人们跟我谈话的时候，总是有意无意地在劝慰。人心不足蛇吞象，大家都说我现在的处境，如果换了别人，不知道应该如何满意。人必须知足，没必要硬去追求那些不属于你的东西。有什么不痛快你就说出来，千万不要硬憋在心里。晓芙的公司正在酝酿上市，这事一旦操作成功，经济效益将有质的飞跃。作为财务总监，作为公司的高管人员，晓芙有太多的事要去做。我的健康状况已让她没办法安心工作，结果由她公司出面，出资雇了一个全职保姆，还专门为我找了个心理医生进行辅导治疗。她公司的领导更是亲自出面，宴请了我们学校的有关领导，希望在评定职称的关键时刻，能够有所照顾。

　　在医生看来，我的病很严重。晓芙惊恐万分，看着我一天天消瘦，整夜地不能睡觉，她甚至一度想到了辞职。我不愿意她为我的事操心，我说情况没那么严重，我说你们的破领导跑到我学校，跟我的领导一起喝酒，说好话开后门，这叫什么事。说着说着，我的情绪开始变坏，我说你们考虑过我的感受没有，你们想没想过我其实根本不在乎那什么教授头衔，你们的脑子是不是有问题。我突然暴跳如雷，把手中的茶杯扔向了电视屏幕。这是我结婚以后的第一次失态，我也不知道自己怎么就把茶杯扔了出去。我说我立刻就去跟我们学校的领导谈话，我要告诉他们，我不要当什么教授，我根本就不稀罕。说完这话，我竟然孩子一样地大哭起来，我的反常把晓芙和儿子吓得够呛，他们打电话到急救中心，用救护车把我送到医院，医生给我又是打针又是吃药，最后又强迫我住院接受治疗。

出院不久，正好赶上如烟回国探亲。这一次，她计划要待的时间长一些，因为在日本这些年挣了不少钱，打算回来买一套像模像样的房子。晓芙觉得我病情既然已有起色，闲在家里难受，便让我陪如烟一起去看房子，这样既可以散心，为她的表姐当参谋，同时也让如烟好好地劝劝，开导开导我。那些天，去看了很多楼盘，如烟心猿意马没有任何主意，我对她应该购置什么样的房产也毫无看法，我们好像不是为了去买房，只是没完没了地参观。我们东走西奔，无论哪种套形的房子，如烟都是不置可否。她更感兴趣的是我的抑郁症，每天见面的第一句话，都是问今天吃没吃药，当时我正在吃一种进口药，这是晓芙托人搞来的，她非要我吃，坚持认为服了那药病情就不会加重。

如烟说你知道不知道，在日本有很多人，也吃这药，日本人容易得抑郁症。

我说我根本就没有什么抑郁症。

如烟说你当然不是抑郁症，我不过是随口说说。

我并不相信那药有什么特殊疗效，纯粹是为了让晓芙放心，天天早晨当着她的面，我郑重其事地将药放进嘴里，然后趁她不注意，再偷偷吐出来。我不明白大家为什么都会觉得我有抑郁症，晓芙这么认为，如烟也是这么认为。更可笑的是她们都觉得我有自杀倾向，想到这个，我有些失态地笑了起来，说听说日本人得了抑郁症，都喜欢跳富士山，如果我真得了抑郁症，就跑到日本去，爬到高高的富士山上，从上面往下跳。和晓芙一样，如烟被我这话吓得够呛，她睁大了眼睛看着我，说你不要胡说八道好不好。她说你活得好好的，从哪冒出来这些怪念头。

与如烟一起去看房子，我的心情开始有所好转，仿佛又重新回到了做工人的岁月。我问如烟还记不记得当年情景，人生如梦白驹过隙，一转眼二十多年过去了。如烟说她当然记得，时过境迁，她脑子再不好使，也不会那么轻易地就忘了过去。如烟说她忘不了我当时傻乎乎的样子，天天晚上屁颠颠地送她，却连话也不敢与她说一句。她十分灿烂地笑起来，说你差不多那时候就已经得抑郁症了，那时候你不知道有多内向。说完这话，她干脆格格格笑了。我让她说得有些不好意思，说那时候主要是你太傲气，你不跟我说话，我怎么敢随便开口。

我的话让如烟一时无话可说，她的脸红了起来，红得很厉害，一直红到耳朵根。当时，我们坐在一辆出租车上，正驶往一家新楼盘，我情不自禁地回头看着如烟。突然间，我发现她苍老了许多，这是一种从未有过的感觉。岁月不饶人，我注意到了她眼角的鱼尾纹，虽然抹了很厚的粉，可是她显然已不再年轻。我的目光让她感到不自在，她说你怎么啦，干吗要这么看着我。从出租车上下来，我们向那家待售的楼盘走去。我十分感慨，说如烟你知道不知道，当年你可是班上很多男生的梦中情人。如烟听了这话一怔，笑着说想不到你现在脸皮也厚了，也会说这种又时髦又混账的话。我说梦中情人这词听上去有些别扭，不过事实就是这样。转眼间已快到楼盘门口，售楼小姐热情洋溢地迎了过来，我的话还没有说完，我告诉如烟当年有谁谁谁，还有谁谁谁，都对她特别痴情。我告诉如烟，那时候我因为跟她分配到一个厂，很多同学都很嫉妒。我口无遮拦地说着，把迎面过来的售楼小姐都弄傻了。接下来，我有些控制不住，根本不考虑时间地点，不停地对如烟说，售楼小姐开始介绍楼盘，我仍然在喋喋不休。

那天晚上，为了让如烟相信我说的是真话，我打电话召集了好几位同学，都是如烟当年的粉丝。老同学聚会是如今最流行的事，听说可以见到多年没有消息的如烟，他们二话不说纷纷赶了过来。一共是八个人，并没有太多想象中的激动，也没有一再提到过去的日子，来了就是喝酒，没多久已喝了两瓶多白酒。最初有些拘谨的是如烟，不停地抽着烟，她抽烟的姿势很好看，一支接着一支。烟雾在她面前缭绕，大家东扯西拉，也没有多少话可说。不管能喝不能喝，一个个都玩命灌酒，渐渐地，如烟不再矜持，也充满豪气地喝起酒来，并且立刻说起了酒话。她说没想到我们会这样在一起喝酒，中国人就喜欢这么喝酒，聚在一起，除了喝还是喝。她说你们和日本男人不一样，日本男人酒喝多了，喜欢没完没了地说话，还乱唱，你们呢，就知道喝酒，连话都不肯说。

有一阵，如烟不停地提到日本男人，动不动就是日本男人怎么样。我说如烟你干吗老拿日本男人跟我们比呢。我的话引起了一阵哄笑，大家都说是呀，如烟你可真有点糊涂，我们怎么能和日本男人相比。如烟说日本男人怎么了，日本男人难道不是男人。显然是酒喝多了，她说着说着，眼泪突然流了出来。这实在是出乎大家意外，我们的话让她非常不高兴。如烟变得很恼火，说你们和日本男人相比，是还差那么一点，直说了吧，你们就是不如日本男人。她近乎挑衅地说，你们几个还有什么难听的话，都说出来好了，我不会在乎的。她说我知道你们心里怎么想的，不错，我是挣了一点钱，你们也知道我是怎么挣的这钱，钱不是坏东西，是人都得去挣这玩意儿。我们谁也没想到会是这结局，都说如烟你今天喝高了，大家都喝高了，喝醉了。如烟冷笑了一会，说用不着拿这种话安慰人，我可没醉，今天谁都没醉，都清醒着呢，别揣着清醒跟我装糊涂。我和你们不一样，你们一个个有老婆有孩子，有个完整的家，有话都不敢说，要藏着掖着，我和你们不一样，不一样，想说什么就说什么。说完这番话，如烟扭头就要走，我站起来想送她，她把我推倒在了座位上，说对不起，今天我失态了，吓着你们了，我谁也不要你们送，继续喝你们的酒吧，该干什么就干什么。

结果如烟真的走了，我们呢，傻了好一会，又要了一瓶白酒，继续喝。

就在那天晚上，酒气熏天地回到家里，我正式跟晓芙提出了离婚。晓芙仿佛早有预感，她不动声色地说，离婚以后，你又有什么打算？我说我已经做好了准备，打算和如烟一起生活。听了这话，在第一时间里，晓芙显得出奇的冷静，她把正在做功课的儿子叫到面前，问他如烟阿姨这个人怎么样。儿子不明白妈妈为什么会突然这么问自己，不耐烦地看看他妈，又看看我。晓芙笑着说你爸看上如烟阿姨了，他要和她在一起，儿子，你觉得这事怎么样？儿子不知道该如何回答，也不知道这是不是在开玩笑。我说你干吗急着跟儿子说呢，他正在准备中考，不要影响他的功课。

晓芙冷笑说："你还在乎会影响儿子的功课？"

这一夜，自然是没办法再睡觉。这一夜，自然是要有些事情。晓芙终于爆发了，她再也压制不住心头的怒火。平时生活中，她一向是很要强的，已经习惯了我的唯唯诺诺。一个要强的女人，怎么能容忍老公做出这样出格的事。现在，她根本不想再听我解释，只是一个劲地要我老老实实承认，承认与如烟早就有过那种事。她说我真是太傻了，我怎么会那么傻，为什么一点没往这上面想呢。她说自己的工作压力那么大，总觉得对我关心不够，这些日子又一直在为我的身体着急，真以为我是得了什么重病，怕我想不开寻短见，怕我这样怕我那样，现在想想，其实她早应该明白我们之间是怎么回事。她说她完全可以想明白我为什么会喜欢如烟，像如烟那样的女人，不知道和多少男人交往过，床上的功夫一定不错，男人当然是喜欢那样的女人，要不然我绝对不会迷恋上她。晓芙说，如烟有什么好，不就是会讨你们男人喜欢吗。

虽然已是半夜，晓芙还是非常愤怒地拨通了如烟的电话，这两人很快就在电话里大吵起来。因为是打电话，我听不见如烟说什么，只看见晓芙很激动，对着电话一阵阵咆哮。晓芙泪流满面，如烟一定也哭了，我听见晓芙一遍遍地在说，你伤心什么，你有什么可伤心的,真正感到悲伤的应该是我,是我。晓芙说你把我老公的心都给勾去了,我就说你勾引我老公了,怎么样,我就这么说了,我就说你不要脸,下流,你又能把我怎么样?很显然,如烟想对晓芙解释,可是晓芙过于激动,根本就不想听她说什么。

她们就这样在电话里大吵,大喊大叫,深更半夜折腾了一个多小时,电闪雷鸣暴风骤雨,终于大家都有些累了。到了后来,有一段时间,一直是晓芙在听,如烟在说,显然如烟在向她解释什么。再后来,晓芙深深地叹了一口气,说好吧,今天我们就到这儿为止,既然你矢口抵赖,明天你过来,我们三碰头六对面,当面把话说说清楚。然后晓芙把电话挂了,木桩似的站在那一动不动。

我说:"你干吗要把如烟叫过来?"

晓芙说:"我当然要叫她过来对质。"

晓芙说:"你们两个真要想好,我也不拦着你,我绝不会拦你。"

第二天,如烟没有过来。晓芙打电话过去催,如烟听见是晓芙的声音,立刻把电话挂了。晓芙似乎早有预感,说就知道她不敢过来,她没这个胆子。又过了两天,如烟突然去了日本,在机场,她给晓芙打了一个电话,说自己这一次去了,再也不准备回来。她说人在日本,有时还会想到回国,可是每次回家乡,都会让人彻底绝望,让人毫无留恋。晓芙说你心里没鬼,干吗要逃跑呢。

我和晓芙经过协商,解除了法定的婚姻关系。我们决定再买一套房子,新房子到手之前,大家仍然同居,仍然睡在同一张床上。晓芙的公司上市已到最后冲刺阶段,从表面上看,她的精力好像都用在了公务上，但是我知道并不是这样，毕竟我们夫妻一场，我知道她心里充满怨恨，我知道她非常失望。我开始相信自己真的得过抑郁症，一个人有没有得病，也许非要等症状完全消失了才会知道。经历了这场风波，我严重的失眠问题竟然奇迹般彻底解决了，过去，整夜地睡不着，吃了安眠药也没用，现在，只要脑袋一挨上枕头，立刻鼾声惊天动地。

　　有一天天快亮，我做了个梦，梦到自己出走了，到了一个十分遥远的地方。在梦中，我和一个养蜂人在一起。那养蜂人就是我，我就是养蜂人，我们与世隔绝，与外面的世界没有任何联系。无缘无故地，养蜂人忽然有了手机，不但有了这个最新款的手机，还有如烟和晓芙的号码，他拨通了她们的电话，很神秘兮兮地说了些什么。接下来，养蜂人又同样神秘兮兮地跟我说话，说很快就会有一个女人来看你，你猜猜看，她会是谁，她应该是谁。那时候，我正埋头搬一块大石头，我们的房门一次次被狂风吹开，我要做的事就是赶紧找块石头将门抵住。养蜂人说，等一会再搬弄那石头好不好，你快看谁来了，你看那女人是谁？我抬起头，不远处竟然是如烟和晓芙，风尘仆仆来自不同的方向，很显然，得到了我的消息，她们立刻马不停蹄赶来了。

二〇〇七年六月二日

攀枝花

老万开着小车来接樊枝花,他们去了一家很不错的茶馆,选了个居高临下的位置,可以俯视远处的长江。老万的打扮有几分时髦,樊枝花知道他如今人生得意,有房有车有地位,年纪已经很不小了,一身名牌,染了乌黑的头发。落座后,小姐过来招呼,老万问喝什么,樊枝花心不在焉地说随便,他便吩咐小姐上最好最贵的茶。

樊枝花是人名,攀枝花是地名,读音有别,字形看上去差不多。刚进工厂的时候,政工干部小陈把她名字错念成了攀枝花,大家从此就这么叫开了。渐渐地,本名樊枝花反倒不怎么听到,同事之间都用攀枝花称呼,或者干脆叫小攀。

樊枝花和老万,还有她母亲,还有她丈夫王军,曾经都是一个厂的同事。王军前年查出了肝癌,时间有些晚,临终前他放心不下,耿耿于怀地对樊枝花说,我们夫妻一场,你和老万的事还是给我个实话才好,要不然我会死不瞑目。樊枝花问他究竟想知道什么,王军说想知道你们到底有没有事。结婚三十年,王军对她还是一口一个小攀。樊枝花说跟你讲了无数遍,我们没有,我和老万真的什么都没有!王军说你不用再瞒我,樊枝花脸色开始不好看,她说你还要我怎么诅咒发誓?王军流出了眼泪,没有血色的脸上回光返照。他让她不要生气,说自己不过随便说说,有些话憋在心里不说出来难受。樊枝花便反问，说出来难道就舒坦了，就没事了？她说你是不是非要我硬编点故事？王军说小攀你知道，我这心里只有你，只有那点疙瘩。樊枝花眼泪也跟着淌了出来，她知道王军时日无多，知道他身心都很痛苦，但是，她也不知道怎么才能安慰他。

王军过世两个月，老万打电话给樊枝花，说刚得到消息，对她的不幸深表同情。电话里聊了几句，便约她一起喝茶，同时又表示担心，不知道这时候约会合适不合适。樊枝花一怔，说什么叫合适，什么又叫不合适，你是不是怕徐丽丽知道。老万哑口无言，徐丽丽是老万后来的妻子，他此时突然不吱声，樊枝花立刻后悔，觉得自己的话容易引起歧义。老万沉默了一会，说徐丽丽去云南出差了，要一个星期才能回来。樊枝花不说话，不知道怎么往下说。电话那头老万摸不着头脑，说怎么了，怎么不说话？

在茶馆，两人仍然都不说话，樊枝花看着远处滚滚的长江，心里很茫然。老万见她这样，目不转睛盯着她。樊枝花知道他在看自己，越发不愿意把头偏过来，心里想，他既然乐意看，就让他看吧，让他好好地看个够。他们已经很多年不见面，为了今天的相见，樊枝花作了精心修饰，时光荏苒青春不再，她知道这些年自己苍老了许多。时过境迁，昔日风光无限的工厂早就不存在，一起干活的同事下岗的下岗，退休的退休，上把年纪的老师傅都死得差不多了。

接下来又说了什么，樊枝花记不清楚了，只记得老万很感慨，叹气说：

小攀，要是我们后来真能在一起，又会怎么样呢？

老万冒冒失失这么一句，让樊枝花面红耳赤，她什么话也没说，不知道如何回答。樊枝花情不自禁地往四处看，茶馆很空，远远一对小情侣，静静地坐在那儿，脑袋挨得很近，几乎是脸贴着脸。男孩突然在女孩额头上啄了一下，女孩似乎很受用，一动不动，接着干脆仰起脸，撅起了小嘴，隔着小桌子，两人忘情地啃起来。年轻人的大胆举动，十分有效地掩饰了樊枝花的尴尬，她不由得想到了自己的儿子王东，王东要比这两个年轻人还要长许多岁。

随着樊枝花的目光，老万也盯着两个年轻人看，看了几眼，继续发出感慨。现在的年轻人，胆子实在太大，哪像他们那时候，那时候他们是多么的小心翼翼。

樊枝花随口说：我们怎么能和年轻人比呢！

说完这句话，樊枝花的心跳变得非常快，这时候这么说有些轻薄，容易让人引起误会。王军尸骨未寒，她不该这样和老万单独在一起，别人看见了也会说不清楚。樊枝花根本就不该答应今天与老万的见面，瓜田不纳履，李下不整冠，该回避的还是应该回避。小姐过来为他们续水，樊枝花注意到她在偷偷地观察，她一直在监视着他们。

好在尴尬很快过去，樊枝花很快变得自然起来，与老万谈起了家常。

一转眼，樊枝花与老万相识已三十多年。往事如烟，记忆深处最让她难忘的是那次他从云南出差回来。时间定格在一九七六年春天，文化大革命就快结束，一场人类文化历史的最大浩劫即将过去。那时候，他们两个早已互相有了感觉，都牵肠挂肚地惦记着对方，大家情意绵绵，只差捅破一层纸。那一天发生的事让樊枝花刻骨铭心，那一天在她生命中有着特别重要的意义。正是因为经历了白天的一幕，到晚上，樊枝花对丈夫突然提到了离婚这两个字。王军十分吃惊，他想不明白为什么会这样，想不明白。樊枝花说你别问了，是我对不住你，是我不好。她用哀求的语调对王军说，我们分手吧，你就算放我一马好不好？

王军妒火万丈，说：你总该告诉我为什么吧？

樊枝花没把真相告诉王军，只承认自己不好，是自己对不住他。她没把白天的一幕说出来，对于这事，樊枝花一直都含含糊糊。事过三十年，她明白自己当年只是在感情上出轨，思想上冒出了火花，并没有什么真的实际行动。谁的脑子里都可能会有私心杂念，谁都会有见不得人的东西。王军地下有知，死去的人如果真能洞悉人世间的一切，他就会知道她的清白，就不会死不瞑目。樊枝花无限感慨，觉得自己不过是枉担了虚名。

樊枝花不得不承认确实喜欢过老万，说自己当年曾经义无反顾爱上他并不夸张。当然喜欢和爱也是有个过程，这中间还会有些铺垫，还会有一个个小故事。不过喜欢就是喜欢，爱就是爱，情投意合掺不了假，事实上，在老万出差的日子里，她情不自禁地要想到他。老万也是，说是一片痴心也不为过，爱情会让人昏头，老万回来见面后的第一句话，竟然是在家里上班更好。樊枝花漠然地说，上班有什么好的，出去见见世面多好。当时车间里还有一起干活的同事，当着别人的面，有些话说不出口，万语千言只能烂在肚子里。他们听上去漫不经心的对话，一来一去的其中滋味，只有他们自己才知道才明白。

考验两个人是否真心相爱，最好的办法就是让他们分开。

一种相思，两处闲愁，终于有了单独相对的时候，中午休息，大家都去打牌或者看别人打牌，空旷的大车间只有两个人，他们靠在铁皮工具箱上晒太阳。老万说，这次在云南看够了攀枝花，我天天都能看到攀枝花。樊枝花不知道他是什么意思，他笑着说，大家都叫你攀枝花，你知道什么叫攀枝花吗？樊枝花还真给问住了，她就知道大家都这么叫，并不知道那是什么花。老万说攀枝花就是木棉花，长在高高大大的树上，当地人非常喜欢，红红的很是好看。老万说我一看到那红红的花，就想到了你。樊枝花做出不相信的样子，说你在外面真的是经常想起我？老万一怔，看了看周围，点头说我骗你干吗，真的是经常想你，很想你。

樊枝花的脸早就红了，又兴奋又胆怯，她说我也是老想着你，大家一起上班待惯了，突然不见面，还真有些不习惯。

两个人的眼睛看到一起，心口都是咚咚乱跳。中午休息时间很短，有些话必须抓紧说，有些事必须抓紧做。老万突然侧过身来，在樊枝花耳朵根冒昧地亲了一下，嘴里含糊不清地说我想死你了，手就不老实起来，一下子按在了她的乳房上。樊枝花吓了一跳，用手去掰他的手，用力掰。老万赶紧为自己的失态道歉，连声说对不起对不起，我这是昏了头，怎么可以这么做。远远地有人走进车间，是车间主任张财旺，他正往这边走过来，老万的脸立刻吓得煞白，仿佛世界末日就要来临。

张财旺来到他们面前了，皱着眉头问了一句，在一起说什么呢。樊枝花和老万都不吭声，张财旺看着他们，又说对了，厂办让我带信给你，你把去云南的材料整理一份出来，明天交上去。

老万仍然不吭声。

张财旺有些不高兴：喂，万年松，跟你说话呢，听见没有？

老万点了点头。

张财旺看了看他，嘴里骂骂咧咧，扭头又从车间另一个大门出去了。

老万偷偷地往四下里看看，回过头来继续道歉，他说我是真昏了头了，你千万别跟我这样的坏人计较。

樊枝花扑哧笑了，悠悠地说，我当然要和你这个坏人计较。她看见老万还是很害怕，说老万你不要害怕，我回去就和王军离婚，我离了婚就嫁给你。

老万变得更慌张，说别这样别这样，小樊，我配不上你。

樊枝花说你怕什么，我就喜欢你了，就算是我主动好了，让别人说去，我才不在乎呢。

老万总算缓过来了，有几分得意地说：我是坏人。

樊枝花说：你是坏人我也喜欢。

老万那时候确实还是个坏人，地地道道的坏人。文化大革命中的坏人总在变化，运动初期是资本家，是反动学术权威，是走资派，然后就是五一六，还有各种各样的现行反革命。今天你去批斗别人，明天很可能就被别人打倒。文革十年，风水轮流转，有一类人始终不会咸鱼翻身，这就是地富反坏右，老万就属于这个阶级。他出身地主家庭，父亲是历史反革命，自己头上又戴着坏分子和右派的两顶帽子，当时流行的话说就是头顶生疮脚底淌脓，坏透了。

樊枝花进厂是一九七一年，下车间前，政工干部小陈与她正式谈话，说一定要保持阶级立场，不可以称万年松这个人为师傅。青年工人进工厂，见到年长的都叫师傅这是惯例，樊枝花与老万不仅在一个车间，而且还在一个班组，天天都要为工作打交道，不叫师傅又应该叫什么呢。她为此感到为难，直呼其名万年松她叫不出口，叫老万也别扭，于是很长一段时间，干脆不打招呼，实在有什么事，就用喂来应付。

老万也不在乎别人叫他什么，那年头，他只能是老实巴交任劳任怨，低着脑袋夹着尾巴做人。他总是干的活比别人重，吃得苦比别人多。说老实话，混在工人队伍中也有这个好处，就是没什么人会故意要欺负他，在大家心目中，右派也好，坏分子也好，都是老万他自找的。既然有两个十恶不赦的罪名，他就应该老老实实接受改造。樊枝花也说不清楚自己怎么就会渐渐地喜欢上这么一个人，爱有时候要有很多理由，有时候又没有什么理由。老万要比她大十多岁，是个十足的老光棍，政治条件那么差，虽然相貌还说得过去，文化程度也十分好，但是这些因素在当时的背景下，根本算不了什么。樊枝花确实说不清楚什么时候开始喜欢老万，感情一点一点积累，悄悄来了，然后发芽生根开花。

也许是那台进口设备颠覆了樊枝花对老万原有的看法，也许只是因为那天晚上做的那个梦。那个梦有些莫名其妙，那个梦让她想起来就面红耳赤。在文化大革命中，从国外进口先进机器事关重大，设备来了，厂里几千号人竟然没一个真正能看明白安装说明书。动力科王工程师懂一点英语，对方派了个德国人来指导安装，与王工程师对不起话来，两人连蒙带猜，全靠半吊子英语交流。这样当然不行，于是只好利用老万这个阶级敌人，于是老万大出了一回风头，他的德语和英语都非常好，所有的难题立刻迎刃而解，弄得那个德国人也十分敬佩。

那时候的樊枝花还在哺乳期，给王东喂奶时，她不由得想起儿子的未来。把一个孩子从小培养到大，显然是件很不容易的事情，看着王东稚嫩的小脸，她突然想到这孩子如果像老万那样，最后成了一个阶级敌人，实在是太可惜。晚上睡觉，王军缠着要过夫妻生活，她却与丈夫讨论起儿子的前途。樊枝花说以后我们干脆让儿子学外语算了，王军摸不着头脑，说这学外语有什么好的，你看看人家老万的下场，人不人鬼不鬼，谁都敢欺负他。

樊枝花说：总得让儿子学点本事吧。

王军说：当然得学，不过有了本事，最后却像老万那样窝囊，那才叫倒霉呢。

结果不欢而散，王军心思根本不在谈话上。就在这天夜里，樊枝花做了个难以启齿的春梦。她梦到自己与老万光天化日之下，在车间的一个角落，肆无忌惮地就做成了那事，而且十分尽兴。真是神使鬼差，樊枝花清楚地记得自己只是半推半就，根本没认真拒绝。因为这个梦，后来的多少天，她都不好意思正眼瞧老万。

樊枝花母亲是厂里的老工人，女儿结婚前，她与未来的女婿谈过一次话，告诉王军女儿小时候得过癫痫，也就是俗称的羊角风。这种毛病不会经常发作，但是一旦来了，如果身边没人，弄不好便会有生命危险。丈母娘让女婿做好思想准备，既然下决心要娶樊枝花，就必须很好地照顾她的一生。王军对癫痫毫无了解，恋爱中的男人无所畏惧，他一口答应了丈母娘的请求。

樊枝花小学时犯过两次病，中学快毕业，又犯了一次，这个病成了留在城里不下乡当知青的很好理由。犯病时，病人自己并不是太清楚，突然人僵硬了，四肢动弹不得，有点像做梦那样，口角还会吐出白沫。也还是因为这个病，家里不让樊枝花学骑自行车，怕骑车时突然摔倒，不让她单身一个人出门，怕突然晕倒被坏男人欺负。自从樊枝花出落成一个漂亮的大姑娘以后，她母亲一直在暗中保护女儿，不时地提醒周围的人要照看她。

樊枝花也有很强的自我保护意识，多年来，她一直坚持服用一种白色的小药片，直到婚后怀孕，为了肚子里的婴儿才停止服用。也许是停了药，也许是因为怀孕，在樊枝花进厂的第三年，她又一次犯了病。事先并没有一点预兆，樊枝花几乎已忘记了自己有这毛病。时间是初夏，天气猛地热了起来，正是中午休息的时候，樊枝花突然感到有些喘不过气来。

在失去知觉前，樊枝花唯一的记忆，是老万从她身前悄然走过去，她注意到他看了自己一眼，眼神有些异样。然后她就什么都不知道了，与以往的发作不太一样，这一次她并没有口吐白沫，只是瘫软在靠背椅上，眼角歪斜，动弹不得。这样的时间究竟有多长，樊枝花也说不清楚，只记得自己慢慢地恢复了知觉，手脚却还是不能动弹，脖子仍然僵硬，突然有一只不安分的手从后面伸了过来，在她胸口乱摸，渐渐地往下，伸进了裤带，一直往下探。

后来人就多了，她被抬到了长凳上，有人掐她的人中，有人要喂她喝水，一片忙乱。再以后，樊枝花完全清醒了。她母亲赶来了，丈夫王军也赶来了，樊枝花看到自家人，像小女孩一样失声痛哭起来。母亲连声说没事就好，没事就好。樊枝花一个劲地哭着，哭了一会，母亲听清楚女儿嘴里嘟嘟囔囔，反复念叨着三个字，不要脸不要脸不要脸。声音有些念糊不清，但是做母亲的很快就听清楚了，她立刻明白了这三个字是什么意思，立刻警觉地问旁边的人，谁动过女儿的衣服，谁最先发现女儿的，当时的情形又如何。

樊枝花被人猥亵的事很快在厂里传开，于是展开严密的排查，于是矛头渐渐集中到了老万身上。在樊枝花的记忆中，老万是最后一个从她身边经过的人，按照阶级斗争的思路，既然老万是个坏人，干坏事搞破坏也就理所当然。于是马上隔离审查，排山倒海大批判，几乎没费什么力气，老万就认了罪，承认是他干的。

樊枝花母亲不太相信，私下里找到老万，说这真是你干的？

老万一本正经地说是我，就是我。

樊枝花母亲又说你为什么？

老万支支吾吾，也说不清楚自己为什么。

这以后，樊枝花一直觉得与一个猥亵过自己的人一起上班太别扭。大家都在同一个班组，天天要面对，实在是恶心。后来老万又变得清白了，事实证明并不是他，可是樊枝花还是感到别扭，恨他把水给搅浑了，隐隐地还有些内疚，因为自己显然是冤枉了他。到了秋天，真正的猥亵者被揭露出来，是同车间的机修工高玉宝。樊枝花犯病那天，他也是正好经过，见她眼角歪斜地坐在那儿，上前叫了两声没反应，刚想喊人过来，突然就起了邪念歹心。高玉宝母亲也是这个厂的老工人，与樊枝花家还是邻居，他自小就常听大人说起过樊枝花的这个病，起初只是想试试她是否真的没有知觉，然而一旦动手了，一旦占了便宜，难免得寸进尺。

其实当时就有人看见，这个人就是高玉宝的师娘顾师傅，顾师傅恰巧从这儿经过，立刻痛骂他，说你个小畜生，你个没出息的东西，怎么可以干这么不要脸的事。排查时顾师傅没把看到的真相说出来，她不想让丈夫的徒弟丢这脸。老万承认是自己干的，那是他活该，明明不是他，干吗非要去认这个错。再说了，他头上反正有一大堆帽子，死猪不怕开水烫，也不在乎再添一个。然而顾师傅后来又改了主意，因为车间里突然传出了闲话，说她丈夫与高玉宝母亲的关系有些暧昧，顾师傅是个性情刚烈的女子，咽不下这口气，于是大闹一场，顺便把高玉宝的丑行也说了出来。

樊枝花母亲又找到了老万，看着他一副可怜相，说明明不是你干的，干吗要胡乱承认呢。

樊枝花刚进厂那会，当工人风光无限，工人阶级领导一切，当时本地最著名的大学工宣队，就是从这个厂派出的。刚进厂的年轻人照例要办一个月学习班，由政工干部小陈为大家大谈光荣革命历史。同一天报到的青年工人有八十人，樊枝花显然是最漂亮的一个。学习班期间，她成了大家注意的焦点。政工干部小陈总是想找机会把她留下来单独谈话，一个月的时间并不长，到学习班快结束时，男孩子最关心的事情，就是他们能不能与樊枝花分在同一个车间。

终于下车间了，政工干部小陈坚持要亲自送她去。一路上，还在跟樊枝花讲大道理，说工厂是个革命大熔炉，年轻人在这儿可以得到很好的锻炼。他举例说明，如果不提高革命警惕，不继续革命，思想也会发生质的变化，譬如他的同事李明博去当工宣队队员，就和一名有夫之妇的中年女教师发生了不正当男女关系。知识分子成堆之地，必定是个资产阶级的大染缸，到大学去当工宣队是很光荣，可是一旦放松思想改造，弄不好就会红的进去，黑的出来。

樊枝花有些不明白，让小陈解释清楚。他说这个就是活生生的血泪教训，还有什么想不明白。好端端的一个同志，自己还没结婚，万里长征才走出去第一步，就成了反革命分子腐化堕落的牺牲品。说着，已经到了樊枝花干活的车间和班组，人员都到齐了，小陈向她一一作介绍，这是谁谁谁，这又是谁谁谁，谁谁谁是她的师傅，以后她就是这人的徒弟。

老万穿着一身很肮脏的工作服，站在墙角处，一动不动，灰溜溜的，时不时偷眼看樊枝花。这是他们的第一次正式见面，樊枝花随口问小陈，这人是谁呀？

小陈回过头来，看了一眼老万，十分不屑地说：他，就是我跟你说过的那个！

樊枝花还是不太明白。

小陈又说，就是那个那个坏家伙。

二〇〇八年十二月二十五日　河西